The 공부

The 공부

이창수 지음

율곡출판사

들어가는 글

교사로서 30년 넘게 학생들을 가르치면서 공부하는 학생들을 볼 때마다 안쓰러웠다. 공부를 잘하는 학생들은 잘하는 대로 어려움이 있고, 공부를 못하는 학생들 또한 못하는 대로 힘들어하기 때문이다.

공부하는 목적이 어디에 있건 간에 결국 입시라는 제도에서 원하는 결과를 얻고자 하는 것이 공부하는 모든 학생들이 갖는 목표일 것이다.

학부모들은 자녀들의 성적 향상을 위해서 많은 노력을 기울이지만 자녀의 성적을 향상시킬 수 있는 방법을 몰라 애태우거나 희망과 달리 공부에 의욕과 열의를 갖지 않는 자녀들로 인해 낙담하거나 포기하는 경우가 많다.

이제 교사 생활을 마치고 교감으로 근무하게 되면서 오랜 기간 교사로서 경험하고 느껴 왔던 것을 정리해 학부모들에게 자녀의 공부를 도와줄 수 있는 방법을 알려주고자 하는 마음과 함께 성적을 향상시키고자 하는 학생들에게 도움이 되기를 희망하면서 『공부가 쉽다구요?』라는 책을 출간하게 되었다. 그리고 그 책의 내용을 좀 더 편안한 마음으로 읽을 수 있도록 실제 있었던 일을 바탕으로 그 책의 소설판을 썼는데 다행스럽게도 율곡 출판사의 박기남 사장님께서 이 책의 출간을 도와주셔서 독자들을 만날 수 있게 되었다.

이 책이 나오기까지 도와주신 많은 분들께 일일이 감사의 말씀을 드리는 것이 예의인 줄 알고 있으나 너무 많은 분들이 도와주셔서 오히려 한 분 한 분 밝히지 못하는 것에 대해 양해 구하고자 한다. 그럼에도 이 책을 쓰기 위해 많은 시간을 함께 하지 못했음에도 불구하고 옆에서 항상 응원해 준 아내 박영순에게만은 특별히 고마운 마음을 표하고 싶다.

이 책의 제목을 정하기 위해 여러 가지 후보군을 두었으나 많은 고민 끝에 『The 공부』라는 단순한 제목으로 결정했다. 미사여구를 동원한 멋진 제목에 비해 촌스럽고 단순하지만 오히려 학생들의 고민에 직접적으로 다가설 수 있으리라는 희망에 어려운 결정을 내리게 되었다.

이 책의 내용들은 거의가 사실을 바탕으로 작성되었기에 독자들이 이 책을 통해서 공부에 대한 두려움을 극복하고 한편으로 '할 수 있다' 는 자신감을 갖기를 희망한다.

2018. 10.

오야동 밤나무 아래 조그만 서재에서

차 례

1부

고민의 시작

고액 과외 (1)

윤호는 머리가 다소 찌뿌둥했다. 어제 고등학교에서 교편을 잡고 있는 후배 영우와 술을 너무 마신 것 같다. 영우와는 대학 시절 학과는 달랐지만 같은 동아리 활동을 하면서 친하게 지내던 사이다. 가끔씩 만나서 식사도 하고 집에도 초대하곤 했지만 최근에는 로펌 일이 바빠서 한동안 만나지 못하다가 어제 오랜만에 만나게 되었다.

윤호는 지독하게 가난했던 집에서 자랐기 때문에 어떻게든 가난을 벗어나고 싶었다. 그래서 실력으로 돈을 벌 수 있는 길을 찾다가 변호사의 길을 선택했다. 변호사가 되면 부자는 아니더라도 쪼들리지 않고 살아갈 수 있다고 생각했기 때문이다.

머리가 좋은 편이었는지 아니면 노력의 결과였는지 몰라도 사법고시에 한 번에 합격했고 연수원 성적도 우수해 판 · 검사의 길을 택할지 고민도 했으나 명예보다는 경제력을 원했던 만큼 변호사의 길을 선택했다. 그래서 스카우트 제의를 한 유명 로펌에 입사했고 회사에서 능력을 인정받아 제법 많은 연봉을 받고 있다. 지금은 경제적으로 넉넉해 어린 시절의 배고픔을 추억으로 생각할 수 있을 정도가 되었다.

윤호는 이런 경제적인 여유를 아들 재현이도 누리기를 바랐기에 재현이도 변호사가 되기를 희망했다. 재현이는 성적이 상위권에 들기는 하지만 법대를 진학하기에는 조금 못 미치는 정도의 실력이었기에 걱정이라면 걱정거리였다.

어제 영우와 술을 마시면서 젊었을 적 이야기를 술안주로 삼았다. 윤호와 달리 아버지가 교장선생님이신 가정에서 자라서인지 영우는 학창 시절부터 나라의 동량을 키우는 것이 자신의 꿈이라고 늘 말하곤 했다. 영우는 대학에 다닐 때도 야학에서 어려운 학생들을 가르치면서 자신의 꿈을 키웠고 꿈대로 아버지 뒤를 이어 교직에 들어섰다. 그리고 학생들을 가르치면서 나름대로 보람 있는 삶을 살고 있었다.

"형, 어때? 이제 형 삶에 만족해?"

술을 마시다 영우가 뜬금없이 윤호에게 물었다.

"갑자기 그게 무슨 소리야?"

윤호가 어슴푸레 취한 눈으로 영우를 바라보면서 되물었다.

"응, 형은 대학 때부터 주문을 걸고 다녔잖아! '난 절대 가난하게 살지 않겠다' 고 말이야. 그런데 지금은 경제적으로 여유 있잖아!"

"내가 대학교 때 그랬었나?"

영우의 말에 윤호는 불현듯 그 시절을 떠올렸다. 참 힘든 시절이었다. 그 시절을 생각하자니 지금은 완전히 상전벽해의 세상에서 살고 있는 듯했다.

"네 말대로 지금은 여유가 있는 편이야. 그런데도 사람의 욕심이란 게 끝이 없어서인지 이런 여유를 아들놈도 가졌으면 하는데 그놈의 성적이 영 내 맘에 들지 않아 걱정이야!"

"왜? 형 돈 많잖아! 그 돈 재현이에게 물려주면 되는데 무슨 걱정이야?"

"야, 내가 돈이 많아봤자 얼마나 많니? 그냥 일반 중산층보다 조금 여유 있다 뿐인데. 돈이라는 건 쓰다 보면 금방 없어지는데 내가 재벌이 아닌 이상 아들놈도 의사나 변호사는 되어야 어렵지 않게 살 수 있을 거 아냐?"

윤호의 말에 영우는 고개를 끄덕였다.

"형 말이 맞는 것도 같네. 돈이란 놈이 워낙 요물이라 한 번 새기 시작하면 한도 끝도 없잖아! 수십억 로또 맞은 사람도 흥청망청 쓰다가 신용불량자가 되었다는 소식도 들리는 걸 보면……."

그러면서 잠깐 기억을 더듬더니 계속 말을 이어갔다.

"며칠 전 신문에서 봤는데 미국에서 슈퍼볼에 당첨되어 수천억 받았던 사람이 몇 년 만에 파산했다고 하더라고. 그 기사 봤어?"

영우의 말에 윤호도 그 기사를 봐서 안다며 고개를 끄덕였다.

"그런 걸 보면 형 말마따나 돈을 꾸준히 벌 수 있는 위치에 있어야 낭비도 줄이고 돈을 모을 수도 있는 것 같아. 그 슈퍼볼에 당첨되었던 사람도 복권에 당첨되기 전에는 조그마한 사업을 하면서 건전하게 살았다는데 갑작스럽게 그런 돈이 생기고 보니 감당을 못했나 봐!"

"그래서 걱정이야! 재현이 이놈이 공부 좀 잘해야 할 텐데……."

윤호는 영우의 이야기를 듣던 중 아들 성적 이야기를 꺼냈다.

"왜? 재현이는 공부 잘하는 걸로 아는데 요즘 문제 있어?"

"아니, 문제가 있다는 것이 아니라 지금 실력 가지고 변호사가 될 수 있을지 몰라서 하는 말이야. 다른 사람들은 재현이 정도면 충분히 잘한다고 말하지만 내 기준에서는 성에 차지 않아서 그래!"

윤호의 말에 살짝 웃음을 보이던 영우는 문득 생각났다는 듯 엉뚱한 말을 했다.

"형이 조금 전에 재벌 이야기를 해서 하는 말인데 형 말마따나 재벌이나 돈 많은 집 사람들은 돈이나 자식들 공부에 관해 특별히 걱정 없이 사는 건 맞는 말인 것 같아! 얼마 전 내가 가르치는 학생으로부터 어이없는 소리를 들었는데 뭐라 할 말이 없더라고."

그러면서 영우는 어이없어하는 표정을 지었다.

"왜? 무슨 얘긴데?"

영우의 표정을 보자 윤호는 궁금증이 일었다.

영우가 앞에 있는 술잔을 한 번에 비우자 윤호도 같이 술잔을 비웠다. 그리고 빈 술병을 보고 술 한 병을 더 시켰다.

종업원이 새 술을 갖고 오기 전에 영우는 다시 말을 이어갔다.

"형이 알다시피 내가 근무하는 학교가 전통적인 부촌에 있잖아!"

"그렇지. 동부 이촌동이 재벌 촌이라고는 할 수 없지만 전통적으로 부자들이 많이 사는 곳이잖아!"

윤호는 영우의 말에 동의하면서 영우에게 물었다.

"아니, 그래서 돈 많은 집 자식이라고 너한테 함부로 말하디?"

"아니, 그랬다면 바로 그놈을 혼내 주지 내가 가만히 있겠어? 형도 내 성격 알잖아……."

윤호의 물음에 영우가 어림도 없다는 듯이 대답하자 윤호는 그도 그럴 것이라는 생각에 고개를 끄덕였다.

영우는 교육자 집안에서 자란 탓인지 예의범절이 확실했다. 그래서 예절에 어긋나는 행동을 하는 학생에게는 엄격하게 대하기 때문에 학생들이 영우를 어려워한다는 것을 영우에게 익히 들어 알고 있었다.

"그렇지! 네 성격이라면 그런 놈들 혼쭐을 내줬을 거다! 아니다, 네가 어려워서 너에게 함부로 말하는 애들도 없을 거다!"

윤호가 자신의 말을 인정하자 영우는 으쓱거리며 말했다.

"그럼! 당연하지!"

종업원이 새 술을 가져오자 윤호는 영우에게 술을 따르며 물었다.

"그러면 도대체 무슨 일인데?"

윤호가 따르는 술을 받은 후 영우도 윤호의 잔에 술을 채우면서 말하기 시작했다.

"내가 가르치는 학생 중에 공부를 잘 안 하는 놈이 있어서 내가 그놈에게 한마디 했거든? '야! 너 왜 공부 안 하니? 공부를 해야 대학에 갈 거 아니야! 그렇게 공부를 대충 해서 도대체 대학은 어떻게 가고, 또 뭐 해 먹고 살려고 그래?' 라고 말이야. 그랬더니 그놈이 뭐라고 한

지 알아?"

영우는 지금 생각해도 어이없다는 표정으로 윤호에게 물었다.

"뭐랬는데 그런 표정을 지어?"

"글쎄 그놈 하는 말이 '선생님 저 그렇게 힘들게 공부 안 해도 되요. 대충 공부하다 대학에 합격하지 못하면 바로 유학 갈 거예요. 그리고 유학 다녀와서 집에서 작은 빌딩 하나 상속 받아 갖고 월세 받으며 살면 되는데 뭐 하러 그렇게 힘들게 공부해요!' 라더라니까~."

"뭐라고?"

윤호는 놀란 눈으로 영우를 쳐다보았다. 전혀 예상조차 못한 말이기 때문이다.

"그런데 내가 더 화난 게 뭔지 알아?"

"왜? 그거 말고 또 있어?"

윤호는 무슨 이야기가 또 있냐는 듯이 귀를 쫑긋하면서 영우를 바라보았다.

"아니, 뭐가 더 있는 게 아니고 그놈이 그 얘기를 했을 때 내가 아무 말도 할 수 없었다는 거야!"

영우는 씩씩거리면서 술잔을 다시 비웠다. 평소라면 술 한 잔을 두세 번에 나누어 마시던 영우였지만 바로 전에 그랬듯이 이번에도 한 모금에 술을 들이켰다.

"얘가 왜 이래? 뭔 술을 그리 급히 마셔? 안주라도 먹으면서 마셔."

윤호가 말렸지만 영우는 마저 말을 해야겠다는 듯이 토로했다.

"그놈이 그렇게 말했는데도 내가 그놈에게 '인생을 그렇게 살면 안 된다' 느니, '돈이 인생의 전부가 아니다' 라는 말조차 전혀 하지 못했다는 거야! 너무 어이없어서 그냥 벙찐 상태로 개를 쳐다보기만 했다니까~."

영우의 말을 듣자 윤호는 그 상황이 머릿속에 그려졌다. 자존심이 강한 데다 부친의 뒤를 이어 인재를 키우겠다는 꿈을 갖고 교사의 길에 들어선 영우였는데 그런 상황에서 아무 말도 하지 못했으니 스스로에게 화가 날 수밖에 없었을 것이다.

"으응, 이해된다. 그런 놈에게 아무 말도 못했다니……."

윤호는 영우의 말에 동감하면서 위로해 주었다.

그런 이야기를 하면서 기분을 풀어 준다고 주거니 받거니 한 술에 윤호는 많이 취했던 것이다.

그런데 윤호의 머리를 찌뿌둥하게 한 것은 술 때문만이 아니었다. 어제 영우가 어이없어하며 토로했던 그 고등학생의 대답도 한몫했다.

'돈 많은 사람들은 건물을 물려줘서 자식이 편안하게 살 수 있도록 한다는데 난 어떻게 해야 하나?'

윤호가 이렇게 생각하게 된 계기는 어제 이야기 때문만이 아니었다. 실은 며칠 전 정 변호사가 자기의 의뢰인에게 들었다면서 비슷한 이야기를 했기 때문이다.

"청담동에 사는 내 의뢰인은 청담동에 있는 유명한 병원 건물이 자기 거라며 자기 아들에게 그 건물을 물려줄 거라고 하더라구. 그러면서 그 사람이 아들 이야기를 하며 투덜대는데 아들이 같은 중학교에 다니는 친구가 부모로부터 캐나다와 일본에 있는 빌딩과 함께 3채의 빌딩을 물려받는다며 부러워하는 눈치를 보이는 것 같기에 괜히 속이 상했다나!"

그 당시 윤호가 정 변호사로부터 그 이야기를 들었을 때는 어차피 '돈 많은 사람들의 먼 나라 이야기' 려니 하면서 별로 신경 쓰지 않았다. 세상에 돈 많은 사람이 어디 한둘이랴! 재벌들의 상속 이야기나 기업을 가진 자들의 돈 이야기는 언론에 자주 등장한다. 그래서 그 이야기를 들어도 그저 그들만의 리그려니라는 생각에 별로 실감하지 못했던 것이다.

그런데 어제 들었던 '작은 빌딩을 물려받아 세를 받아 살면 되기 때문에 힘들게 공부할 필요가 없어요' 라는 학생의 대답을 생각하자 왠지 마음이 답답해졌다.

영우에게 말한 것처럼 윤호는 경제적으로 중산층 이상의 여유는 있지만 빌딩을 소유할 정도는 되지 않았다. 그래서 그런지 정 변호사가 말했던 큰 빌딩 상속 이야기는 몸에 와닿지 않았다. 하지만 영우가 이야기했던 작은 빌딩 이야기는 왠지 모르게 윤호를 조급하게 만들었다.

'아~, 어차피 내 재력으로는 건물을 물려줄 수 없는데, 도대체 아들놈을 어떻게 해야 하나…….'

윤호는 자신의 어렵던 어린 시절이 생각나자 진저리가 난다는 듯이 고개를 저었다.

'저 놈이 경제적으로 쪼들리지 않게 살려면 공부해서 변호사나 의사를 해야 하는데……. 그 정도만 되면 떵떵거리지는 못해도 위축되어 살지 않을 텐데…….'

그 생각이 들자 안 되겠다 싶어 자리에서 일어나 부엌에 있는 아내를 불렀다.

"여보~, 당신 이리 좀 와 봐."

남편의 갑작스런 부름에 미현은 아침을 준비하다 말고 방으로 들어오면서 물었다.

"왜요? 아침 식사 준비해야 되는데……."

"밥이 중요한 게 아니야, 밥이! 도대체 당신은 애를 어떻게 교육시키길래 재현이 성적이 저거밖에 안 돼?"

윤호는 괜히 미현에게 짜증 냈다.

'아닌 밤중에 홍두깨' 라고 밑도 끝도 없는 남편의 짜증에 미현은 기분이 상했다.

"아침부터 갑자기 왜 그래요? 재현이가 어때서요? 왜 갑자기 재현이 성적 가지고 그래요?"

아침부터 남편에게 한 소리 듣는 것이 불편해져 미현도 목소리가 높아졌다. 그렇지 않아도 미현 역시 요즘 재현이 성적 때문에 신경 쓰이던 참이었다.

미현은 재현이를 초등학생 때부터 고등학생이 된 지금까지 대치

동에 있는 유명 학원에 보내면서 사교육을 시켰지만 재현이의 성적은 여전히 최상위권에 들지 못했다. 그래서 다른 방법을 찾아야겠다고 생각하는 터에 아침부터 남편에게 그런 소리를 들으니 괜히 속이 더 상했다.

"갑자기는 무슨 갑자기야?"

윤호는 미현에게 책임이 있다는 듯 계속 퍼부어댔다.

"재현이 성적이 저래가지고 저놈 도대체 뭐가 될 거야? 당신은 집에서 재현이 교육만 신경 쓰면 되는데 왜 저놈을 제대로 교육시키지 못하느냐 말이야? 우리가 재벌은 아니지만 저놈 교육시키는 데 돈을 쓸 수 있을 만큼의 여유는 있잖아! 도대체 돈을 뒀다가 뭐해? 그런 데 쓰라고 돈 버는 거 아니야?"

남편의 폭포수 같은 말에 미현은 대꾸하려다 그냥 참았다. 남편의 불같은 성질도 성질이려니와 자신도 재현이 때문에 계속 걱정하고 있는 참이라 남편이 그 문제를 들고 나오니 별로 할 말이 없었기 때문이다.

"저도 재현이 교육 때문에 이것저것 알아보는 중이에요. 지금 고등학교 1학년인데 더 늦으면 안 될 것 같아서 여러 정보를 모으고 있어요. 그렇지 않아도 오늘 사람을 만나기로 했으니까 좀 진정하고 기다려 봐요."

미현이 목소리를 낮추어 가면서 이렇게 말하자 윤호는 더 화내 봤자 의미 없다는 생각이 들었다. 어차피 하루 이틀 새에 해결할 수 있는 문제도 아닌데 아침부터 갑자기 아내에게 분풀이해서 미안하다는 생각이 들었다.

"오늘 사람을 만나기로 했다고?"

"네."

"누군데?"

"일단 오늘 만나 보고 나서 저녁에 말할 테니 그때까지 좀 기다려 봐요."

"일단 대충이라도 얘기해 봐."

윤호는 아내를 다그쳤다.

미현은 잠시 뜸을 들이다가 머뭇거리며 말했다.

"저도 재현이 성적 때문에 고민이 많아서 여기저기 알아보다 재현이 학원 친구 엄마로부터 그룹 과외를 같이 할 생각이 있는지 제안을 받았어요."

"그룹 과외?"

"네, 저도 잘 몰랐는데 재현이 친구 엄마 말에 의하면 이곳 강남에서 유명 강사를 모셔 놓고 3~4명의 학생들이 그룹 과외 하는 족보가 있대요. 그런데 같이 공부하던 학생 한 명이 유학 가는 바람에 자리가 비어서 적당한 학생을 찾고 있었다고 하네요."

"뭐? 그런 족보가 있다고? 그런데 당신은 여태껏 그걸 몰랐단 말이야?"

"……."

"여태껏 재현이 교육 때문에 바쁘게 움직였다면서?"

윤호의 말에 미현은 대꾸할 말이 없었다.

"미안해요! 난 좋은 학원만 찾아서 보내면 되는 줄 알았지 그런 모임이 있는 줄은 몰랐어요! 어쨌든 그 사람을 만나 보고 나서 다시 얘기할게요. 재현이 친구 엄마 말로는 그 그룹에는 아무나 끼워주지 않는대요! 여러 가지 조건을 따져 보고 나서 합류시킬 것인지 그 그룹 부모들끼리 상의해서 결정한대요."

"뭐야? 참, 내, 별 여편네들 다 있네! 어쨌든 돈은 얼마를 써도 좋으니 그 그룹에 재현이를 합류시킬 수 있도록 해 봐!"

"알았어요! 나도 궁금하기도 하지만 한편으로는 걱정도 돼요! 괜히 만났다가 그룹에 합류시키지 못하면 어쩌나 하구."

"뭘 그리 걱정이야. 우리 조건이 어때서? 재현이 성적이 최상위권은 아니지만 상위권은 유지하잖아! 그리고 우리 집도 어디 가서 크게 빠질 정도가 아닌데 뭘 그리 걱정해? 어쨌든 저녁에 다시 얘기하자고."

"알았어요! 아침 식사나 하세요."

윤호는 식사를 하면서도 내내 의문이 머리를 떠나지 않았다.

'도대체 어떤 사람들이기에 그룹 과외 족보가 있고 또 무슨 조건을 따지지?'

상전벽해 (1)

“자, 마무리 훈련으로 운동장을 3바퀴 뛴다. 시~작~.”

코치의 말에 축구부원들은 ‘이제 끝났다’ 는 마음으로 열을 맞추어 운동장을 뛰기 시작했다. 마무리 훈련을 마치면 오늘의 훈련을 모두 끝내고 쉴 수 있기 때문이다.

“하나~, 둘~.”

“셋~, 넷.”

“체, 력.”

“단, 련.”

주장과 부주장의 구령에 맞추어 영철이와 부원들은 지친 몸으로 마무리 훈련을 했고 마지막 훈련이 끝난 후 선수들은 각자 짐을 챙겨서 숙소로 이동했다. 오늘 훈련이 끝났다는 즐거움에 친구들은 모두 밝은 표정이었지만 영철이는 그렇지 못했다.

“영철아, 왜 그렇게 힘이 없어? 오늘 컨디션 별로니?”

영철이와 가장 친한 정훈이가 영철이에게 물었다.

“아니!”

"그런데 왜 표정이 별로야? 오늘 훈련하는 내내 표정이 좋지 않은 것 같던데? 아니, 오늘뿐만 아니라 요즘 계속 그런 것 같아!"

정훈이의 말에 영철이는 억지로 미소를 보이며 정훈이를 바라보았다.

"아무 것도 아니야."

정훈이는 2학년 중에서는 축구 실력이 가장 뛰어난 학생이다. 초등학교 2학년 때부터 축구를 본격적으로 시작해서 기초 실력이 탄탄한 데다 체격과 체력이 좋아서 실력은 이미 3학년 선배들과 어깨를 견줄 만했으며 2학년에 올라오자마자 공식 시합에도 주전을 꿰찰 만큼 기량이 뛰어났다. 축구를 늦게 시작한 영철이로서는 정훈이가 부러울 수밖에 없었다.

초등학교 5학년까지 공부에 관심을 갖지 않고 친구들과 축구만 하면서 노는 영철이를 보고 부모는 영철이를 축구 선수로 키우자는 생각에 축구부에 입단시켰다. 축구를 본격적으로 시작하면서 영철이는 물 만난 고기처럼 열심히 운동했다. 하지만 다른 친구들보다 운동을 늦게 시작해서인지 기초 실력에서 차이가 많이 났다. 게다가 중학교에 와서 영철이의 키가 다른 친구들에 비해 많이 자라지 않아 체격적인 면에서도 친구들보다 점점 불리해졌다. 그렇다고 축구부원 중에서 영철이의 키가 가장 작은 건 아니었지만 친구들보다 운동을 늦게 시작한 관계로 실력이 다소 떨어지는 데다 체격까지 작은 편이라 영철이만의 장점을 어필하기 어려웠다.

감독이나 코치는 영철이에게 뭐라고 하지는 않지만 축구 시합에 나가지 못하고 주로 후보로 있다 보니 영철이와 영철이 부모로서는 맥이 빠질 수밖에 없었다. 정식 시합에서는 3학년이 주전이고 2학년 중에서 주전으로 참가하는 학생은 정훈이밖에 없었지만 1 · 2학년만이 겨루는 시합에서도 영철이는 주전으로 참가하지 못할 때가 많았기 때문이다.

영철이 엄마는 영철이가 시합에 주전으로 참가할 수 있도록 감독과 코치에게 잘 보이고자 했고 그런 마음에 운동하는 곳에 수시로 찾아오곤 했다. 그리고 감독과 코치에게 비공식적으로 후원도 많이 했다. 이렇게 영철이 엄마가 찾아온 다음에는 영철이 엄마의 성의를 고려해서인지 그 다음 시합에 영철이가 주전으로 뛰기는 했지만 기본적으로 실력과 체격이 떨어지는 영철이를 주전 선수로 선발하는 일은 드물었다.

이런 일들이 자주 발생하자 영철이는 '괜히 축구를 했다' 는 생각이 부쩍 들곤 했는데, 특히 요즘 들어 그런 생각이 잦아지는 편이었다. 그래서 그런지 요즘은 훈련이 평소보다 더 힘들게 느껴지고 표정도 어둡다 보니 정훈이가 보기에도 이상해서 그렇게 물어본 것이다.

저녁 식사를 마치고 휴식시간에 정훈이는 영철이와 단둘이 이야기할 시간을 갖게 되자 다시 말을 걸었다.

"영철아, 정말 무슨 일 없는 거야? 요즘 네 표정이 좋지 않아서 그래. 혹시 내가 도와줄 수 있는 일이면 도와줄게!"

축구 실력뿐만 아니라 성격도 좋은 정훈이가 진심으로 염려하며 영철이에게 물었다. 영철이는 한동안 아무 말 없이 있다가 천천히 입을 열기 시작했다.

"정훈아."

"응."

"나 요즘 축구 시작한 것을 후회해. 너도 알다시피 내가 축구를 늦게 시작했잖아. 그런 만큼 다른 애들보다 실력이 떨어지는 데다 키도 체격도 작아서 여러 가지 면에서 딸린다는 생각이 들어."

"……."

영철이의 이야기에 정훈이는 아무 말 없이 영철이 눈만 바라보았다.

"그래서 요즘은 훈련을 해도 신이 나지 않고 좋아하던 축구도 싫어지는 것 같아."

정훈이는 영철이의 마음을 이해할 수 있었다. 사실 정훈이도 영철이를 볼 때마다 신경이 쓰였다. 영철이 말대로 영철이의 실력과 체격이 떨어져 주전으로 출전하는 경우가 드물었기 때문이다. 가장 친한 친구인 영철이가 잘해서 같이 출전했으면 좋겠다는 생각을 늘 하지만 한편으로 감독님과 코치님이 보기에는 영철이를 주전으로 쓰기 부담스러울 수도 있을 거란 생각을 하기도 했다.

영철이가 초등학교 때부터 축구를 좋아해 동네 친구들과 밤낮없이 공을 차며 놀았다지만 체계적으로 축구를 배운 선수들과는 아무래도 실력 차이가 있을 수밖에 없었다. 실력이 다소 떨어지더라도 체격

조건이 좋으면 몸싸움에 유리하므로 주전으로 뛸 기회가 많아지겠지만 영철이는 체격도 작은 편이기 때문에 그것도 쉬운 일이 아니었다.

"그래서 말인데……."

영철이는 잠시 뜸을 들이고 천천히 속마음을 밝혔다.

"나 아무래도 축구를 그만둘까 봐."

"뭐?"

정훈이는 예상 못한 영철이의 말에 놀랐다.

"그렇다고 축구를 그만둘 필요까진 없잖아!"

정훈이는 영철이를 바라보며 진심 반, 위로 반의 심정으로 영철이를 설득했다.

"너는 축구를 좋아하고 열심히 하잖아. 시간이 지날수록 실력이 늘어날 거고 3학년이나 고등학교에 올라가면 키도 많이 클 텐데 왜 축구를 그만둬?"

"아니, 실은 하루 이틀 생각한 게 아니야. 벌써 오래됐어!"

영철이는 이미 결정했다는 듯이 말했다.

"그래서 말인데 주말에 부모님께 말씀드릴까 해."

그 말에 정훈이는 더욱 놀랐다.

"영철아, 너무 성급하게 생각하지 마. 일단 코치님께 상의해 보는 게 어때?"

정훈이는 진심으로 영철이를 생각해서 말렸지만 영철이는 이미 마음을 굳힌 후였다.

주말이 되어 다른 애들은 모두 집으로 귀가했고 정훈이는 영철이와 함께 가려고 숙소 앞에서 기다렸다.

"영철아, 여기야 여기!"

"어~ , 거기 있었네? 집에 가자."

정훈이는 영철이와 가면서 혹시 생각이 변하지는 않았는지 영철이 눈치를 보면서 물었다.

"영철아, 너 진짜 엄마 아빠에게 이야기할 거야?"

"응, 아무래도 안 되겠어!"

영철의 대답에 정훈이는 질문을 이어갔다.

"축구 안 하면 뭐하게?"

"뭐하긴? 공부해야지!"

"공부? 오랫동안 공부하지 않아서 공부도 힘들 텐데 괜찮겠어?"

정훈이가 걱정스러운 표정으로 영철이를 바라보았다.

"알아, 나도! 하지만 어쩔 수 없잖아! 그리고 축구하는 것만큼만 하면 어느 정도는 따라가지 않겠어? 너도 축구를 해서 잘 알겠지만 운동한다는 게 쉬운 게 아니잖아. 학교 수업은 수업대로 해야지, 방과 후에는 체력 훈련과 기초 훈련하고, 그거 끝나면 실전 연습하고, 또 숙소에 가서는 이론 공부해야 하고……. 운동 안 하는 친구들은 우리들이 공만 열심히 차면 되는 것으로 아는데 실제로는 공부보다 힘들잖아. 넌 그렇게 생각하지 않니?"

영철의 물음에 정훈이는 고개를 끄덕였다.

"그렇기는 해. 학교에서 선생님이나 다른 친구들은 공부 못하는 애들이 운동하는 것으로 알고 있더라구. 실제는 그렇지 않은데……."

정훈이는 영철이 말에 공감했다.

그러면서도 정훈이는 계속 걱정이 됐다. 초등학교 때부터 축구한다면서 공부는 별로 신경 쓰지 않았고 중학교에 와서도 온통 축구만 생각하던 영철이었기 때문이다. 그런 영철이가 공부를 다시 시작하겠다니 쉽지 않을 거라는 건 누구라도 예상할 수 있는 일이었다. 그나마 다행인 건 영철이의 의지가 강하다는 점이다. 비록 영철이가 상대적으로 기초 실력이 부족하고 신체 조건이 뒷받침되지 않아 축구에서는 노력한 만큼의 결과를 얻을 수 없었지만 불리한 상황에서도 어떻게든 노력하는 모습을 정훈이는 늘 보아 왔다.

"어쨌든 부모님이랑 잘 상의해 봐."

정훈이 말에 영철이는 무슨 비장한 각오라도 한 듯한 표정으로 고개를 끄덕였다.

정훈이와 헤어진 후 영철이는 집으로 가면서 속으로 걱정했다. 축구를 그만두고 공부를 하겠다고 하면 엄마와 아빠에게 혼날지도 모르기 때문이다. 자기를 위해 엄마와 아빠가 축구 감독님과 코치님에게 얼마나 정성을 다하셨는지 영철이는 알고 있었다. 그렇지만 아무리 생각해도 축구로는 성공할 가능성은 보이지 않았다.

"다녀왔습니다."

영철이는 집으로 들어서면서 엄마에게 인사했다.

"우리 영철이 왔구나! 힘들지? 수고했어!"

영철 엄마는 반가운 표정으로 아들을 맞이했다.

영철 엄마는 영철이를 생각할 때마다 안타까웠다. 축구를 너무 좋아하고 열심히 하는데도 축구를 너무 늦게 시작한 데다 신체적으로 불리해 기대만큼 좋은 결과를 내지 못하기 때문이다. 그렇지만 아들이 좋아해서 하는 운동이니만큼 할 수 있는 데까지 정성을 쏟아낼 생각이었다.

"이번 주는 어땠어? 힘 많이 들지 않았어? 코치님은 잘해 주시고?"

영철이 엄마는 주말에 영철이가 올 때마다 하는 질문을 습관적으로 쏟아냈다.

"네! 그런데 아빠는?"

"응, 곧 오실거야. 얼른 씻고 밥 먹을 준비해. 오랜만에 다 같이 식사하자."

영철이 엄마는 이렇게 말하면서 저녁 준비를 했다.

저녁 식사를 마친 후 영철이는 부모님에게 자기 생각을 말씀드렸다.

"엄마, 아빠, 저 아무래도 축구를 그만했으면 해요."

영철의 말에 두 사람은 놀란 토끼처럼 눈을 크게 뜨면서 물었다.

"축구를 그만둬? 왜? 무슨 일 있었니?"

부모님의 놀람을 이미 예상했던 영철이지만 어쨌든 말씀드리기가 쉽지 않아서 시선을 아래로 깔면서 잠시 머뭇거렸다. 영철이의 머뭇거림에 엄마는 더 걱정이 되어 다시 물었다.

"영철아, 왜 그래? 무슨 일인데 네가 그렇게 좋아하는 축구를 그만둔다고 그래? 얘기 좀 해 봐."

엄마의 쏟아지는 질문에 영철이는 입을 열기 시작했다.

"네, 제가 축구를 좋아하는 건 사실이지만 운동을 할수록 축구선수로 성공하기는 아무래도 어려울 것 같다는 생각이 들어요."

영철이의 대답이 끝나자마자 영철 엄마는 틈을 주지 않고 바로 물었다.

"그게 무슨 소리야? 네가 정말로 열심히 하는 것을 엄마 아빠는 잘 아는데……."

그러자 영철 아버지는 조용한 목소리로 영철 엄마에게 말했다.

"여보, 진정하고 영철이 얘기부터 먼저 다 들어봅시다."

영철 아버지의 말에 영철 엄마는 알았다는 듯이 흥분을 가라앉히려고 노력했다.

"알았어요!"

"그래, 계속 이야기해 보거라."

아버지의 차분한 목소리에 영철이는 용기 내어 말을 이어갔다.

"엄마 아빠도 아시다시피 제가 축구를 5학년 때부터 시작하긴 했지만 다른 친구들보다 늦게 시작했잖아요. 저는 축구가 좋아서 그 전에도 매일 친구들과 축구만 하면서 놀았는데, 제가 아무리 축구만 했다고 하더라도 축구부에 들어가 보니 어릴 때부터 체계적으로 훈련해 온 친구들보다 기본 실력에서 차이가 많이 나더라구요! 그렇다고 그것을 개인적으로 보충할 시간도 따로 없으니 그 실력 차이가 점점 크게 느껴져요. 정훈이만 봐도 그래요. 걔는 초등학교 2학년 때부터 시작해서 기본기가 튼튼한데 전 그렇지 못하잖아요!"

영철의 말에 영철 엄마가 또 끼어들려고 하자 영철 아버지는 영철 엄마 팔에 손을 대어 제지했다.

"계속 해 봐라."

아버지의 말에 영철이는 엄마와 아버지를 번갈아 보더니 다시 말을 이어갔다.

"네, 그리고 제가 키와 체격이 크지 않아서 신체적으로도 다른 애들보다 불리하니까 시합에도 많이 못 나가잖아요. 계속 이렇게 나가다가는 축구 선수로는 성공할 수 없을 테니까 축구를 그만두어야겠다는 생각이 들었어요."

영철 아버지는 영철의 말이 다 맞다는 것을 알지만 바로 '그래라' 할 수도 없어서 뻔한, 아버지도 답을 알고 있는 뻔한 질문을 했다.

"영철아, 네 말도 이해가 돼. 그런데 세계적인 축구 선수인 메시는 체격이 작아도 세계 제일의 축구 선수가 됐고, 또 호날두는 꾸준한 노력으로 자신의 명성을 이어가고 있잖니?"

이런 말을 하면서도 영철 아버지는 어리석은 질문이라는 것을 알고 있었다. 메시와 호날두는 우리나라와는 전혀 다른 유소년 육성 시스템에서 훈련받아왔다는 것을 아버지가 더 잘 알고 있었기 때문이다. 영철 아버지도 축구광이어서 축구 소식은 누구보다 잘 알며, 영철이와 축구 이야기도 많이 하고 축구도 자주 보러 가곤 했다. 영철이가 축구를 좋아하는 것도 다 자신을 닮아서라고 늘 생각해 온 아버지였다.

그렇기 때문에 답이 뻔한 질문이라는 것을 알면서도 아들의 기를 살려줄 요량으로 그렇게 질문할 수밖에 없었다.

하지만 아버지의 질문에 영철이는 놀랐다는 듯이 아버지를 바라보면서 오히려 되물었다.

"아빠, 그건 아빠가 더 잘 아시잖아요? 메시와 호날두는 어릴 적부터 축구를 체계적으로 배워서 기본기가 완벽히 갖추어져 있는 사람들이죠. 저와는 전혀 다른 사람들인데……."

아들의 답변에 영철 아버지는 그런 답이 나올 줄 알았다는 듯이 고개를 끄덕였다.

"그러면 도대체 어떻게 할 생각인데?"

영철 엄마는 도저히 참지 못하겠다는 듯이 부자 사이의 대화에 끼어들었다.

엄마의 질문에 영철이는 준비하고 있었다는 듯이 바로 대답했다.

"축구를 안 하면 제가 할 수 있는 게 공부밖에 없잖아요! 그래서 축구에 쏟았던 열정으로 공부를 하려구요."

영철이 대답에 영철 엄마는 말문이 막혔다. 이미 초등학교 때부터 공부하고는 담을 쌓은 애가 이미 중학교 2학년, 아니 이제 곧 3학년이 되는데 이제부터 공부를 하겠다니.

"그렇긴 하지만 여태껏 하지 않던 공부를 이제부터 시작하는 것도 쉽지 않을 거잖아?"

엄마의 이런 질문이 당연히 나오리라 예상했던 영철이는 쉽게 답할 수 있었다.

"알아요. 저도 쉽지는 않을 거라 생각해요. 하지만 축구에 쏟은 노력만큼 하면 웬만큼은 쫓아갈 수 있을 것 같아요. 제가 어릴 때부터 축구만 하느라 그랬지 사실 제가 공부를 잘할 수 있는지 없는지조차 아직 모르니까 이제부터라도 한 번 열심히 해 보려구요."

영철의 대답에 두 사람은 아무 말을 할 수 없었다. 이미 축구에서 마음이 떠난 듯한 아들에게 축구를 계속하라고 할 수도 없고, 또 공부가 쉽지 않을 거라는 것을 미리 강조해서 영철이의 기를 꺾을 수도 없었기 때문이다. 다만 그나마 다행인 것은 영철이가 축구에 빠져 있었지만 어릴 때부터 독서 교육을 시킨 관계로 책은 꾸준히 읽고 있었다는 점이다.

"일단 알았으니 이제 그만 가서 쉬어라. 너도 일주일 정도 더 생각해 봐라. 그런 다음에 다시 이야기하자구나."

영철 아버지는 영철이에게 이렇게 이야기하면서 대화를 마무리했다.

영철이는 몇 년간 묵은 체증이 내려가는 듯한 심정으로 자기 방으로 들어왔다.

전교 1등 (1)

영주는 속이 상했다. 이번에도 1학기 기말고사 등수가 전교 2등이기 때문이다. 중학교 때에는 전교 1등을 도맡아 했는데 일반 고등학교로 전학 온 다음에는 아무리 열심히 공부해도 전교 1등을 해 본 적이 없었다. 전교 1등은 항상 미선이 차지였다.

'그래도 한국과학고등학교에서 전학 왔는데 일반 고등학교에서 1등을 못하다니…….'

사실 영주는 1학년 2학기에 과학고등학교에서 일반 고등학교로 전학 오는 아픔을 겪었다. 중학교 때부터 의과대학에 진학할 계획이었기 때문에 처음에는 과학고등학교에 진학할 생각이 없었다. 과학고등학교에서 의대에 진학하는 경우 입시에 혜택이 없으며, 오히려 우수한 학생들이 모이는 관계로 내신을 좋게 받기 어렵기 때문이다. 그래서 처음부터 일반 고등학교로 진학할 생각이었다.

그런데 중학교 3학년 2학기가 되어 그룹에서 같이 과외 받는 친구들 모두 과학고등학교에 지원한다고 하자 마음이 싱숭생숭해졌다.

의대를 희망하지 않는 친구들은 과학고등학교에 입학하기만 한다면 여러 가지 면에서 유리하다. 먼저 대학교 입시에서 우수 학생 혜택을 받을 수 있고, 실력이 좋은 친구들과 네트워크를 형성할 수도 있으며, 유치하기는 하지만 영재들이 모이는 과학고등학교에 다닌다는 사실만으로도 주변의 부러움을 살 수 있기 때문이다.

하지만 의대를 희망한 영주는 과학고등학교에 진학할 필요가 없었다. 그러나 '친구 따라 강남 간다' 고, 그것도 한 명이 아니라 같이 공부하는 4명 중 자기를 제외한 나머지 3명 모두 과학고등학교에 지원한다니까 괜히 심란해진 것이다. 게다가 항상 전교 1등인 영주에 비해 3명의 친구들은 성적이 영주보다 낮았기에 더욱 그런 생각이 들었다.

"엄마. 나 과학고등학교에 지원하면 어떨까?"

"웬 과학고등학교? 넌 의대에 진학할 건데 뭐 하러 과학고등학교에 진학하려구 그래? 왜? 의대 안 가려고?"

"아니? 의대는 갈 거야."

"그런데 왜 과고에 가려고 그래. 거기 가면 내신에서 1등급 받는게 쉽지 않잖아."

"나도 알아. 그런데 나랑 같이 과외하는 3명 모두가 과고에 지원한다잖아!"

"걔네들은 의대에 지원하지 않을 거니까 과고에 지원해도 괜찮지."

"알아. 근데 왠지 기분이 이상해! 걔네들은 나보다 성적이 안 좋은데 영재 학교라고 소문난 과학고등학교에 지원한다니까 괜히 싱숭생숭해져서……."

영주 엄마도 딸의 얘기를 듣고 보니 그 심정을 이해할 수 있었다. 공부는 영주가 제일 잘하는데 자기보다 성적이 낮은 친구들이 과고에 간다니 욕심 많은 영주로서는 충분히 그렇게 느낄 수 있을 거라고 생각했다. 그리고 사실 영주 엄마도 그렇게 생각한 적이 있었다. 영주랑 같이 과외하는 친구 중 한 명인 수진이 엄마 때문이었다.

수진이 엄마는 잘난 척을 무척 많이 하는데 수진이가 공부에서 영주를 이겨본 적이 없기 때문에 항상 시샘하면서 수진이를 다그친다는 것을 알고 있었다. 그런 수진이 엄마인 만큼 수진이만 과고에 입학하고 영주는 일반고에 입학하면 보나마나 여기저기 다니면서 잘난 척할 게 분명했다.

사실 영주 엄마도 남에게 지기 싫어하는 성격이고 수진이 엄마 정도는 아니지만 은근히 딸이 공부 잘한다고 자랑도 하고 싶어 했다. 하지만 영주가 워낙 공부를 잘해 중학교에 입학한 이후로 전교 1등을 놓쳐본 적이 없기 때문에 영주 엄마가 자랑하기도 전에 이미 다른 엄마들이 알아서 부러워했고 그런 상황에서는 굳이 뒷소리 들어가면서까지 자랑할 필요가 없었다.

그러면서도 '수진이만 과고에 입학하면 수진이 엄마 잘난 척할 모습이 눈에 선한데, 눈꼴시어서 어떻게 보나? 영주가 워낙 공부를 잘하니 과고에 가서도 1등급 안에는 들 수 있지 않을까?' 라는 생각을 내심 하기도 했다.

그렇지만 영주가 과고에 뜻을 두지 않아서 얘기를 꺼내지 않았는

데 갑자기 과고 이야기를 하니까 마음이 흔들렸다. 그렇다고 엄마 체면에 바로 '그래라' 할 수는 없어서

"영주야, 네 진학에 대해 담임 선생님과 상의해 보는 것은 어떨까?"

라고 제안했다.

영주 반 담임 선생님은 수업을 재미있게 해 학생들에게 인기가 있을 뿐만 아니라 진로지도를 잘해 학부모들에게도 인정받고 있었다. 게다가 아이들과도 잘 지낼 뿐 아니라 일도 합리적으로 처리하는 분이라고 알려져 있어서 영주의 진학 문제를 상의하는 것도 괜찮을 거라는 생각이 들었기 때문이다.

"담임 선생님께?"

"응, 네 담임 선생님은 진학지도 경험이 많으시니까 아무래도 선생님께 상담하면 여러 가지 상황을 고려해서 말씀해 주시지 않을까?"

"그렇지! 그러면 되겠다."

영주는 좋은 해결책을 찾았다는 듯이 눈을 반짝이며 엄마를 바라보았다.

"내일 바로 담임 선생님께 상담해 봐야겠어!"

다음 날 영주는 담임 선생님에게 상담하면서 자신의 생각을 말씀드렸다. 영주의 말을 들은 담임 선생님은 영주 엄마와 같은 말씀을 하시면서 다음과 같은 이야기를 하나 더 하셨다.

"영주야, 선생님은 네가 과학고등학교에 가서도 잘할 거라고 생각해. 영주라면 그곳보다 더 힘든 곳에서도 분명 잘 해낼 테니까. 하지만 이걸 한 가지 생각해 보자. 분명 영주는 과고에서도 잘할 테지만 스트레스는 일반고에서보다 훨씬 더 많을 거다. 일반 고등학교에 가면 너는 큰 어려움 없이 1등급을 받으면서 공부할 수 있겠지만 과고에서는 그렇지 않을 거야. 네가 거기서도 1등급 받을 가능성은 많지만 대신 조금만 실수해도 등급이 낮아질 수 있기 때문에 그에 대한 스트레스가 매우 심할 거야. 그리고 교과과정 자체가 실험과 연구 중심으로 편성되어 있어서 수능에 적합하지 않기 때문에 수능 준비에 어려운 점도 많단다. 네가 과학 계열을 지원할 거라면 여러 가지 면에서 과학고등학교를 추천하겠지만 의대에 가려고 하는데 스트레스를 받아가면서 공부할 필요가 있겠니?"

이미 알고 있던 내용이지만 선생님의 말씀을 듣고 보니 영주도 자신에게는 과학고가 큰 의미가 없다는 생각이 다시 한번 들었다. 굳이 스트레스를 받아가면서까지 공부할 필요가 없기 때문이다.

"선생님 말씀을 들어 보니 그렇네요! 어차피 의대가 목표인데 스트레스를 받아가면서까지 공부할 필요가 없겠죠! 저 그냥 일반 고등학교에 가겠습니다."

영주는 선생님께 이렇게 이야기하고 돌아갔다.

영주 담임인 지호는 일이 이렇게 마무리되는 줄 알았다. 그런데 며칠 후 영주 엄마가 지호를 찾아왔다.

"영주 어머니, 안녕하세요?"

"네, 선생님도 안녕하시죠?"

"네, 그런데 오늘 어쩐 일로 오셨어요? 며칠 전 영주가 진학에 대해 고민을 하기에 상담하면서 얘기가 잘된 걸로 알고 있는데……."

"글쎄 말이에요! 영주가 그날 선생님과 상담하고 온 후로는 고민이 없어졌는지 아무 일 없다는 듯이 다시 전처럼 공부를 하더라구요. 그래서 저도 일이 잘되었다고 생각했어요."

"그런데요?"

영주 엄마의 말을 듣던 지호는 궁금증이 생겨 물었다.

"그런데 영주가 그저께 과외를 다녀오더니 또다시 고민하는 거예요!"

"왜요?"

"아무래도 같이 과외 하는 애들이 자꾸 과고 이야기를 하는데 자기만 소외되는 것 같다면서 자기도 과고를 지원했으면 좋겠다구 하네요. 어떻게 해야 할지 몰라서 이렇게 선생님을 찾아왔습니다."

"흐음……."

지호는 영주 엄마 이야기를 듣고 잠시 생각할 시간을 가졌다. 생각을 정리한 후 지호는 영주 엄마를 바라보면서 말했다.

"영주 어머니, 제가 두 가지만 말씀드릴게요."

"두 가지요? 네~, 알겠습니다."

영주 엄마는 담임의 말에 귀를 쫑긋 세우며 이야기를 들을 준비가 되었다는 자세를 취했다.

“하나는 영주 어머니께 드리는 질문입니다.”

영주 엄마는 다소 긴장하며 지호의 입을 바라보았다. 다른 이야기를 할 때는 지호의 눈을 쳐다보았는데 이번에는 어떤 말이 나올까 긴장해서 그런지 지호의 눈을 바로 보기가 어려워서였다.

“영주 어머니께서는 영주의 의대 진학을 반대하시나요?”

”반대라니요? 절대 그렇지 않아요. 오히려 영주가 의대를 희망한다고 해서 저도 고맙게 생각하는걸요?”

영주 엄마는 무슨 말이냐는 듯이 지호의 눈을 바라보았다.

“그러면 이제는 어른들이 방향을 잡아줄 때라고 생각합니다. 저는 그런 경험이 있어서 영주의 생각을 어느 정도 알 수 있겠더라고요! 영주가 제게 이야기하지는 않았지만 자기보다 실력이 떨어지는 친구들이 자기보다 좋은 학교에 간다는 사실에 왠지 자존심 상하고 손해 보는 듯한 생각이 들어서 그런 고민을 하는 것 같습니다.”

영주 엄마는 괜히 속을 들킨 것 같다는 생각에 얼굴이 살짝 붉어져 시선을 아래로 깔면서 고개를 끄덕였다.

“예…….”

영주 엄마는 조금 더 담임 얼굴을 쳐다봤다간 자기도 살짝 그런 마음이 들었다는 것을 눈치채일까 봐 담임 얼굴을 바로 쳐다볼 수 없었던 것이다. 사실 지호도 영주 엄마의 생각을 어느 정도 짐작했지만 차마 그것까지는 이야기할 수 없어서 영주의 마음만 이야기했던 것이다.

"영주 어머니도 저와 같은 생각이시라면 이럴 때는 영주의 장래를 위해 어른들이 중심을 잡아줘야 한다고 생각합니다. 이미 고민을 많이 하시면서 이것저것 다 생각해 보셨겠지만 어차피 공부 자체로 스트레스받는 아이들에게 또 다른 스트레스를 받게 할 필요가 있을까요?"

"……."

담임의 이야기에 영주 엄마는 아무 말도 할 수 없어서 고개만 끄덕였다.

"물론 영주에게도 이야기했지만 영주는 과고에 가서도 분명 잘할 겁니다. 하지만 그건 가능성이지 확실히 그렇다고 장담할 수는 없는 거 아니겠습니까?"

"그렇죠, 그건!"

영주 엄마는 영주가 과고에 가서도 잘할 거라고 말한 대목에서는 왠지 뿌듯했지만 장담할 수는 없다는 현실적인 지적에 자기가 은근히 걸고 있는 희망(영주가 과고에 가서도 1등급을 할 수 있다는)이 깨질 수 있다는 두려움도 생겼다.

영주 엄마가 이런 생각을 하는 사이에 지호는 계속 말을 이어갔다.

"그리고 나머지 하나는……."

나머지 하나라는 이야기에 영주 엄마는 정신이 다시 들어 지호의 눈을 바라보았다. 이제는 왠지 담임의 입보다는 눈을 바로 쳐다봐야 한다는 생각이 들었기 때문이다.

"조금 전 제가 이야기할 때 그런 경험이 있다고 말씀드렸는데……."

지호가 잠시 머뭇거리자 영주 엄마는 궁금증이 생겼다.

'무슨 경험이기에 저러실까?'

영주 엄마가 잠깐 생각하는 사이에 지호는 다시 말하기 시작했다.

"바로 전 학교에 근무할 때 영주 같은 학생을 지도한 적이 있습니다."

지호의 이야기에 영주 엄마는 놀란 눈빛으로 지호를 바라보았다.

"영주 어머니께서 아시는지 잘 모르겠지만, 제가 바로 전에 근무했던 곳도 강남의 한 중학교였습니다. 그때 제 반에 태영이라는 학생이 있었습니다. 그 친구는 수학과 과학에 뛰어난 자질이 있어서 과학자가 되는 것이 꿈이었는데, 오히려 외고를 가겠다고 하는 바람에 제가 놀랐던 적이 있습니다."

영주 엄마는 침을 꿀꺽 삼키면서 자신도 모르게 손을 포개고 포갠 위쪽 손에 힘을 주면서 아래에 있는 손을 문질렀다.

"그래서 왜 그런지 이유를 물었더니 같이 과외 하는 친구들이 외고에 지원하는 걸 보고 자기도 가고 싶어졌다는 겁니다. 그래서 제가 태영이에게 '너의 꿈을 생각하면 너는 이과를 가야 하는데, 왜 외고를 가려구 해? 외고에 가면 내신에 불리하잖아. 그리고 주로 어학 계통 위주로 수업이 진행되기 때문에 자연대학에 가려면 혼자 별도로 공부해야 하는데' 라고 이야기했더니 태영이가 솔직하게 말하더군요."

"뭐라고 얘기했는데요?"

영주 엄마는 영주와 비슷한 상황의 이야기라 귀를 기울이지 않을 수가 없었다. 게다가 '솔직하게' 라는 담임의 말에 어떤 이야기가 나올지 매우 궁금했다.

"태영이는 저에게 '선생님, 저 솔직히 자존심 상해서 그래요. 제 친구들은 특목고특수목적 고등학교의 줄임말. 과학고등학교와 외국어고등학교 등을 말함에 가는데 저만 못 가는 것 같아서요. 그렇다고 제가 과고에 가면 상관없겠는데 과고는 확실히 붙는다는 자신이 없어서 자신 있는 외고에 가려구요' 라고 하더라고요."

담임의 그 말에 영주 어머니는 다시 마음이 찔끔했다.

"그래서 제가 여러 가지 이야기를 하면서 말렸지만 태영이는 기어코 외고에 가더라고요. 그런데……,"

'그런데' 라는 담임의 말에 영주 엄마는 참을 수 없어서 얼른 질문했다.

"왜요? 어떻게 되었는데요?"

"태영이가 외고에 다니면서 2학년 때 저를 찾아온 적이 있었는데 그때 후회를 많이 하더라고요."

"후회요?"

"네, 그때 '선생님, 그때 선생님 말씀 듣고 일반고에 갈 걸 괜히 외고에 왔어요. 외고에 왔더니 저한테 필요한 과목보다는 문과 쪽 과목만 집중적으로 가르쳐서 힘들어요!' 라고 말하더라구요."

지호는 이 대목에서 영주 엄마의 눈을 강하게 쳐다보았다.

"그러면서 태영이가 '선생님, 그래서 저 고민이에요. 전학을 가야 할지 자퇴를 해야 할지 말이에요' 라고 말하기에 제가 놀라서 '자퇴는 웬 자퇴?' 라고 물었죠. 그랬더니……,"

이 순간 영주 엄마는 자신이 침을 꿀꺽 넘기고 있다는 사실조차 느낄 수 없었다. 그 모습을 본 지호는 책상 서랍에서 종이컵을 꺼낸 후 영주 엄마에게 물을 따라주었고 영주 어머니는 마침 물을 마시고 싶었다는 듯이 컵 속의 물을 단숨에 비웠다.

"그때 태영이는 제게 이렇게 말하더라고요. '선생님 제가 외고에 와서 알게 된 사실인데요, 과고나 외고에는 전학 가거나 자퇴하는 학생들이 많대요. 처음에는 특목고라는 이름에 혹해서 왔다가 자기 적성이 맞지 않거나 내신 등급이 너무 떨어지는 학생들이 어쩔 수 없이 그런다는 거예요. 그런데 1학년 때 그런 고민을 한 애들은 바로 일반 고등학교로 전학 가는데, 2학년에 와서 고민하는 애들은 이미 1학년 내신에서 많은 손해를 봤기 때문에 아예 자퇴를 한다는군요. 그리고 검정고시를 치른 다음 대학 시험을 본대요' ."

"그 말을 들은 저는 더 이상 아무 말을 할 수 없었습니다. 당시 태영이와 상담할 때부터 그런 것을 알기에 만류했던 저로서는 더 이상 해 줄 말이 없었기 때문입니다. 그래서 '어쨌든 너의 긴 인생을 두고 보았을 때 1～2년은 그리 긴 세월이 아니니 신중히 생각하고 행동해라. 선생님은 태영이의 어떤 선택도 지지하니까 어려운 일 있으면 연락하고……' 라는 말로 끝냈습니다."

"그, 그래서 어떻게 되었나요?"

영주 엄마는 결과를 빨리 듣고 싶어서 자신이 담임 선생님의 말허리를 끊고 있다는 것도 알지 못한 채 지호에게 물었다.

"예, 한 달여 뒤 태영이에게서 결국 자퇴했다는 전화를 받았습니다."

지호는 그 당시의 기억이 가슴 아프다는 듯 고개를 들어 잠깐 다른 곳을 쳐다보다가 다시 영주 엄마를 보면서 이야기를 이어갔다.

"제게 이런 경험이 있기 때문에 영주 어머니께 말씀드리는 겁니다. 이럴 때일수록 어른들이 중심을 잡아줘야 한다고."

영주 엄마는 지호의 말을 듣고 고개를 돌려 다른 곳을 보면서 아무 말 없이 가만히 있었고, 지호도 더 이상 입을 열지 않아 둘 사이에 어색한 침묵이 흘렀다.

잠시 후 영주 엄마의 얼굴에 결심한 듯한 표정이 떠올랐다.

"선생님, 알겠습니다. 역시 처음 생각했던 대로 영주를 일반 고등학교에 진학시켜야 할 것 같습니다. 감사합니다. 선생님!"

그 이후로 간단한 이야기 한두 마디를 더 나눈 후 영주 엄마는 돌아갔고 지호는 고개를 끄덕이면서 잘됐다는 표정을 지었다.

다음 날 지호는 영주를 살펴보았는데 영주는 언제 무슨 일이 있었냐는 듯이 예전과 같이 공부에 집중하고 있었으며, 표정도 밝아 보였다.

"영주야, 어제 어머니께서 오셔서 이런 저런 말씀을 나누었는데, 어떻게 네 진학문제는 결정했니?"

지호는 쉬는 시간에 영주를 불러 물어보았다.

"네, 선생님 말씀대로 일반 고등학교에 가기로 결정했어요. 선생님 고맙습니다."

영주가 밝게 웃으면서 이야기했다.

그 일 이후 지호는 더 이상 영주 일로 고민하지 않았다. 그리고 특목고 원서를 접수하는 기간이 되어도 영주로부터 아무 이야기가 없어서 지호는 영주의 일을 잊어버리고 있었다.

그런데 특목고 원서 접수 마감일 오후에 영주 엄마가 다시 지호를 찾아왔다.

"영주 어머니, 어쩐 일이세요?"

지호는 다소 의외라는 표정으로 영주 엄마를 바라보았다. 그러면서 혹시 감사의 말을 하러 왔는가 생각하고 있었는데 영주 엄마가 한 말은 지호의 예상을 완전히 빗나갔다.

"선생님, 아무래도 과고에 지원해야 할 것 같아요. 친한 친구들이 모두 과고에 진학하겠다니까 영주가 도저히 안 되겠나 봐요!"

지호는 영주 엄마를 물끄러미 바라보다 어쩔 수 없다는 듯이 말했다.

"알겠습니다. 영주 어머니."

영주 엄마는 죄 진 사람처럼 지호를 똑바로 쳐다보지 못하고 시선을 살짝 피했다.

"어쨌든 정황에 대해서는 이미 말씀드렸고 영주와 영주 어머니께서도 많은 고심 끝에 내린 결정이라 믿고 원서를 써드리겠습니다."

"……."

영주 엄마는 담임이 별말 없이 원서를 써주겠다고 하자 다행이라고 생각했다. 학교에 오기 전부터 담임이 '안 된다'고 또 이야기하면 어떻게 말해야 할지를 계속 고민했기 때문이다.

"다만 원서 마감 시간이 얼마 남지 않아서 좀 빠르게 처리해야겠습니다."

"선생님, 고맙습니다. 그리고 죄송합니다."

영주 엄마는 진심으로 지호에게 감사의 인사를 했다.

"죄송해하실 것 전혀 없습니다. 어쨌든 가장 고민한 사람은 영주와 영주 어머니이실 테니까요."

지호는 시간이 별로 없었기 때문에 원서를 빠르게 작성하고 교감과 교장의 결재를 받기 위해 분주히 움직였다. 지호가 원서를 처리하는 동안 영주 엄마는 마음이 조금 급해졌다. 원서 마감 시간이 얼마 남지 않았기 때문이다.

지호가 모든 과정을 다 마친 후 영주 엄마에게 지원서를 건네주면서 마지막으로 말했다.

"영주는 과고에 가서도 잘 해낼 것입니다."

"저도 그러기를 바랍니다. 고맙습니다. 선생님!"

영주 엄마는 다시 한번 고맙다는 말을 하면서 원서를 받아들고 교무실을 총총걸음으로 빠져나갔다.

이렇게 복잡한 과정을 거쳐 영주는 과학고등학교에 원서를 접수

했고 당연히 합격했다.

그런데 과학고등학교에서의 생활은 기대만큼 좋은 방향으로 진행되지 않았다. 이미 예상했던 대로 과학고등학교에서 1등급을 받는 것은 일반 고등학교에서만큼 쉽지 않았다. 1학년 1학기 중간고사에서 2등급에 해당하는 성적을 받아 기말고사에는 꼭 1등급을 받겠다고 다짐했지만 기말고사 시험에서 2문제나 실수해 성적이 오히려 3등급으로 떨어진 것이다. 과학고등학교는 성적이 우수한 학생들이 모인 곳이기 때문에 경쟁이 매우 치열했으며 한두 문제라도 실수하면 성적에 바로 영향을 미쳤다. 중학교 내내 전교 1등을 놓쳐본 적이 없는 영주로서는 충격이 아닐 수 없었다. 성적 때문에 고민하는 영주를 보면서 영주 엄마의 속은 타들어 갔고 중학교 3학년 담임 선생님이 했던 이야기가 떠올랐다.

'특목고 학생들 중 많은 학생들이 자퇴해 검정고시를 보거나 일반 고등학교로 전학을 갑니다. 그나마 빨리 결정한 학생들은 전학을 할 수 있어서 다행이지만 너무 늦게 결정하면 내신을 회복할 수 있는 방법이 없어서 자퇴하고 검정고시를 볼 수밖에 없습니다.'

이 말이 떠오르자 영주 엄마는 더 늦기 전에 결정해야겠다는 생각으로 영주와 상의해 영주를 일반 고등학교로 전학시킨 것이다.

일반 고등학교로 전학 온 영주는 다시 최상위권 성적을 유지할 수 있었고 성적에 대한 스트레스도 많이 사라졌다. 그러면서 중학교 3학년 때 담임 선생님의 권유를 듣지 않은 걸 후회하곤 했다.

성적에 대한 큰 스트레스는 줄어들었다고 하지만 욕심과 승부욕이 있는 영주에게는 아쉬운 점이 있었다. 일반 고등학교에 전학 온 이후 전교 1등은 항상 미선이가 차지했기 때문이다. 미선이도 의대를 희망하는 여학생이었는데 미선이와 같은 중학교를 나온 친구들 이야기로는 미선이는 중학교 때 전교 10위권에 들 정도의 성적이었는데 고등학교에 올라와서 두각을 나타내고 있다는 것이다. 전교 2등이라도 내신은 1등급이기 때문에 전교 1등과 등급 차이는 없지만 전교 1등은 졸업 때 학교장 상을 받을 수 있고 대입 학생부종합전형에서 학교장 상을 받은 경력은 크게 작용할 수 있다. 또 과학고등학교에서 전학 왔다는 자존심과 그에 대한 아픔이 있는 만큼 어떻게든 전교 1등을 꼭 하고 싶었다.

'얼마나 더해야 미선이를 이길 수 있을까?'

스스로는 항상 최선을 다한다고 생각하는 영주로서는 조금 답답하기까지 했다.

"엄마, 오늘 친구들이랑 우리 집에서 과학 포스터 대회에 출품할 작품을 만들 거야!"

"오늘? 너 학원 끝나면 밤 10시인데 언제 모여서 한다는 거니?"

영주의 말에 영주 엄마는 다소 놀라면서 물었다.

"응, 오늘 학원 끝나고 친구들이랑 우리 집에서 모이기로 했어. 친구들이 학원 다니는 시간이 다 달라서 도저히 시간을 잡을 수 없더라구. 그래서 어쩔 수 없이 오늘 밤을 새워서라도 만들자고 했어. 내일 토요일이라 학교에 안 가잖아……."

"뭐? 밤을 새운다고?"

영주의 말에 영주 엄마는 기겁했다.

"아니, 꼭 그렇게 해야 되니?"

영주 엄마는 걱정이 되어서 물었다. 지난 주에는 체육 수행평가 준비를 한다면서 아이돌 그룹의 커버댄스를 연습하기 위해 토요일 내내 친구들이랑 어울렸기 때문이다.

요즘 영주 엄마는 영주를 볼 때마다 안쓰럽다는 생각을 많이 한다. 학교 성적에 반영되는 수행평가를 하느라 영주가 쉴 틈이 없기 때문이다. 교육 당국에서는 학생들 전인교육을 위한다는 명분으로 시험과는 별도로 학습과정을 평가하는 수행평가를 실시하고 있다. 그런데 과목마다 학기별로 2～3개의 수행평가를 실시하기 때문에 영주가 해야 하는 수행평가의 종류와 수가 상당히 많다. 물론 이 수행평가는 다른 학생들도 모두 하는 것이지만 수행평가 때문에 학생들이 쉴 수 있는 시간이 없다고 다른 학부모들 사이에서도 불만이 많았다. 그런데 많은 수행평가가 학기 말에 실시되기 때문에 학생들로서는 시험공부 하랴, 수행평가 하랴 애를 쓸 수밖에 없었다.

게다가 일부 수행평가는 조를 구성해서 조별로 평가하기 때문에 학생들끼리 시간을 맞추기 위해 학원을 빠지거나 학원 수업이 끝나는 밤에 모여서 늦은 시간까지 같이하기도 했다. 더구나 조원들 중 대학 진학을 포기해 성적에 관심이 없는 학생들은 수행평가도 성실하게 하지 않기 때문에 영주처럼 좋은 성적을 받아야 하는 학생들이 그런 친구들의 몫까지 담당해야 했다.

이런 이유들로 학부모끼리 만날 때마다 '도대체 애들은 언제 쉬라고 수행평가를 시험 준비 기간에 한답니까?', '아니, 애들이 무슨 기계도 아니고, 이거 너무 심한 거 아니에요?', '전인교육도 좋지만 이러다 애들 잡겠어요!' 등과 같이 수행평가에 대해 불만을 제기하곤 했다.

그런데 오늘은 또 무슨 대회에 제출할 작품을 만든다고 밤늦게까지 작업을 한다니 걱정이 될 수밖에 없었다.

"그거 꼭 해야 되냐니까?"

자신의 말을 듣지 못했는지 아무 대답이 없자 영주 엄마는 다시 한번 소리 높여 물었고 영주는 방에서 나오면서 엄마에게 대답했다.

"엄마, 어쩔 수 없잖아! 대학 입시를 위해 학생부종합전형을 준비하려면 학교생활기록부에 기록을 많이 남겨야 하는 거 엄마도 알잖아! 그러기 위해서는 여러 대회에 참가해서 좋은 성적을 받아야 하는데 어떡해? 그래서 학기 초에 각종 학교 대회 중에서 내가 할 수 있는 것들은 체크한 후 그런 대회에만 참가하는 거야!"

영주의 대답에 영주 엄마는 뭐라고 말할 수가 없었다. 대학 입시 수시에서는 말할 것도 없고 정시에서조차 학교생활기록부가 중요한 비중을 차지한다는 건 영주 엄마도 잘 알기 때문이다. 영주 엄마는 딸의 건강이 염려되어 안쓰러운 눈빛으로 바라보는데 영주가 하는 다음 말 때문에 쓴 웃음을 지을 수밖에 없었다.

"엄마, 그래도 난 다행이라고 생각해! 선배들 때는 학교 밖에서 실시하는 교외 대회 실적도 인정해 줘서 그런 데에도 참가하느라 고생이 더 많았대. 그런데 학생들에게 너무 많은 부담이 된다며 교외 대회 실적은 생기부학교생활기록부에 기록할 수 없게 제도가 변경되어서 지금은 교내 대회만 신경 쓰면 되는 걸 뭘……."

엄친아는 싫어요! (1)

“이 사람 좀 봐라, 이 사람은 공부가 제일 쉬웠다고 하는데 넌 도대체 뭘 하는 거니?”

정희는 엄마가 하는 소리를 들으면서 ‘또 시작이시네!’ 라는 생각과 함께 짜증이 나기 시작했다.

“공부가 제일 쉽다잖아! 공부가! 이 사람은 고등학교 때 배달 아르바이트도 하고 심지어는 싸움꾼이었대. 그런데도 몇 년에 걸쳐 공부한 덕분에 결국은 서울대에 수석으로 입학했다는데 넌 도대체 뭐하는 거니? 그렇게 쉽다는 공부도 제대로 못 하고. 넌 공부만 하면 되는데 도대체 뭐가 문제야?”

정희 엄마는 『공부가 가장 쉬웠어요!』라는 책을 보면서 공부를 잘하지 않는 정희에게 또 한소리 했다.

『공부가 가장 쉬웠어요!』라는 책이 선풍적인 인기를 끌면서 그 저자인 장승수 씨는 하루아침에 유명 스타가 되었다. 그는 고등학교 시절 싸움꾼이었고 식당 종업원, 오토바이 배달원을 비롯해 공사장 일꾼 등 궂은 일을 하며 어려운 시절을 보냈지만 각고의 노력으로 서울대에 수석 합격함으로써 온 나라를 놀라게 했다.

많은 부모들은 '공부가 가장 쉬웠다' 라는 그 책의 제목을 인용해 자녀가 그렇게 해 주기를 기대하면서 다그치기도 하는데, 그로 인해 많은 자녀들이 공부에 대한 스트레스를 더 받고 있었다. 정희 엄마 역시 공부를 잘하지 못하는 정희를 보고 답답하거나 화가 날 때마다 그 책 이야기를 들어가면서 정희를 닦달하곤 했다.

정희는 속상했다. 엄마는 항상 주위 사람과 자기를 비교하면서 공부하라고 다그치시기 때문이다. 그런 엄마의 잔소리를 들을 때 마다 이젠 짜증을 넘어서 화까지 났다. 초등학교 시절에는 엄마의 그런 소리를 어쩔 수 없이 참고 들어왔지만 중학교에 와서는 참다 참다 한두 번 폭발한 적도 있었다.

"엄마, 이제 그만 좀 해요. 세상에 공부가 쉽기는 뭐가 쉽다구 그래요? 그 사람은 공부를 잘했으니까 그런 소리를 하는 거지, 학생들 중에 공부가 쉽다고 생각하는 사람이 도대체 어디 있어요?"

정희는 엄마가 말도 안 되는 소리를 한다면서 대응했다.

정희도 나름대로 공부한다고는 하지만 성적이 중위권에 불과하기 때문에 대학 진학이 가능할지 장담할 수 없었다. 엄마의 잔소리에 어쩔 수 없이 책상에 앉아 있기는 하지만 그렇게 책상에 앉은 상태에서는 공부가 될 리 만무했기 때문에 그럴 때는 그냥 하릴없이 앉아 있을 뿐이었다.

정희에게는 초등학교 5학년 때의 아픈 기억이 있다. 옆집에 사는 선민 엄마가 선민이와 같이 집에 놀러온 적이 있었는데 그 자리에서 엄마가 선민이와 자기를 비교한 것이 엄청나게 창피했다.

"아이고, 선민이는 그렇게 공부를 잘한다면서? 엄마가 자랑이 대단하시던데……."

이렇게 말하시더니 엄마는 자기를 보면서

"그런데 우리 정희는 공부를 안 해 걱정이다. 얘, 정희야, 선민이를 좀 본받아라."

엄마의 말에 정희는 정말 창피해서 쥐구멍이라도 들어가고 싶은 심정이었다. 자기 친구 바로 앞에서 그것도 남자애 앞에서 그렇게 자신과 비교하는 엄마가 미워 죽겠다는 심정이 들어 선민이네가 돌아가자 결국 울음을 터뜨렸던 것이다.

"아니, 정희야! 너 왜 울어?"

정희 엄마는 정희가 갑자기 울음을 터뜨리자 영문을 몰라 우는 이유를 물어보았지만 정희는 그 이유를 말하지 않은 채 울기만 했다.

중학생이 된 이후에도 엄마는 계속 정희를 다른 학생과 비교하곤 했다.

"옆집 지훈이는 이번에도 성적이 95점이라고 지훈이 엄마가 자랑하던데, 엄마는 너 때문에 창피해 죽겠다. 너도 공부 좀 열심히 하면 안 되니?"

"네 친구 민희는 이번에 또 학급 회장을 했다면서? 걔는 공부도 잘하는데 친구들한테 인기도 많은가 보다. 너도 좀 본받아라, 본받아……."

이런 비교를 많이 듣다 보니 정희는 반발심이 생겨서 엄마에게 대들기도 했다.

"이제 그만 좀 해요. 난 엄마를 닮아서 머리가 나쁜 걸 어떡해요? 왜 자꾸 나만 갖고 그러세요!"
라고 하면서 방문을 '쾅' 닫고 자기 방으로 들어가기도 했다. 그와 함께 엄마가 비교하는 학생들에 대한 열등감과 미움이 생기기도 했다. 심지어 중학교 3학년 때에는 엄마가 또 비교하자

"우리 집은 다른 집보다 부자예요? 왜 우리 부모들은 다른 사람보다 잘 살지 못하면서 저만 다른 애들보다 공부 못한다고 탓하시느냐 말이에요! 저도 할 말이 없어서 못하는 줄 아세요? 왜 우리 집은 다른 집만큼 못 살아요? 내 친구들 중에 우리보다 잘 사는 애들이 한두 명인 줄 아세요?"
라고 말해 엄마를 놀라게 했다.

그 이후로 정희는 공부를 멀리하게 되었고 친구들과 놀기만 해 학급에서 중간 정도던 성적이 중학교 졸업할 무렵에는 바닥권으로 떨어졌다. 그 후 정희 엄마는 정희의 공부에 대해 포기했는지 더 이상 공부하라는 말을 하지 않게 되었다. 그렇게 중학교를 마치고 고등학교에 입학하게 된 정희는 여전히 공부에 대한 관심은 물론 미래에 대한 희망조차 갖지 않았다.

중학교를 졸업할 무렵부터 공부에 대해 더 이상 이야기하지 않던

정희 엄마는 정희 사촌 언니가 대학에 입학했다는 소식을 듣고 오랜만에 정희에게 공부 이야기를 꺼냈다.

"정희야, 지희 언니는 이번에 연세대학교에 입학했다는데 너는 그래서 대학교에 가기는 하겠니? 이제 고등학생인데……."

하지만 이미 엄마의 그런 이야기에 면역이 된 정희는 그러는 엄마의 말에 더 이상 화가 나지도 않아 그냥 무시해 버리고 듣고 있던 음악 소리를 더 크게 틀어놓았다.

"아니, 저 애가……."

반항하듯이 음악 소리를 더 크게 하는 정희를 본 정희 엄마는 뭐라고 한마디 더 하려다가 그만두기로 했다. 중학교 3학년 말에 정희가 자기 집과 다른 집의 경제력을 비교하면서 반발했을 때부터 왠지 정희를 다른 아이와 비교하는 것에 대한 자신감이 떨어졌고, 그 이후로 오히려 공부를 멀리하게 된 정희를 보면서 이제는 자신의 말이 더 이상 정희에게 먹히지 않는다는 사실을 알게 되었기 때문이었다.

하루는 정희 엄마가 TV를 보던 중 우연히 자녀의 교육에 관한 프로그램을 시청하게 되었다. 그 프로그램에 나오는 강사는 교사 생활을 하다 공부를 더 하기 위해 유학을 다녀온 후 교육 관련 연구소에서 근무하는 제법 유명한 인사였다.

"일반적으로 엄마들이 자녀에게 자극을 주거나 동기를 부여하고

자 할 때 '○○는 어떻고 어떤데, 너는 왜 그렇게 못하니?', '○○는 이번 성적이 어떻더라!' 등과 같이 무심코 다른 학생과 자녀를 비교하는 경우가 많습니다. 그런데 이렇게 말하는 것이 자녀에게 동기를 부여하기 위해서라기보다는 감정을 참지 못하고 내뱉는 건 아닌지 좀 더 냉정하게 생각해 볼 필요가 있습니다."

이 말을 듣자 정희 엄마는 정희가 공부하게 할 수 있는 방법을 들을 수 있을 것 같다는 생각에 강사의 말에 귀 기울이기 시작했다.

"그렇다면 과연 이런 말들이 자녀에게 동기부여가 될까요? 부모들의 희망과 달리 이런 자극은 전혀 효과가 없습니다. 아니, 오히려 자녀들이 반감을 갖게 되며 공부에 집중하지 못하게 하는 큰 요인이 됩니다. 그뿐만이 아니라 자녀가 비교 대상 학생에 대한 열등감이나 나쁜 감정을 갖게 되어 인격 형성에 큰 문제점을 야기하는 경우도 있습니다. 게다가 사춘기에 접어들면서 반항심이 커지게 되는 시기에는 그런 소리를 들을 때 참지 못하고 대들기도 하죠."

강사의 이야기를 들으면서 정희 엄마는 고개를 끄덕였다.

"자녀를 키우면서 해서는 안 되는 일 중 하나가 자녀를 다른 학생과 비교하는 것입니다. 일반적으로 비교하는 대상은 자녀들보다 우수하거나 좋은 결과를 내는 학생들이기 때문에 이런 학생들과 비교하는 것은 자녀를 위축시켜 열등감과 패배감을 갖게 합니다. 그렇기 때문에 비교하는 부모의 의도와는 전혀 반대 효과를 내기도 하는 거죠. 『Time』지가 '금세기의 인물'로 선정 · 발표한 앨버트 아인슈타인의 초등학교 성적표에는 '지나치게 산만하며 성공할 가망이 낮은, 미래가 걱정되는 아이' 라고 적혀 있었고, '천재란 1퍼센트의 영감과 99%의 땀으로 이루어진다' 라는 말을 남겼으며 일생 동안 무려 1,093개의 발명 특허권을 획득한 최고의 발명가였던 토마스 에디슨은 초등학교 선생님에게 저능아라는 소리까지 들으며 학교에서 쫓겨나기까지 했습니다. 그러나 두 사람 모두 어머니의 인내심과 믿음을 통해 세계적인 인물이 되었습니다. 두 위인의 어머니들이 갖고 있는 공통점은 믿고 기다렸다는 것입니다. 물론 아인슈타인과 에디슨 엄마의 예는 보기에 따라 너무 극단적인 경우라고 생각할 수 있겠지만 저도 학교에서 근무할 때 학생들마다 능력이 발휘되는 시기가 다르다는 것을 자주 경험했습니다. 제가 학교에 근무할 때 경험한 예를 들어 보겠습니다."

정희 엄마는 강사의 이야기에 점점 빨려들어갔다.

"진희라는 학생은 초등학교 때부터 공부 잘하는 것으로 유명했는데, 중학교에 올라와서도 1학년 때에는 최상위권을 유지했습니다. 진희의 희망은 의사가 되는 것이었는데 중학교에서 2학년, 3학년으로 갈수록 성적이 점점 떨어졌고 고등학교에서도 성적을 올리지 못해 의대에 진학하지 못하고 자신의 희망과 다른 학교에 진학했습니다. 이에 비해 미현이라는 학생은 진희에 비해 초등학교와 중학교 1학년 때의 성적은 낮았지만 중학교에서는 물론 고등학교에 진학한 이후에도 계속 노력해서 서울대 수의학과에 진학해 가축을 돌보고자 하는 본인의 꿈을 이루었습니다. 현재 그녀는 미국에서 박사학위를 취득해 그곳에서 생활하고 있습니다. 또 다른 예로 영진이와 미선이라는 학생은 모두 초등학교에서는 공부를 잘하지 못했습니다. 그런데 영진이는 중학교 1학년부터 성적이 나아지기 시작하더니 결국 연세대학교 법대에 입학했고, 미선이는 중학교 1학년까지 공부를 전혀 잘하는 편이 아니었으나 2학년 때부터 성적이 좋게 나오기 시작해 친구들이 놀라워했습니다. 그 후 그녀는 이화여대 회계학과를 졸업하고 AICPA미국공인회계사 자격을 취득해 현재 왕성한 활동을 하고 있습니다. 교직 생활을 하면서 이런 경우를 많이 보았는데 이처럼 학생 개개인에 따라 능력이 발현되는 시기가 다르기 때문에 부모들도 자녀들을 믿고 지원해 주면서 그 능력이 나타나는 시기까지 긴 호흡으로 기다릴 필요가 있습니다. 하지만 많은 부모들이 그 시기를 기다리지 못하고 자녀를 엄친아와 비교하며 자녀들에게 상처를 주는데, 정작 부모는 자신의 말에 자녀들이 상처받고 있다는 사실조차 모르는 경우가 대부분입니다. 그렇다 보니 교육자들 사이에서는 '엄친아는 없는 대신 엄친아 때문에 스트레스를 받는 사람은 많다' 라는 말이 있으며, 심리학자들은 '엄친아와의 비교가 10~20대의 스트레스 요인 중 주요한 부분을 차지한다'고 말합니다."

강사의 이야기를 들으면서 정희 엄마는 TV 앞에 좀 더 가까이 가서 앉았다. 그 강사의 이야기가 정희 엄마의 마음을 사로잡았기 때문이다.

"그리고 학생들 능력이 발휘되는 시기 말고도 고려해야 할 사항이 있습니다. 학생들마다 소질과 능력이 다르다는 점입니다. 우리나라 교육체계가 예전에 비해 많이 변하고는 있지만 아직도 학업 성적 위주로 입시가 이루어지고 있기 때문에 성적 지상주의가 지배하고 있습니다. 하지만 각양각색各樣各色이란 말이 있듯이 학생에 따라 갖고 있는 재능은 다양합니다. 오래전 교육 관련 책에서 보았던 내용인데 달리기가 빠른 치타, 하늘을 나는 독수리, 헤엄을 잘 치는 물개, 땅을 잘 파는 두더지가 함께 모인 학교에서 이 모든 동물들에게 달리기, 날기, 헤엄치기, 땅 파기 등을 모두 다 잘하도록 가르친 결과 네 동물 모두 어느 것도 잘할 수 없게 되었다고 합니다. 심지어 자신의 특기 분야에서도요. 이 내용은 저에게 큰 충격으로 다가왔습니다. 그래서 그후부터는 학교의 교육이 어떤 방향으로 나아가야 하는지를 자주 생각하곤 했으며, 이것이 계기가 되어 교육에 대한 공부를 더 하고자 학교를 그만두고 유학 가게 되었습니다. '혹시라도 나는 물개에게 달리기만을 강조하는 것은 아닌지, 같은 조류라도 나는 것보다는 헤엄치는 것을 잘하는 펭귄에게 자꾸 날아보라고 재촉하거나 압박하는 것은 아니었는지……' 를 생각하면서 말입니다. 우리나라의 교육제도는 달리기라는 학업 성적 위주로 평가가 진행되기 때문에 이런 체제에서 독수리나 물개, 두더지는 열등생으로 취급받을 수밖에 없습니다. 그렇지만 분명히 그들은 잘할 수 있는 분야가 있고, 그들 분야에서 최상의 실력을 갖춘 동물인 것입니다. 학생들도 마찬가지입니다. 비록 현재의 학교 상황에서 좋은 성적을 얻지는 못하더라도 그 학생이 갖고 있는 재능이 다른 곳에 있을 수도 있기 때문에 그 재능이 무엇인지 찾아내는 것이 중요합니다."

강사는 이렇게 이야기한 후 잠시 쉬었다가 말을 이어갔다.

"하지만 제가 이렇게 말씀드렸다고 해서 현재의 교육제도를 무시하라는 말이 아닙니다. 다만 자녀들을 엄친아와 비교하는 것이 좋은 결과를 만들기는 어렵다는 것을 말하고자 하는 것입니다."

이 순간 TV 카메라가 방청석을 비춰서 방청석에 있는 모든 사람들이 고개를 끄덕이는 것을 정희 엄마는 볼 수 있었다.

강사는 강의를 마무리하면서 마지막 말을 했다.

"자녀를 키우는 어머니들, 관점을 바꾸어서 천천히 생각해 보면 자신의 자녀에게도 엄친아보다 나은 점이 있다는 걸 분명 알게 되실 겁니다. 따라서 제가 앞에서 말씀드린 이야기에 공감이 가신다면 자녀를 엄친아와 비교하고 싶어질 때 '우리 애는 다른 분야에 소질이 있지 않을까?', '애는 능력을 발휘하는 시기가 다른 애들보다 조금 늦을 뿐이 아닐까?' 라는 생각을 하면서 '우리 애는 성격이 좋아서 친구들과 잘 지내기 때문에 사회생활을 더 잘할 텐데……', '우리 애는 음식을 가리지 않아서 건강하잖아!', '우리 애는 예절이 발라서 어른들이 좋아하잖아!' 등과 같이 자녀의 장점을 한 번 더 생각해 보시기 바랍니다. 그리고 이렇게 긴 호흡으로 자녀를 믿고 기다린다면 엄친아와의 비교로 인해 자녀가 상처받고 위축되는 일은 없을 것이고 분명 적절한 시기에 자녀는 어머니들의 믿음에 보답할 것입니다."

강의가 끝나자 정희 엄마는 '그러는 부모들이 있단 말이야? 그런 부모 애들은 정말 힘들겠다!' 라며 혼자 되뇌고 있었다.

연예인이나 할까? (1)

"선생님, 안녕하세요?"

고등학교 은사라면서 오랜만에 찾아온 숙영이를 영우가 반갑게 맞아주었다.

"사모님도 안녕하셨어요?"

"어, 숙영이구나! 도대체 몇 년 만이야? 대학 때는 가끔 찾아오더니 요즘은 바쁜가 봐?"

숙영이를 몇 번 만난 적이 있는 영우 아내도 숙영이를 반갑게 맞았다.

"숙영이가 점점 예뻐지는 걸 보니 시집갈 때가 된 것 같은데 아직 사귀는 사람 없니?"

영우 아내의 이런 소리에 몇 년 전만 같으면 살짝 쑥스러워 하는 모습을 보였을 숙영이었을 텐데, 이제는 사회생활을 해서인지 여유 있는 모습을 보였다.

"글쎄 말이에요! 사모님. 선생님처럼 멋진 남자 있으면 소개 좀 해주세요. 그럼 바로 시집가게요~."

"아이구, 이놈 봐라, 이제는 잘 받아 넘기네!"

숙영이의 맞장구에 영우는 웃으면서 감탄했다.

몇 년 만에 만난 제자여서 그런지 영우와 그의 아내, 그리고 숙영이는 이야기꽃을 피워 나갔다.

"야~ , 숙영이가 고등학교에 입학할 때만 해도 코를 찔찔 흘려서 선생님이 콧물을 닦아 줬던 기억이 엊그제 같은데 벌써 시집 갈 나이가 되었네!"

영우의 장난기 있는 멘트에 숙영이는 웃으면서 대답했다.

"호호호, 선생님, 아직도 그 썰렁 개그를 하세요? 벌써 몇 년째세요? 저희가 고등학교 3학년 때에도 그런 말씀을 하시더니 여전히 변하지 않으셨네요!"

"글쎄 말이야. 이이는 그런 것이 재미있는지 여전히 그런 농담을 하네! 난 하나도 재미없고만!"

영우의 아내는 숙영이의 편을 들으면서 남편을 같이 흉보기 시작했다.

"사모님이 너무 잘해 주셔서 선생님이 그러시는 거 아니에요?"

숙영이가 영우 처에게 그렇게 묻자 영우는 질색하며 말했다.

"야, 야, 그런 소리 마라. 이 사람이 얼마나 나를 잡는데……, 나는 이 사람 앞에 서면 고양이 앞에 쥐 신세라니까!"

"뭐라고요? 숙영이가 들으면 진짜인 줄 알겠네요!"

영우의 말에 영우 처는 놀란 토끼 눈으로 영우와 숙영이를 번갈아 쳐다보면서 말했다.

"아니, 그럼 당신 말을 들으면 숙영이가 진짜인 줄 알 것 아냐!"

영우도 질 수 없다는 듯이 웃으면서 받아쳤다.

이렇게 웃음꽃을 피우며 이야기하다 영우가 숙영이에게 물었다.

"너, 이전에 다닌다던 무역 회사는 잘 다니고 있니?"

영우의 질문에 사과를 한 입 베어 물은 숙영이는 맛있게 사과를 씹어가면서 대답했다.

"아하! 선생님을 뵌 지 오래되기는 했나 봐요! 아직 그 회사 말씀을 하시는 걸 보니……."

숙영이의 대답에 영우는 포크로 사과를 찍으려다 말고 고개를 들었다.

"그럼 그 사이 다른 일이 있었나 보구나!"

"예. 2년 전에 다른 회사로 옮겼어요!"

"그래? 어딘데?"

"선생님이 들으시면 조금 놀라실 수도 있을 거예요!"

숙영이의 말에 영우는 궁금하다는 듯이 쳐다보았다.

"왜? 유명한 회사니?"

"네, 아주 유명해요~."

숙영이가 웃으면서 답했다.

"야, 인마, 변죽만 울리지 말고 이야기해 봐! 어느 회사인데?"

영우가 주먹을 살짝 쥐고 숙영이의 머리를 쥐어박는 시늉을 하며 묻자 숙영이가 웃으며 반문했다.

"선생님, 혹시 연예 기획사 SM이라고 아세요?"

"뭐? SM? 이수만 씨가 회장으로 있는 그 SM 말이냐?"

영우는 살짝 놀란 표정으로 숙영이를 쳐다보았다.

숙영이는 학창 시절에 밝고 착한 학생이었지만 연예 계통과 연결될 만한 성향을 특별히 보이지 않았기 때문이다.

"네, SM에서 가능성 있는 신인들을 캐스팅하는 업무를 담당하고 있어요!"

"그래에～?"

영우는 놀랐다는 표정으로 숙영이를 바라보았다. SM은 우리나라 연예 기획사 중 가장 큰 회사이고 유명한 연예인들을 많이 보유하고 있어 이 회사의 연습생으로 들어가는 것조차 경쟁률이 수백 대 1에 이른다는 뉴스를 본 적이 있기 때문이다. 그런데 그 회사에서 유망주를 캐스팅하는 일을 한다는 숙영이를 보니 놀라지 않을 수 없었다.

"야～, 이거 끗발이 끝내주는 제자 하나 생겼네!"

그러면서 영우는 아내를 바라보며 장난기 어린 말을 했다.

"여보～, 가서 종이와 펜을 좀 갖다 줘요～."

"종이와 펜이요? 그건 왜요?"

영우의 밑도 끝도 없는 말에 영우의 아내는 어리둥절한 표정을 지었다.

"아니, 숙영이가 끗발 있는 유명 인사가 되었는데 사인 한 장 받아야 되는 거 아냐? 그래서 사인 받으려고…….”

영우가 웃으면서 농담하자 영우 아내는 어처구니없다는 표정을 지으며 면박을 주었다.

“또, 또 농담이에요? 아니 이이는 제자 앞에서 창피하지도 않아요? 아직도 그런 농담을 하게.”

영우의 아내는 영우를 살짝 흘겨보면서 영우의 팔을 꼬집었다.

“아야! 알았어. 안 할 테니까 그만 꼬집어～! 허～참～, 이 사람 손이 보통 매워야지…….”

영우와 영우 아내의 익살스런 말다툼에 숙영이는 재미있는 드라마를 보듯이 웃었다.

“호호호～, 두 분은 여전히 행복해 보이시네요! 정말 보기 좋아요!”

숙영이의 말에 영우도 아내도 웃었다.

“그래, 너도 유망주들을 캐스팅해 봤니?”

영우의 질문에 숙영이는 당연하다는 듯한 표정으로 답했다.

“그럼요. 그게 제가 하는 일인데요.”

그러면서 숙영이는 연예인과 연예 지망생들에 대해 이것저것 이야기해 주었다.

영우와 아내가 숙영이의 이야기를 재미있게 듣는데 숙영이가 갑자기 엉뚱한 말을 했다.

“참, 선생님 학교에 춤을 잘 추거나 노래를 잘하는 학생들이 있으면 제게 소개시켜 주세요."

"왜? 재능이 있는 애들 있으면 네가 좀 캐스팅해 보게? 야~, 그놈들 운이 좋아서 선생님 덕분에 유명 회사에 캐스팅도 돼 보겠네!"

라면서 영우는 신난다는 듯이 웃으며 아내를 바라보았다.

숙영이는 재미있다는 듯이 영우와 영우 아내를 둘러보더니 전혀 예상치 못한 말을 꺼냈다.

"아니요, 그런 애들이 있으면 걔네들의 기를 팍팍 꺾어서 쓸데없는 기대 하지 말고 공부나 열심히 하라고 하게요!"

"어엉? 그게 무슨 말이야? 알아듣기 쉽게 설명해 봐."

전혀 예상치 못한 숙영이의 말에 영우는 다소 어리벙벙한 표정을 지었고 영우 아내도 고개를 갸웃거리며 숙영이를 바라보았다.

숙영이는 영우 내외가 어리벙벙해하는 표정을 보면서 웃다가 다소 정색하며 설명했다.

"예, 제가 연예인을 지원하는 많은 학생들을 만나 봐서 얻은 결론인데요, 제 경험에 의하면 많은 학생들이 노래나 춤에 소질이 좀 있으면 그쪽 분야에 지원하겠다면서 공부를 소홀히 하더라고요. 그런데 연예인이 되는 건 말할 것도 없고 연예인이 되기 위한 연습생이 되는 것조차 얼마나 힘든 일인지 모르기 때문에 시간만 낭비하는 것 같아 안타까운 생각이 들더라구요. 차라리 연예인이 되기 위해 들이는 시간과 돈, 그리고 그 노력을 공부에 투자하는 게 훨씬 더 성공률이 높을 텐데……. 그래서 선생님과 인연이 있는 학생들은 그런 헛된 꿈을 갖지 말라고 정신 차리게 해 주려고요~."

숙영이의 말에 영우 부부는 고개를 끄덕였다.

"그런 뜻이었구나! 연예인이 되는 길이 정말 힘든가 보네?"

영우가 자연스럽게 그렇게 물었다.

"예, 제가 그쪽 계통에서 일하다 보니 알게 되었는데 일반인들이 생각하는 것보다 훨씬 많이 힘들어요!"

그러면서 숙영이는 영우에게 물었다.

"선생님, 연예 계통의 학원 수가 몇 개 정도나 되는지 아세요?"

"글쎄, 난 그쪽에 관심이 없어서 별로 생각해 본 적이 없는데……."

그러자 영우 아내가 끼어들었다.

"난 지나다니면서 연기 학원을 본 적이 있어. 그런데 연기 학원은 그리 쉽게 찾을 수 없던데? 왜, 연기학원 수가 많니?"

영우 아내의 말에 숙영이는 고개를 끄덕였다.

"요즘 연예고시가 열풍이라 전국의 실용 음악 학원만 700개가 넘어요. 그리고 연기, 댄스를 포함하면 3,000여 개가 넘는 연예 관련 학원들이 있고요."

"뭐? 그렇게나 많아?"

영우 내외는 눈이 휘둥그레지면서 소리를 높였다.

"만약에 그 학원들에서 연예인을 매년 한 명씩만 배출한다고 해도 연예인의 수가 매년 3,000명씩 늘어난다는 말인데 우리나라 연예인이 그렇게 많나?"

영우가 과학 교사의 특성을 발휘해 바로 분석 모드로 들어갔다.

"그러게 말이에요. 그러니까 더 문제라는 거예요. 실제로 연예인 수는 그렇게 많지 않은데 그 많은 학원들이 연예인을 만들어 준다는 명분으로 어린 학생들과 학부모들을 현혹하고 있는 거죠."

"그렇구나! 네 말을 듣고 보니 심각한 문제네! 앞으로 나도 연예인을 희망하는 학생들이 있으면 이런 실상을 정확히 알려줘야겠다."

영우는 아주 중요한 사실을 알았다는 듯이 고개를 끄덕이며 학생을 지도하는 선생님답게 말했다. 영우의 그런 반응에 숙영이는 맞장구를 쳤다.

"네, 그래서 제가 선생님이 지도하시는 아이들에게 도움을 주려고 그렇게 말씀드렸던 거예요."

"아하~, 그래서 그랬구나! 그럼 이제 선생님이 말을 바꿔야겠다."

영우가 이렇게 말하자 숙영이와 영우의 아내는 무슨 말이냐는 듯이 영우를 바라보았다.

"아까 네가 재능 있는 애들 만나 보겠다는 얘기를 했을 때 내가 '그놈들 운이 좋아서 선생님 덕분에 유명 회사에 캐스팅도 돼 보겠네!' 라고 말했는데, 이제는 반대로 '그놈들 운이 좋아서 선생님 덕분에 인생의 큰 실패를 피해 가게 되었네!' 라고 이야기를 바꾸겠다는 거야."

영우의 말에 숙영이와 영우 아내는 웃으면서 맞장구쳤다.

"그래요. 그래야겠네요!"

연예인과 관련된 숙영이의 이야기는 계속되었다.

"한 연구 조사에 의하면 연예인 학원 수강료가 취미반이 10~30만 원 정도이고, 전문반은 50~70만 원 정도인데, 기숙사와 연계해서 진행되는 학원의 수강료는 더 비싸고 개인 교습의 경우 부르는 게 값이라고 해요. 특히 작은 기획사와 연계한 전문반의 수강료는 100~200만 원대의 고액이라고 하더라구요."

"아니, 그러면 네가 다니는 회사처럼 우리나라를 대표하는 몇몇 기획사와 관련된 학원에서는 도대체 얼마나 받는 거야?"

영우의 질문에 숙영이는 잠시 뜸을 들이다가 대답했다.

"저희 같은 유명 기획사는 그래서 공식적으로는 연예 학원과 연계하지 않고 아예 공개 오디션이나 길거리 캐스팅을 통해 뽑지만 정말 아무런 연결 고리가 없는지는 저도 알 수 없어요. 그건 회사의 위쪽 분들만 알 테니까요!"

"음……."

숙영이의 말에 영우는 저도 모르게 고개를 끄덕이며 신음 비슷한 소리를 냈다.

"게다가 연예인을 많이 배출하기로 유명한 일부 학원에서는 3살에서 7살 정도의 아주 어린 아이들에게 연기 연습을 시키면서 연예고시를 준비시키는데, 그런 아이들은 그 시기에 표정 연기, 대사 연습, 역할극, 카메라 연기 등 여러 가지를 배워요."

숙영이의 말에 영우 아내는 이제야 알겠다는 듯이 톤이 다소 높아지고 억양이 강해진 말투로 말했다.

"그래서 그랬구나! 요즘 TV 드라마에서 어린애들이 연기하는 걸 보고 애들이 어떻게 저렇게 연기를 잘하는지 이이랑 놀라곤 했어. 특히 우는 장면에서 감정을 싣는 것을 보면 정말 소름이 끼치더라고."

"그렇죠? 그게 다 어릴 때부터 연기 학원을 다니면서 일종의 영재 교육을 받은 애들이기 때문에 그런 거예요. 그런데 사모님 말씀 들어 보니까 선생님도 드라마를 자주 보시나 보네요? 보통 남자들은 드라마를 잘 안 본다는데……."

숙영이가 재미있다는 듯이 영우를 바라본 후 영우 아내에게 묻자 영우는 비밀을 들켰다는 듯이 아니라며 발뺌했다.

"무슨 드라마를? 여보, 내가 언제 드라마를 봤다고 그렇게 얘기해?"

그러면서 괜히 아내에게 핀잔을 주었다.

그러자 영우의 아내는 영우를 놀린다는 표정으로 숙영이를 보면서 말했다.

"아니 왜요? 제자에게 드라마를 본다는 얘기하니까 왠지 창피한가 보죠? 호호～. 그러면 드라마를 보면서 눈물을 흘린다는 얘기도 해버릴까 보다."

"네? 선생님께서 드라마를 보다 우신다고요?"

숙영이의 반문에 이번에는 영우 아내가 깜짝 놀랐다. 그냥 영우를 놀리려고 한 말인데 결과적으로는 영우가 드라마를 보면서 울기도 한다는 걸 말해버리고 만 것이다.

영우는 다소 표정을 바꾸며 아내를 꾸짖듯이 말했다.

"아니? 무슨 소리야! 내가 언제 드라마를 보면서 눈물을 흘렸다고? 숙영이가 오해하겠어. 진짜인 줄 알고."

영우의 다소 화난 듯한 목소리에 영우 아내는 미안한 마음도 있고 해서 한발 뒤로 물러섰다.

"아니, 장난하느라 한 말이지 네가 언제 당신이 눈물 흘린다고 했나요?"

분위기가 다소 어색해지자 숙영이는 분위기를 바꾸려고 웃으면서 말했다.

"선생님. 그게 어때서 그래요? 남자는 눈물 흘리면 안 되나요? 슬픈 장면에서 눈물이 나오는 건 자연스런 현상인데 뭘 그러세요. 저희 아버지는 드라마를 보시면서 어머니보다 눈물을 자주 흘리시던데요 뭘……."

숙영이는 살짝 영우의 눈치를 보면서 말을 이어갔다.

"제가 볼 때 우리나라 남자들은 좀 불쌍해요. 남자는 강해야 한다는 교육을 어릴 때부터 무의식적으로 받아와서인지 '감성적으로 행동해서는 안 된다' 든지 '울면 안 된다' 는 강박 관념에 사로잡혀 있는 것 같아요. 또 자신의 감정을 솔직하게 표현하는 것도 남자답지 않다는 교육을 받아 와서 그런지 슬플 때도 슬픈 내색을 잘 못하잖아요. 그래서 그런 남자들을 보면 좀 안됐다는 생각이 들어요. 여자들은 감정 표현에 충분히 자유로운데……."

숙영이의 말에 영우는 조금 기분이 나아지는 것 같았다. 그러면서 예전에는 자기가 숙영이를 가르쳤는데 이제는 이놈이 선생님을 가르칠 수 있는 정도로 성숙해졌다는 생각이 들면서 세월이 많이 흘렀음을 느낄 수 있었다.

"아쭈~ , 이젠 숙영이가 선생님을 가르칠 나이가 되었네!"

영우가 웃으면서 말하자 숙영이는 다소 당황한 듯이 손사래를 쳤다.

"아니에요. 제가 어떻게 선생님을……."

숙영이의 놀라는 표정을 보면서 영우는 재미있다는 듯이 말했다

"아니야, 그만큼 잘 자란 너의 모습을 보면서 선생님이 왠지 뿌듯해서 한 소리야!"

영우의 말을 들으면서 그 말이 진심인지 확인하기 위해 영우의 표정을 살펴본 숙영이는 선생님 말이 진심인 것 같아 안심이 되었다.

"그래서? 얘기를 계속해 봐."

영우 아내는 자기의 말실수로 촉발된 다소 어색한 분위기를 바꾸고자 하는 마음에 숙영이에게 이야기를 계속하게 했다.

"네, 이렇게 일종의 연예 고시라고 하는 면접을 통과한 기획사 연습생은 대략 1,000명 이상으로 추산되는데 주로 저희 회사 같은 대형 기획사에 많고 중소 기획사의 경우는 10여 명 내외의 연습생을 보유하고 있어요."

이 대목에서 숙영이는 잠시 말을 끊었다가 영우에게 질문했다.

"선생님, 제가 하는 일이라서 잘 아는데 기획사 연습생들이 얼마나 힘든 생활을 하는지 아세요?"

"글쎄……. 어쨌든 치열한 경쟁을 뚫고 들어왔으니까 '열심히 하겠거니' 하는 정도만 생각할 수 있지 정확히는 알 리가 없잖아!"

영우는 너무 쉽게 대답하는 자신을 발견하면서 숙영이에게 조금 미안한 생각이 들었다.

"기획사 연습생들은 우선 그들 사이의 경쟁에서 이겨야 하는데, 걔네들 노력은 가히 눈물이 날 정도예요. 방학 때는 오전 9시부터 새벽 2시까지 훈련을 하는데, 점심 · 저녁 식사를 포함해서 휴식시간이 적게는 1시간, 많아야 3시간 정도에 불과해요. 걔들은 모두 춤, 노래, 연기 연습 등을 훈련할 뿐만 아니라 몸매를 위한 트레이닝 시간이 별도로 있어서 하루 5시간 정도밖에 못 잘 정도로 빡빡한 스케줄을 반복해요."

숙영이의 말에 영우는 그들 사이의 치열한 경쟁이 저절로 머릿속에 그려졌다. 그러자 오히려 공부하는 학생들의 생활이 편할 수도 있겠다는 생각이 들었다.

"야~, 그렇다면 걔네들은 공부하는 것보다 더 많이 노력하는 거잖아? 난 학교에만 있어서 공부하는 애들을 볼 때마다 안쓰럽다는 생각이 들곤 했는데, 연예인 연습생들과 비교하면 오히려 양반인 셈이네!"

영우는 새로운 사실을 알았다며 고개를 계속 끄덕였다.

"그래서 이런 실상을 모르고 연예인을 지망하다 허송세월을 보내거나 인생의 중요한 시기를 허망한 꿈에 사로잡혀 흘려보내다 좌절하지 말라고 애들에게 현실을 알려주려 아까 선생님께 그렇게 말씀드린 거예요."

"음~, 그렇구나! 이제 이해가 간다."

숙영의 말에 영우는 진심으로 동감했다.

"연예계를 지망하려는 학생뿐만 아니라 자기 아이가 공부를 못한다고 '연예인이나 시킬까?' 라고 생각하는 학부모라면 이런 점에 대해 다시 한번 고려해 봐야 할 텐데 그런 분들이 이런 사실을 알지 못하는 것이 안타까울 뿐이에요."

숙영이의 이런 이야기에 영우와 아내는 서로 얼굴을 마주보면서 고개를 끄덕였다. 이처럼 오랜만에 찾아온 제자로부터 새로운 사실을 알게 된 영우 부부는 숙영이와 이런저런 대화를 하면서 계속 이야기꽃을 피워갔다.

비밀

'어? 이게 뭐지? 전혀 생각나질 않네!'

2학년 기말고사에서 과학문제를 풀던 민서는 한 문제에서 막혀 난감한 표정을 지었다. 문제의 답이 전혀 생각나지 않았던 것이다. 분명히 시험공부를 다 했다고 생각했는데 이 내용은 공부를 했는데 기억이 나지 않는 것인지 아니면 아예 공부를 안 했는지조차 기억나지 않았다. 다른 문제는 다 풀어서 어쩌면 100점을 맞을 수 있을 거라고 기대를 하고 있었던 만큼 더 당황스러웠다.

> '혈액이 심장에서 흘러나와 온몸을 돈 후 다시 심장으로 돌아가는 순환을 ( )이라고 하며, 심장에서 흘러나온 혈액이 허파를 돈 후 다시 심장으로 흘러들어 가는 순환을 ( )이라고 한다.'

혈액의 순환과 관련된 명칭을 적는 문제로 빈 칸에 맞는 용어를 채워야 하는데 도무지 기억이 나지 않는 것이다.

'아~, 이거 어떡하지? 시험 종료 시간은 바로 코앞인데…….'

이런 생각을 하면서 시험지의 다른 문제들을 살펴보기 시작했다. 간혹 시험에서 모르는 내용이 나올 때 시험지의 다른 문제를 살펴보면 그 문제에 관한 힌트를 얻을 수도 있기 때문에 이번에도 다른 문제를 살펴보았지만 이 문제와 연관된 문제가 없었다.

'선다형 문제라면 아무 번호라도 찍기나 할 텐데 이건 단답형이라 찍을 수도 없고……'

민서는 어차피 이 문제는 틀렸다고 생각하면서 아무 단어라도 그냥 써서 제출하기로 결정했다. 빈 칸으로 내자니 뭔가 아쉽기도 하고 답안지를 걷을 때 빈 칸이 있는 것을 친구가 보면 창피하기 때문이다.

그래서 첫 번째 괄호에는 혈액이 온몸을 도는 순환이기 때문에 '온몸 순환' 이라고 적고, 두 번째 괄호에는 혈액이 허파를 돌아오기 때문에 '허파 순환' 이라고 적었다.

"때르르릉~."

시험 종료종이 울리자 감독 선생님은 바로 지시를 내렸다.

"자, 이제 두 손을 전부 머리 위로 올리고, 제일 뒤쪽의 학생은 답안지를 걷도록."

선생님의 말씀에 학생들은 시험에 사용하던 사인펜을 놓고 모두 두 손을 머리 위로 올렸다. 그리고 맨 뒤쪽의 학생이 답안지를 걷기 시작했다.

답안지를 모두 걷은 선생님께서는 답안지의 이상 유무를 확인하신 후 교실 밖으로 나가셨다. 선생님이 나가시자마자 일부 학생들은 스프링처럼 자리에서 일어나서 삼삼오오 모여서 시험의 답을 맞추기도 했고 또 일부 학생들은 바로 책을 꺼내서 애매했던 문제에 관한 부분을 살펴보기도 했다. 민서도 자리에서 일어나 현진이에게로 가서 문제의 답이 무엇인지 물어보았다.

"현진아, 25번 문제 답이 뭐니? 나 아무리 생각해도 이 문제의 답을 잘 모르겠어!"

민서는 공부를 잘하는 현진이에게 자기가 궁금해 했던 문제의 답을 물었다.

"응, 앞 괄호의 답은 '체순환' 이고 뒤쪽의 답은 '폐순환' 이야."

현진의 대답에 민서는 맥이 빠졌다.

"체순환과 폐순환이라고? 에이, 틀려 버렸네!"

어차피 찍은 문제였기 때문에 기대하지 않았지만 그래도 아쉬운 마음이 드는 것은 어쩔 수 없었다. 그래도 이 한 문제만 틀린 것 같아서 그나마 다행이었다.

시험이 끝난 후 과학시간이 돌아왔다.

"이번 시험들 잘 봤니? 선생님이 강조한 건 모두 시험에 나왔지?"

지호의 질문에 학생들의 반응은 제각각이었다.

"예, 시험 잘 봤어요. 문제가 쉽게 나왔어요～."

"아니오～, 문제가 너무 어려웠어요. 과학 때문에 이번 시험 망쳤어요～."

과학 시험을 잘 본 학생들은 시험이 쉬웠다고 응답했고, 시험을 잘못 본 학생들은 시험이 어려웠다며 왠지 자신이 시험을 못 본 것이 선생님 탓이라는 듯한 반응을 나타냈다. 이런 반응은 시험이 끝날 때마다 매번 나타나는 것이기 때문에 지호는 웃으면서 넘어갔다.

"아~, 그런데 시험지에서 25번 문제를 펴 봐라."

지호의 말에 학생들은 25번 문제가 있는 쪽을 펼쳤다.

"이 문제의 답이 뭐였지?"

"체순환이랑 폐순환이요~."

지호의 질문에 학생들은 소리 내어 대답했다.

"그렇지! 그런데 채점하는 과정에서 체순환을 온몸 순환이라고 적거나 폐순환을 허파 순환이라고 적은 학생들이 간혹 있었는데 '체순환'의 한자를 풀어서 '온몸 순환'으로 적은 답과 '폐순환'을 풀어서 '허파 순환'으로 적은 답도 모두 맞는 것으로 처리하기로 했다."

"야호~!"

지호의 말이 끝나자마자 갑자기 환호성이 들려서 학생들은 소리 나는 곳으로 고개를 돌렸다. 환호성을 지른 학생은 다름아닌 민서였다.

"나 이 문제 맞았다 맞았어! 생각이 안 나서 그냥 찍었는데……, 야호~, 나 그럼 과학 100점이다~."

민서는 신이 나서 소리를 쳤고 다른 답을 적어서 틀렸던 친구들은 민서를 부러워했다. 지호는 웃으면서 민서를 바라보고 학생들에게 말했다.

"그래, 모르는 문제가 있다고 빈 칸으로 답안지를 제출하면 손해다. 무엇이라도 적어서 내면 민서처럼 운 좋게 맞을 수도 있잖아! 그렇다고 아무거나 엉터리를 적으라는 것이 아니다. 조금이라도 연관성이 있는 것을 적어내야 해."

지호가 이렇게 말하자 공부를 잘하는 현진이가 물어보았다.

"선생님, 그런데 서술형 문제를 모를 때는 어떻게 해요? 서술형은 답을 길게 적어야 하는데……."

"서술형?"

현진이의 질문에 지호는 잠시 뜸을 들이다가 무슨 비밀을 알려주는 듯한 표정을 지으며 말했다.

"이거 얘기하면 다른 선생님들이 싫어하실 텐데……."

"얘기해 주세요～."

지호가 약간 뜸을 들이자 학생들이 떼쓰기 시작했다.

"그럼 이거 다른 선생님에게는 절대 비밀이다."

"네～."

선생님의 당부에 학생들은 소리 높여 대답했다.

"서술형 문제를 풀 수 없다고 해서 빈 답안지로 제출하면 무조건 손해야. 무엇이라도 적어서 내는 것이 조금이라도 점수를 얻을 가능성이 있다. 너희들, 서술형 문제 배점이 다른 문제 배점에 비해 크든 작든?"

지호의 질문에 학생들은 잠깐 생각하더니 여기저기서 대답이 나오기 시작했다.

"커요 커~, 그냥 번호를 찍는 객관식은 보통 2,3점이나 4점 정도인데, 서술형은 훨씬 배점이 커요!"

영선이가 이렇게 답하자 정후가 말을 받았다.

"그래요! 어떤 문제는 15점이나 되는 것도 있어요."

학생들이 중구난방으로 대답하자 지호는 다시 설명하기 시작했다.

"그렇지! 너희들도 알다시피 서술형 문제는 선택형 문제에 비해 배점이 크단다. 그렇기 때문에 그것을 모른다고 빈 칸으로 낸다면 그 큰 점수를 그냥 놓치게 되는 거야."

"그건 그래."

"맞아 맞아!"

선생님의 설명에 학생들은 수긍이 간다는 듯 여기저기서 고개를 끄덕이거나 동의하는 반응을 보였다. 학생들의 반응을 확인하면서 지호는 계속 설명했다.

"그렇기 때문에 서술형 문제를 풀지 못할 때 그냥 빈 칸으로 제출하면 무조건 손해라는 거다. 뭐라도 적어서 제출하면 부분 점수라도 맞을 가능성이 있는데, 워낙 배점이 크기 때문에 부분 점수도 배점이 커서 부분 점수 하나만 맞아도 선다형 한 문제를 맞힌 거나 마찬가지야!"

지호의 설명에 학생들은 서로를 쳐다보면서 고개를 끄덕거렸다.

"그런데 서술형 답안지를 채점하다 보면 애국가 가사나 '선생님 사랑해요' 등과 같이 문제와 전혀 관계없는 엉뚱한 답을 적어서 채점하는 선생님들을 웃게 하는 경우도 있지만 이처럼 장난으로 답을 적지 말고 문제와 관련되어 생각나는 것을 뭐라도 적다 보면 그중에 맞는 내용이 일부 포함될 수도 있는 거니까 앞으로는 그렇게들 해 봐."

"애국가 가사요? '선생님 사랑해요' 라고 적는 애들이 있다고?"

민서의 이 말에 저쪽에 앉아 있던 철우가 손으로 자기 자신을 가리키며

"나야 나."

하기에 친구들은 배꼽을 잡으며 웃었다.

"선생님, 그런데 왜 그걸 다른 선생님들에게 비밀이라고 하세요? 별로 비밀스러울 것도 없는데……."

현진이의 질문에 지호는 기다렸다는 듯이 말했다.

"그렇지, 지금 선생님이 말한 것은 별로 비밀스러울 것이 없지?"

"네~."

지호의 질문에 학생들이 대답했다.

"선생님들은 서술형 답안지를 채점할 때 학생들에게 유리한 방향으로 점수를 주기 때문에 조금이라도 비슷한 내용이 포함되면 부분 점수라도 준단다. 그러니까 주제와 관련된 비슷한 내용을 무엇이라도 적되, 만약 문제와 관련된 내용이 생각나지 않는다면 시험지의 다른 문제를 살펴보는 것도 좋은 방법이야. 그러다 서술형 문제와 비슷한 주제를 다룬 문제의 선택지 중 연관성이라도 있는 내용을 적으면 부분 점수를 받을 수 있는 가능성이 있지."

"그런데 그게 왜 비밀인데요?"

지호가 아직 그 이유를 정확히 말하지 않자 현진이는 아직도 이해 못 하겠다는 듯이 고개를 좌우로 갸우뚱하며 계속 질문했다.

그러자 지호는 웃으면서 현진이에게 질문했다.

"현진아. 네가 선생님이라고 생각해 보자."

"저요? 네."

"네가 선생님이라면 많은 학생들의 답안지를 채점해야하는데 무엇인가 적혀 있는 것이 채점하는 데 편하겠니 아니면 아무 것도 적혀 있지 않은 것이 편하겠니?"

지호의 질문에 현진이는 잠깐 생각하더니

"당연히 아무 것도 적혀 있지 않은 것이 편하죠? 무엇인가라도 적혀 있는 답안지는 어쨌든 읽어 봐야 하잖아요……."

라며, '당연한 것 아니냐!' 는 표정으로 대답했다.

"그렇지! 바로 그것 때문에 선생님들한테 비밀로 하라는 거야!"

학생들은 선생님의 말에 알 듯 모를 듯한 표정을 보이며 지호를 바라보고 있었다.

"아직도 이해가 잘 안 되나 보네!"

지호는 웃으면서 보충설명을 해 주었다.

"선생님들은 많은 학생들의 답안지를 채점해야 하기 때문에 채점을 하다 보면 피로해지잖아! 그런데 현진이 말처럼 무엇이라도 적혀 있는 답지는 그 내용을 꼭 읽어 보면서 거기에 적힌 내용 중 정답과 관련된 부분이 있는지 살펴봐야 하거든. 게다가 적혀 있는 단어나 내용이 애매하다면 그 학년 수업을 담당하시는 선생님들이 모두 모여 회의도 해야 하니까 번거롭잖아! 그런데 빈 칸으로 제출하지 말고 무엇이라도 적어 제출하라는 선생님의 이야기를 다른 선생님들이 알게 되면 기분이 어떠실까?"

그제야 현진이는 이해하겠다는 듯이 웃으면서 대답했다.

"선생님이 미워 죽겠죠!"

"그래! 바로 그거야! 내가 너희들에게 그걸 알려줬다는 것을 다른 선생님들이 알면 선생님은 다른 선생님들에게 미움을 받을지도 모르잖아! 그래서 비밀을 지켜 줘야 한다는 거야～."

지호의 말에 학생들은 모두 키득거리며 웃었다.

"어때! 비밀 지켜 줄 거야 말 거야?"

지호의 질문에 학생들은 목소리를 높여서 소리쳤다.

"지켜 드릴게요～!"

수험생 (1)

"승현아, 이제 서울대학교는 어렵겠지?"

승현이는 책상에서 팝송을 듣다가 방에 들어오셔서 이렇게 말씀하시는 어머니를 보고 놀랐다. 어릴 때부터 어려운 가정 형편에도 장남인 승현이를 공부시키겠다면서 멀리 떨어진 사립초등학교에 보낸 어머니셨다. 이런 어머니의 바람을 어릴 때부터 의식해서인지는 몰라도 승현이는 특별한 사교육을 받지 않았지만 성적을 상위권으로 유지했다.

중학교 1학년 첫 시험에서는 성적이 학급에서 10등 이내에 겨우 들어갈 정도였지만 성적이 조금씩 상승해 고등학교 1학년 첫 시험에서는 학급에서 4등을 하게 되었다. 그렇게 성적이 조금씩 올라가는 승현이를 보면서 승현이 어머니는 기대치를 조금씩 높여갔다. 그런데 고등학교 2학년에 들어와서 상황이 달라졌다.

승현이 학급에는 공교롭게도 학교에서 소위 '논다' 는 친구들이 많고 담임 선생님 또한 학생들에 대한 장악력이 낮아 학급 관리가 잘 이루어지지 않다 보니 학급 분위기가 어수선하고 다른 학급에 비해 수업 태도가 안 좋다는 소리를 들었다. 그런 분위기에 편승해서 승현이는 공부를 안 하는 친구들과 어울려 다녔고 그러다 보니 성적은 계속 떨어져 학급에서 10등 안팎을 겨우 유지할 뿐이었다. 이 성적으로는 서울대학교는커녕 인-서울in seoul 대학도 쉽지 않을 정도였다.

그 당시 승현이는 팝송에 심취해 그해 겨울 방학, 즉 승현이가 고등학교 3학년으로 올라가기 전 겨울 방학에도 공부는 별로 하지 않고 방에서 팝송을 듣고 있었는데, 그때 어머니가 방으로 들어오셔서 그렇게 말씀하신 것이다. 승현이 어머니는 다른 어머니들에 비해 과묵한 편이라 공부에 대해 이런저런 말을 하지 않았는데 그날 처음으로 그렇게 말한 것이다. '이제 서울대는 어렵겠지?' 라고.

그런 어머니를 보면서 승현이는 죄송한 마음이 들었다. 평생을 자신만 보고 살아오시면서 자신에게 모든 희망을 걸어오신 어머니셨는데 그런 어머니의 기대에 보답해 드릴 수 없다는 생각에 어머니 얼굴을 바로 쳐다볼 수 없어 아무 말도 하지 못한 채 고개를 숙일 수밖에 없었다. 그러나 이상하게도 어머니께 그렇게 죄스러운 마음이 들면서도 공부를 해야겠다는 생각은 들지 않았다.

"죄송해요!"

어머니께 이렇게 말씀드리자 승현이 어머니는 승현이를 물끄러미 쳐다보다가 "알았다" 하고 방을 나가셨다. 아마 서울대에 대한 기대는 완전히 접으신 것 같았다. 어머니가 방을 나가자 승현이는 아무 일 없었다는 듯이 다시 팝송을 듣기 시작했다.

“너희들이랑 1년을 같이 보내게 될 담임이다.”

승현이의 고등학교 3학년은 이렇게 시작되었다. 새 학기가 시작되면서 이제 대입을 코앞에 둔 고등학교 3학년이라는 생각에 학생들은 다소 긴장하면서도 각오를 다지는 표정을 지었다. 소개가 끝나고 1년 동안의 지도 방안을 말씀하신 담임 선생님이 교실을 나가시자마자 누가 뭐라 한 것도 아닌데 모두들 약속이나 한 듯 책을 펴고 공부하기 시작했다. 아마도 새로 시작한 학년이라 얼굴들을 잘 몰라서 서먹서먹하기도 했고 대학 입시를 위해 본격적으로 공부해야 하는 수험생의 시작이라 로마 콜로세움에 나가는 검투사의 비장한 마음을 품어서일 수도 있었을 것이다.

3학년이 된 지 3일째 되던 아침 자습시간이었다. 정말로 쥐 죽은 듯한 분위기에서 승현이는 고개를 들어 공부하는 친구들을 바라보았다. 담임 선생님이 계시지 않은데도 학생들은 조용히 공부하고 있었다. 고등학교 3학년이라 그런지 아니면 담임 선생님의 원래 지도 방침이 그런 건지는 몰라도 아침 자습시간에 선생님은 교실에 들어오지 않으셨다. 학생들이 알아서 자습하는 글자 그대로의 ‘자율 학습’이었던 것이다.

그날따라 아무 생각 없이 자습시간에 고개를 들어 공부하는 친구들을 보던 승현이에게 문득 밑도 끝도 없는 생뚱맞은 생각이 떠올랐다.

‘내가 미래에 가정을 가졌을 때 과연 나는 내 아내에게 자랑스러운 남편이 되고, 내 아이들에게 자랑스러운 아버지가 될 수 있을까?’

정말 평소에 전혀 생각해 본 적도 없던 엉뚱한 생각이었다. 그런데 그런 생각이 들자 지금과 같은 상황으로는 전혀 그렇지 못할 것이라 생각했다. 아내와 자녀들에게 자랑스럽지 못한 가장이라면 그건 자신에게 너무 창피하고 자존심 상하는 일이다. 그러자 공부를 다시 해야겠다는 생각이 들었다. 정말 생뚱맞게 떠오른 그 생각으로 인해 승현이는 다시 공부하기로 마음먹었다. 2학년 겨울 방학 때 어머니의 실망하시던 모습에서도 별 자극을 받지 않았던 승현이가 갑자기 든 생각에 자극받게 된 것이다. 갑자기 왜 그런 생각이 들었는지는 정확히 알 수 없었지만 친구들이 공부하는 모습을 보고 자신의 미래를 생각하면서 그랬던 것 같다.

그날 집으로 돌아온 승현이는 전체적으로 공부해야 할 내용을 살펴보면서 나름대로 계획을 세우기 시작했다. 이미 2학년 1년간 허송세월을 보냈기 때문에 공부를 다시 시작하는 데 많은 어려움이 있었다.

무엇보다 고등학교 3개 학년의 학습량을 1년 동안, 아니 대입수학능력시험이 11월 중순에 치러지니까 정확히 계산해서 8개월 반 동안 공부해야 한다. 그리고 공부를 소홀히 했던 고등학교 2학년 과정은 물론이려니와 오랜 시간이 지난 1학년 과정의 내용도 대부분 잊어버린 탓에 공부해야 하는 양이 많았다.

공부라는 것에는 연속성과 관성이 있어서 계속 공부해 나가면 과거에 공부했던 내용도 어느 정도 기억에 남게 된다. 하지만 오랜 시간 공부에 손을 놓다 보니 과거에 공부했던 것들이 거의 기억 저편으로 사라진 것이다. 그래서 어쩔 수 없이 고등학교 전 과정을 다시 시작한다는 자세로 시작해야 했다. 어차피 수험생인 고등학교 3학년 때에는 고등학교 전 과정을 복습하고 살펴봐야 하지만 기억이 살아 있는 상태와 그렇지 못한 상태에서 공부하는 것에는 많은 차이가 있다.

'먼 길을 가다 넘어지면 누구는 쉬어 갈 핑계로 삼지만 또다른 누구는 일어날 방법을 찾는다'

고 한다. 이미 공부하기로 마음 먹은 승현이는 넘어졌다는 사실을 쉬어 갈 핑계로 삼지 않고 극복해야 할 과제로 삼고자 했다. 그래서 일단 현재 배우는 3학년 과정에 진도를 맞춰가면서 시간을 내어 1 · 2학년 과정을 틈틈이 공부하기로 했다.

그런데 공부를 시작하면서 첫 번째 어려움에 부딪히게 되었다. 2학년 1년 동안의 나태함으로 공부하는 습관이 완전히 사라지게 됐을 뿐만 아니라 수면시간이 너무 많았던 것이다. 고등학교 2학년의 승현이 수면시간은 하루에 9시간. 저녁 10시쯤 잠을 자서 아침 7시쯤에 어머니께서 학교 가라고 깨워 주셔야 겨우 일어날 정도로 도저히 대학에 가고자 하는 학생의 수면시간이 아니었다.

그런데 공부를 다시 본격적으로 시작하려고 하니 외려 평소 취침시간보다 더 이른 9시 반쯤부터 잠이 오기 시작했다. 그래서 승현이는 잠과의 싸움을 벌이는 것이 최우선 과제라고 생각했다.

'아이고~ 또 졸리네!'

공부하니까 자꾸 잠이 왔다. 아까도 공부하다 잠이 와서 세수해 잠을 깼는데 30분도 안 돼 또다시 졸리기 시작했다. 그래서 다시 세수를 했다. 오늘만 해도 세수한 것이 벌써 세 번째였다.

세수한 후 다시 정신 차리고 공부하기 시작했는데, 조금 지나니까 또 졸음이 찾아왔다.

'세수만으로는 잠이 깨질 않네! 어떻게 해야 할까?'

이미 며칠 전부터 잠을 깨는 방법을 생각하면서 잠 깨는 약을 먹을까도 고민했지만 매일 약을 먹을 수는 없다는 생각에 그 방법은 포기했다. 대신 친구들에게 잠 깨는 방법을 물어봤더니 에너지 음료를 마시면 잠이 잘 안 온다는 것이었다. 그래서 그 방법도 고려해 보았지만 그것도 마음에 썩 들지 않아서 포기했다. 얼마 전 TV 뉴스에서 학생들이 에너지 음료를 많이 마셔 에너지 음료의 매출이 크게 늘었는데 에너지 음료 속에 카페인 함량이 너무 높아 학생들 건강에 좋지 않다고 들었기 때문이다. 장기적으로 공부해야 하는 수험생 시기에 매일 에너지 음료를 마시는 것도 별로 좋은 방법은 아닌 데다 또한 카페인도 결국은 약물인데 자신의 미래를 준비하기 위해 공부하는 데 약물의 힘을 빌린다는 것이 왠지 자존심이 상한다고 생각한 승현이는 가장 단순한 방법인 세수로 잠을 깨고 있었던 것이다. 그렇다 보니 어떤 날은 하루에 대여섯번 정도까지 세수할 때도 있었다.

오늘도 역시 마찬가지였다. 공부를 시작한 지 일주일이나 지났건만 아직 수면 습관이 고쳐지지 않았다. 벌써 세 번이나 세수한 승현이는 또 잠이 오자 방법을 바꾸기로 했다. 아예 책을 들고 밖으로 나가는 것이었다. 집 밖에 가로등이 있기 때문에 잠이 깰 때까지 가로등 밑에서 공부하기로 했다. 잠을 깨기 위해서 집 밖을 산책하는 방법도 있지만 지금 승현이에게는 1분 1초가 아깝기 때문에 산책을 하는 대신 그 시간에 아예 책을 보기로 했던 것이다.

"너 책 들고 어디 가니?"

승현이가 책을 들고 밖으로 나가는 것을 보신 어머니는 다소 놀라 물어보았다.

"예, 공부하다 잠이 와서 세수를 몇 번이나 했는데 또 잠이 오길래 아예 가로등 밑에서 잠이 깰 때까지 공부해 볼까 해서요."

승현이 말에 어머니는 알았다는 듯이 고개를 끄덕였다. 승현이가 3학년이 되어 다시 공부하기 시작하자 승현이 어머니는 다행이라 생각했고 그런 아들에게 고마운 마음을 갖고 있던 터였다.

고등학교 1학년 때까지는 성적이 계속 조금씩이라도 좋아져서 반에서 3~4등은 항상 유지하던 승현이었다. 집안 형편이 어려워 학원에 보내거나 과외는 시켜 보지도 못했는데 그 정도의 성적을 유지하는 승현이가 고맙기도 했지만 한편으로는 미안한 마음도 들었다. 그러면서도 중학교에서부터 성적이 계속 조금씩 좋아졌기 때문에 승현이 어머니는 내심 서울대학교도 기대하고 있었다.

그런 승현이가 고등학교 2학년에 올라와서는 공부를 점점 게을리 하면서 성적이 떨어져 속으로만 애를 태우던 그녀였다. 그래도 항상 스스로 공부하던 아들이었기에 무어라 말을 하지 않고 믿고 기다렸는데 2학년 말미에는 성적이 너무 떨어져서 더 이상 기대할 수 없다는 생각에 승현이에게 말했던 것이다. '서울대학교는 이제 어렵겠지?' 라고.

그런데 3학년에 올라와서는 승현이가 다시 공부하기 시작하고 하루에 세수도 여러 번 하는 모습을 보면서 조금씩 마음이 놓였지만 한편으로는 '혹시 3학년 초라 저러는 것은 아닌가?' 라는 불안감도 있었다. 그러나 승현이가 잠을 깨기 위해 길거리까지 나가서 공부하겠다는 모습을 보니 아들이 확실히 변했다는 것을 느끼게 되었다.

"공부도 좋지만 아직 날이 쌀쌀하니까 잠만 깨면 바로 들어와라. 괜히 감기 걸리지 말고……."

승현이 어머니는 이런 말을 하면서도 내심 기쁨을 감출 수 없었다.

"네, 잠만 깨면 들어올게요~."

승현이는 대답을 마친 후 현관문을 열고 집 밖으로 나왔다. 3월의 밤이라 아직 공기가 차가운 감이 있지만 잠을 깨기에는 아주 적당했다. 승현이 집 앞에는 노란 빛의 나트륨등이 달린 가로등이 있는데 형광등만큼 밝지는 않지만 가로등 바로 아래서 책을 볼 수 있을 만큼은 되었다. 가로등 밑에서 20여 분 동안 책을 보다 보니 세수할 때 보다 잠이 확 달아나는 것을 느꼈다. 승현이는 잠이 확실히 깼다는 확신이 들자 다시 집으로 들어갔다.

다음 날도 역시 공부하는데 10시 넘어서니 잠이 오기 시작했다. 그래서 이번에는 아예 세수도 하지 않고 바로 집 밖으로 나가려고 책을 들고 현관으로 나왔다. 그런데 현관문을 여니 비가 내리는 것이다.

"어~, 비가 내리네! 어떻게 하지?"

승현이는 잠시 고민하다 우산을 집어 들었다. 비가 온다고 밖에 나가지 않으면 또 잠이 올 것 같아서 비 오는 것과 관계없이 나가기로 결정한 것이다.

이때 방에서 나오시던 어머니께서 놀라시면서 승현이에게 물었다.

"승현아, 너 어디 가니? 비 오는데 또 밖에 나가서 공부하려는 건 아니겠지?"

승현이는 웃으면서 어머니께 대답했다.

"비가 와도 잠이 오는데 어쩔 수 없잖아요! 잠이 깰 때까지만 잠시 나가서 책을 보다 올게요."

"얘~, 그래도 비가 오는데……."

승현이 어머니는 문 밖으로 나가는 승현이를 말리려고 했으나 승현이는 이미 밖으로 나가 버렸다.

'저 애가 정말로 마음을 잡았나 보네!'

승현이 어머니는 괜히 아들이 믿음직해 보였다. 그리고 중얼거리면서 부엌으로 들어갔다.

"얘 공부하는 데 야식거리라도 준비 좀 해 주어야겠다."

비 오는 밤 가로등 밑에서 우산을 쓰고 공부하는 승현이의 모습은 흔히 볼 수 있는 광경은 아니었다. 어느 누가 밖에서, 그것도 비 오는 날에 우산을 쓴 채로 길거리에서 공부하겠다는 생각을 할 수 있단 말인가?

승현이는 우산을 쓰고 공부하다 빗소리를 듣기 위해 잠깐 고개를 들고 생각에 잠겼다.

'2학년 때 내가 너무 놀았어! 어머니께선 말씀을 안 하셨지만 걱정을 많이 하셨을 텐데…….'

이런 생각이 드니까 더 열심히 해야 되겠다는 마음이 생겨 다시 책을 보기 시작했다.

이렇게 잠이 오면 밖에 나가서 책을 보았고, 그렇게 잠을 깨다 보니 새로운 사실을 알게 되었다. 잠이라는 놈은 찾아오는 그 시간대만 넘기면 더 이상 오지 않는다는 것이다. 이런 과정을 한 달여를 반복하다 보니 이제는 밤 10시나 11시가 되어도 잠이 오지 않게 되었고 새벽 1시나 2시까지 공부하다 잠이 오게 되면 그때 잠을 잤다.

그렇게 공부하면서 4월이 된 어느 날 국어시간이었다. 달중이 선생님께서 수업을 하시다 말고 수험생의 자세에 대해 이야기해 주셨다. 달중이는 국어 선생님의 별명이다. 그 별명이 붙은 이유는 모르겠지만 선배들은 국어 선생님을 달중이라 불렀고 그 별명이 그대로 후배들에게도 이어져서 승현이 학년에서도 그렇게 부르고 있다. 달중이 선생님은 엄하기도 했지만 학생들의 마음을 잘 이해해 주는 선생님이기 때문에 학생들에게 신뢰가 높았다.

“공부를 하다 졸려서 자는 놈들은 수험생이 아니다. 수험생은 내일을 위해 어쩔 수 없는 상태에서 잠을 자야지 졸려서 자는 것은 기본자세가 되어 있지 않은 것이다. 너희들도 대학에 가고 싶으면 이 말을 명심하고 수험생의 자세를 다시 생각해 보는 것이 좋을 거다.”

국어 선생님이 이렇게 말씀하시는데 승현이는 그 말이 마음 깊이 와닿았다.

‘수험생이 잠이 와서 자는 것은 기본 자세가 안 된 거라고? 밤을 샐 수는 없으니까 내일을 위해 어쩔 수 없이 자야 한다고?’

이상하게도 그 말이 계속 생각나 승현이도 그렇게 공부하기로 했다. 고등학교 3학년에 올라와 공부하면서 일찍 잠이 오는 것은 극복했지만 잠자는 시간은 불규칙했다. 공부하다 1시쯤이든 2시쯤이든 잠이 오면 그때 잠을 자곤 했다.

‘어차피 장기전으로 공부하려면 불규칙한 것보다는 규칙적인 것이 좋겠지? 공부 방법을 선생님 말씀대로 바꾸어 봐야겠다.’

이런 생각을 하게 된 승현이는 잠을 몇 시에 잘까 고민했다.

‘새벽 1시로 할까 아니면 2시로 할까?’

처음에는 새벽 한두시까지 공부하고 자려 했지만 효율적이지 않다고 판단했다. 아무리 자신이 마음먹고 열심히 하고는 있지만 저녁 식사를 한 후부터 새벽 한두시까지 계속 공부한다면 집중도가 떨어질 것이기 때문이다. 그래서 승현이는 집중도와 효율성이 떨어지기 시작하는 12시 반쯤에 잠자기로 했다. 그렇지만 그렇게 일찍 자서는 공부

시간이 부족하기 때문에 대신 새벽 5시에 일어나서 학교에 가는 7시까지 공부하기로 정했다.

하지만 평상시 7시에 일어나던 승현이가 5시에 일어나는 것은 결코 쉬운 일이 아니다. 그래서 승현이는 스마트폰의 알람 기능이 있음에도 기분을 새롭게 하기 위해 탁상시계를 하나 구입했다. 그 시계는 다른 시계와 달리 알람 소리가 특이했는데 '따르르릉 따르르릉' 하고 울리는 일반 알람 소리와 달리 '띠~ 띠~ 띠~ 띠~' 하는 기계음이 버튼을 누를 때까지 계속 울리는 것이다. 조용하면서 지속적으로 울리는 그 알람 소리는 승현이에게 한동안 특이한 경험을 하게 하면서 스트레스 아닌 스트레스를 주었다.

아침 5시에 일어나기 위해 알람을 맞춰 놓고 잤는데 알람 소리가 들리기에 잠에서 깬 후 알람 정지 버튼을 눌렀다. 그런데도 소리가 계속 울렸다. 그래서 '이거 왜 이렇지? 고장이 났나?' 하면서 시계 바늘을 변경했는데 그래도 계속 알람 소리가 들리는 것이다. 그래서 이번에는 시계에서 건전지를 제거했음에도 계속 소리가 나자 알람 소리를 멈추기 위해 시계를 벽으로 던져서 깨뜨렸다.

그런데 시계가 박살이 난 후에도 소리가 멈추지 않고 계속 나길래 깜짝 놀라면서 벌떡 일어났는데 그게 꿈속에서 일어난 일이었던 것이다. 그렇게 잠에서 깨어났더니 머리맡에서 시계 알람 소리가 울리고 있었다.

'아~, 아까는 꿈이었구나!' 라고 생각하면서 시계 알람의 정지 버튼을 눌렀는데 이번에도 소리가 계속 나서 또 시계 바늘을 돌리고, 또 건전지를 빼고, 또 시계를 던지고 하면서 또 벌떡 일어났다.

'뭐야~ , 꿈속에서 꿈을 꾸었네! 별 희한한 일도 있구나!'

이런 생각을 하면서 일어난 후 세수를 하고 책상에 바로 앉아 공부를 시작했다. 이렇게 꿈속에서 꿈을 꾸는 괴로운 경험을 오랫동안 겪은 뒤 어느 순간부터는 알람 소리가 울리면 오래지 않아 깰 수 있게 되었다.

그런데 몇 년 뒤의 일이지만 승현이 여동생이 고 3이 되어 공부할 때 승현이가 사용하던 알람시계를 사용하게 되었다.

"오빠, 이 시계 이상해!"

"왜? 어디 고장 났어?"

"아니, 자다가 알람이 울리기에 잠에서 깬 다음 알람 소리를 멈추려고 버튼을 눌렀는데 소리가 계속 나는 거야. 그래서 건전지를 뺐는데 그래도 계속 울리는 거야. 깜짝 놀라 일어나 보니까 그게 꿈속이었던 거 있지! 참 웃기지 않아?"

"뭐? 너도 그런 경험했니?"

"그럼 오빠도 그때 그랬어?"

"야~ , 말 마라. 난 꿈속에서 또 꿈까지 꾸었다니까……."

"그게 무슨 말이야? 꿈속에서 꿈이라니?"

라고 여동생이 묻기에 승현이가 웃으면서 자기의 경험을 이야기해 주었더니 여동생은 웃으면서 말했다.

"이 시계가 귀물鬼物이네, 귀물. 그러니까 잠꾸러기 오빠나 잠꾸러기인 나를 제시간에 깨우지!"

여동생이 그런 말을 하기에 승현이와 동생은 서로를 바라보면서 한바탕 웃었다.

어쨌든 그런 힘든 과정을 거쳐서 새벽 5시에 억지로 일어나 바로 세수한 후 무조건 7시까지 책상에 앉았다. 그런데 5시에 일어나 공부를 조금 하다 보면 잠이 오는데 그때는 밖에 나갔다 와도 금세 또 잠이 쏟아지는 것이다. 도저히 잠을 참을 수 없을 때는 어쩔 수 없이 도로 자기도 했는데 잠을 자더라도 누워서 자지 않고 책상 위에 엎어져서 잤다. 5시에 일어나서 공부하는 습관을 들이기 위해서 아무리 졸려도 책상에 앉아 있기로 했기 때문이다.

"얘야, 자리에 누워서 자라. 왜 피곤하게 책상에서 자니? 편하게 누워서 잠을 자지 그래……."

새벽에 가끔 승현이 방에 들어오시는 어머니가 책상에서 자는 승현이를 볼 때마다 하시는 말이었다.

"아~ , 어머니, 잠깐 잠이 들었네요."

승현이는 잠에서 깬 후 어머니에게 말했다.

"아니에요. 제가 5시에 일어나서 공부하려고 일찍 잤는데 도로 누워서 자면 일찍 잔 의미가 없잖아요. 이것도 조금만 참으면 익숙해질 테니 너무 염려 마세요."

어머니는 이렇게 말하는 승현이가 대견스러웠고 어쩌면 아들이 대학 입시에서 좋은 성적을 얻을 수도 있겠다는 희망을 갖게 되었다.

이런 과정을 1개월 정도 거치고 나니 이제는 새벽 5시에 어렵지 않게 일어났고 새벽에 일어나서도 7시까지 거의 2시간 정도를 매일 공부할 수 있었다. 이렇게 약 2개월이라는 기간을 거치면서 드디어 승현이는 자기만의 공부 방법을 만들었다. 2개월이란 기간은 공부를 늦게 시작한 승현이에게 결코 짧은 시간이 아니었지만 자신에게 적합한 공부 방법을 찾았기 때문에 스스로의 방법에 만족하면서 장기간의 레이스에 돌입할 수 있었다.

연예인이나 할까? (2)

"오늘 밤 프로그램은 반별 장기자랑이니까 그동안 쌓았던 실력을 아낌없이 발휘해 봐라. 1등 하는 반에는 특별 선물이 준비되어 있으니 기대해도 좋다."

수학여행 첫째 날 점심식사 후 학년 부장 선생님이 전체 학생들을 대상으로 전달 사항을 전달했다. 수학여행 계획은 이미 오기 전부터 알고 있었기에 반별로 미리 준비를 해 왔지만 특별 선물이 준비되어 있다는 소식은 지금 처음 들었기 때문에 학생들은 환호성을 지르며 자기 반 출연진들을 압박했다.

"야~, 너희들 잘해야 돼. 뭔지는 몰라도 너희들 덕분에 우리 반 전체가 선물을 받아 보자."

이렇게 좋게 격려하는 친구도 있었지만

"너희들 알아서 해. 우리 반이 1등 선물을 못하면 너희들 주~ㄱ~으~ㄹ~줄 알아!" 라고 하면서 협박처럼 주먹을 허공에 날리는 학생들도 있었다.

"걱정 마. 우리 반 걸 그룹들은 연예인 뺨칠 정도니까 1등은 따논

당상이야!"

"근데 6반에는 밴드가 나온다는데 그 반 민수가 노래를 정말 잘하잖아. 그 반이 1등 하지 않을까?"

학생들 사이에 서로 다양한 얘기들이 나왔고 장기자랑에 참여하는 학생들은 연습이 한창이었다. 6반 담임인 영우는 반 학생들이 민수가 노래를 아주 잘하니까 장기자랑으로 밴드를 하겠다고 했을 때

"너희들 프로그램이니까 너희들이 상의해서 결정해라. 선생님은 전혀 관여하지 않을게"

라고 했다.

학급 장기자랑 순서가 되었다. 각 반마다 준비한 장기들을 선보이는데 고등학생이라 그런지 제법 수준이 높았다. 2반은 영주를 포함한 여학생들이 걸 그룹처럼 꾸미고 나와서 댄스와 노래를 해 남학생들의 환호를 이끌어 냈다. 특히 영주는 공부하면서 언제 저런 춤을 배웠는지 놀라울 정도였다.

영우는 영주를 보면서 2반 담임에게 큰 소리로 말했다. 음악소리가 워낙 커서 웬만한 목소리로는 잘 들리지 않았기 때문이다.

"요즘 애들은 우리 때랑 다르네요. 우리가 학생일 때는 공부 잘하는 학생들은 공부만 했는데 요즘 공부 잘하는 애들은 춤이든 운동이든 뭐든지 잘하는 것 같아요."

2반 담임은 영우 말을 듣고 웃으며 대답했다.

"글쎄 말이에요. 특히 영주 저 놈은 참 대단해요! 뭐든 악착같이

하거든요. 저 춤도 체육 수행평가 때문에 지들이 연습한 건데 주말에도 같이 모여 연습했다고 하네요."

영우는 2반 담임의 이야기를 들으면서 무대 위에서 신나게 춤추는 영주를 바라보았다.

2반의 차례가 끝나고 9반의 순서였다. 9반은 선생님들의 수업을 특징별로 묘사한 간단한 연극을 해 학생들의 웃음을 자아내었다. 그 외에 랩을 선보이는 학급, 힙합 댄스를 추는 학급 등 학생들은 끼와 그동안 준비해 온 실력을 발휘하면서 점점 분위기를 고조시켰다.

이제 6반 차례가 되었다. 학생들이 나와 드럼을 두드리고 기타를 치면서 전주를 연주하자 민수가 윤도현의 '나는 나비' 라는 노래를 부르기 시작했다.

"날개를 활짝 펴고~ 세상을 자유롭게 날고 있네~."

노래를 듣는 순간 영우는 몸에 소름이 돋았다. 민수 실력이 고등학생의 수준을 훨씬 벗어나는, 아니 일반 가수 못지않게 뛰어난 실력이었던 것이다. 마른 체구에도 불구하고 성량이 풍부하고 목소리에 공간이 담겨 있어서 듣기에 아주 편안했다. 영우는 한동안 한창 유행했던 '소리 반 공기 반의 목소리가 바로 이런 거구나' 라고 실감했다.

영우는 노래를 제법 잘하기도 하지만 노래를 부르는 것을 워낙 좋아해서 시간만 나면 노래를 흥얼거리곤 했다. 학창 시절에는 장소를 가리지 않고 노래를 불러서 대학 캠퍼스에서 영우를 찾으려면 노래 소리 나는 곳을 찾으면 될 정도였다. 심지어 대학교 1학년 때 친구 현식

이와 함께 종로거리를 걷는데 현식이가 1m 뒤에 떨어져서 오기에

"현식아, 왜 그렇게 뒤에서 오냐?"

라고 물었더니

"야 인마! 창피해서 너랑 같이 못 가겠다. 시내 한복판에서 무슨 노래를 그렇게 크게 부르면서 가냐?"

라고 한 적도 있었다.

대학교 때 영우네 집은 골목길 중간에 위치했기 때문에 집에 가기 위해서는 골목길을 지나야 했다. 영우는 학교를 마치고 집에 돌아가는 골목에서도 노래를 하곤 했는데 한 번은 집에 먼저 와 계시던 아버지로부터

"영우야. 무슨 미친 놈처럼 그렇게 입을 벌리고 다니느냐?"

라는 꾸중을 듣기도 할 만큼 노래를 좋아했다. 어른이 된 지금도 노래를 부르고 싶으면 혼자 노래방에 가서 노래를 2~3시간 동안 부르는 영우였다. 주변에서는 어떻게 노래방에 혼자 갈 수 있는지 신기해 할 만큼 영우는 노래를 좋아한다. 노래를 그렇게 좋아하고 자주 부르다 보니 사람들이 부르는 노래를 들으면 한두 소절만 듣고도 그 사람의 노래 실력을 알게 되었다.

그런데 그런 영우가 듣기에도 소름이 끼칠 만큼 민수는 노래를 잘했다. 반 학생들로부터 민수가 노래를 잘한다는 말을 듣기는 했지만 이 정도까지 실력이 뛰어난 줄 몰랐다.

민수의 노래가 끝나자 학생들의 반응이 폭발적이었고 앙코르를

외치기 시작했다. 학급별 경연 대회이기 때문에 장기자랑을 한 가지씩 만 하게끔 되어 있지만 학생들의 앙코르 소리가 워낙 우렁차서 진행자는 특별히 한 곡만 더 허락한다고 했다.

앵콜 허락이 떨어지자 민수는 주저하지 않고 전인권의 '걱정 말아요 그대'를 부르기 시작하는데 노래를 잘한다고 내심 자부하는 영우로서도 감탄하지 않을 수 없었다.

민수의 노래를 듣던 영우는 갑자기 숙영이가 생각났다.

'민수를 숙영이에게 추천해 주어야겠다.'

일전에 영우 집에 놀러 와서 춤이나 노래 잘하는 학생이 있으면 그 학생들의 헛된 꿈을 꺾어 주겠다면서 추천해 달라던 숙영이었다. 그렇게 연예인의 길이 힘들다는 것을 학생들에게 알려 주겠다며…….

그렇지만 민수의 실력이라면 지금 당장 가수로 활동해도 손색이 없을 만하다는 생각이 들어 영우는 강당 밖으로 빠져 나와 바로 숙영이에게 전화를 걸었다.

"선생님, 안녕하세요?"

"그래 숙영아, 오랜만이다. 너무 늦은 밤인데 실례는 아닌지 모르겠다."

밤 9시가 넘어 선생님으로부터 전화를 받은 숙영이는 깜짝 놀란 눈치였다.

"아니, 저는 괜찮은데 무슨 일 있으세요? 이렇게 늦은 시간에 전화를 다 주시고……."

"너 지난번 선생님한테 노래나 춤 잘하는 학생 있으면 추천해 달라고 했던 거 기억나니?"

"아~, 그때요? 네. 어차피 제가 하는 일이 유망주를 캐스팅하는 일이라 말씀드린 건데요 뭘."

"그때 네가 춤이나 노래 잘하는 애들 있으면 그 꿈을 꺾어 주겠다고 했는데 아무래도 네가 꿈을 꺾어 줘야 할지 말지를 고민해야 될 친구가 있어서 전화했어."

"아하! 그때 드린 말씀이군요! 제가 그렇게 말씀드렸는데도 선생님께서 추천해 주실 정도면 제법 실력이 있나 보네요?"

숙영이는 그런 추천을 많이 받아 봤는지 웃으면서 대답했다.

"선생님이 보기에는 제법 실력이 있는 수준이 아닌 것 같아서 그래. 네가 한 번 오디션을 보고 판단해 보는 게 어떨까 해서 연락했다."

숙영이는 선생님 목소리가 흥분해 떨리는 걸 느끼고 살짝 기대했다.

"그 정도예요? 선생님께서 그렇게 말씀하시니까 저도 한번 만나 보고 싶은데요?"

"정말이냐? 그럼 네가 언제 시간이 가능한지 가능한 날짜를 말해 줄 수 있겠니?"

숙영이는 영우의 말에 다이어리를 펴고 스케줄 표를 살펴보았다. 숙영이의 스케줄 표는 빽빽해 빈틈이 거의 없었다.

"선생님, 이번 달은 다음 주 토요일 오후밖에 시간이 나지 않는데 어떡하죠?"

"어떡하긴? 내가 그 학생에게 말해서 어떻게든 시간을 만들게 할 테니까 너 그날 꼭 비워 놔라!"

이렇게 해서 숙영이와 만날 날짜와 장소를 정한 영우는 그날 밤 민수를 불렀다.

"민수야, 너 어쩌면 그렇게 노래를 잘하니? 선생님 완전 깜놀이다."

담임의 칭찬에 민수는 다소 쑥스러워하며 말했다.

"뭘요? 그냥 노래를 좋아해서 어릴 때부터 부른 것뿐이에요."

"야 인마! 겸손도 너무 지나치면 오만이라는 거 알지?"

영우는 주먹을 쥐고 민수의 이마를 쥐어박는 시늉을 했다.

"어쨌든 네 덕분에 우리 반 놈들 공식적으로 밤을 새울 수 있는 권리와 야식을 선물로 받았으니 애들 아주 좋아하지?"

학급 장기자랑에서 1등한 학급에게는 숙소를 벗어나지 않는다는 조건으로 취침시간에 제한을 두지 않으며, 밤에 학생들이 먹을 수 있도록 밤참을 선물로 주었던 것이다.

"예. 애들 난리가 났어요. 저를 헹가래치고 노래 부르고 아주 숙소가 정신없어요!"

그제야 민수는 다소 으쓱거리며 자랑했다.

"그런데 민수야, 너 오디션 한 번 받아볼 생각 없니?"

"오디션이요? 무슨 말씀이신지……."

민수는 전혀 예상치 못한 담임의 질문에 당황했다.

"아까 장기자랑 시간에 네가 노래하는 모습을 보고 선생님이 무척 놀랐어! 학생의 실력이라고 보기에는 노래를 정말 잘하더라!"

민수는 담임의 말에 약간 겸연쩍어하면서도 다음 말을 기다렸다.

"그래서 말인데 선생님 제자가 연예기획사 SM에서 유망주를 캐스팅하는 일을 하는데 너를 한 번 추천해 주려고 그래."

영우의 말에 민수는 두 눈이 휘둥그레졌다.

"네~? SM이라구요?"

SM이 우리나라에서 가장 큰 연예 기획사이고 그 회사에 연습생으로 들어가는 것조차 하늘의 별 따기라는 건 연예계에 관심이 있는 학생들이라면 대부분 알고 있기에 민수는 놀랄 수밖에 없었다.

"SM이라면 우리나라 최고 연예 기획사인데 제가 어떻게……."

민수는 말을 끝까지 잇지도 못했다.

"네가 노래를 너무 잘해서 그래! 마침 우연찮게 선생님 제자가 그곳에 있으니 그걸 계기로 한 번 네 실력을 테스트해 보라는 거야."

영우가 이렇게 설명해도 민수는 주저했다. 전혀 생각지 못했던 제안인데다 또 자기한테 그런 실력이 있는지 자신이 없었기 때문이다.

"네가 그곳에서 오디션을 받는다고 해서 합격한다는 보장은 없지만 만약 합격하지 못하더라도 네게는 큰 경험이 되지 않겠어? 그러니 합격하겠다는 생각보다는 좋은 경험을 한 번 해 본다는 생각으로 한다면 문제가 없지 않을까?"

영우의 설득에 민수는 마음이 약간 동했다.

"그렇다고 지금 당장 대답해 달라는 것은 아니야! 갑작스런 이야기니까 한 번 생각해 보고 내일 답변해 주면 돼.”

이렇게 대화가 끝나자 민수는 방으로 돌아갔다.

“숙영아, 오디션 해 보니까 어떻던?”

토요일 늦은 오후 영우는 결과가 궁금해서 참을 수 없었다. 그래서 숙영이에게 전화했다.

“선생님 말씀대로 노래를 정말 잘하던데요! 일반 가수보다도 더 나은 것 같아요!”

숙영이의 대답에 영우는 어깨를 으쓱거렸다. 자신의 눈이 정확했다는 자부심과 함께 숙영이에게 체면을 세웠다는 기쁨 때문이다.

“그렇지? 민수가 정말 노래를 잘하더라니까……. 그래서 어떻게 됐니? 혹시 캐스팅까지 생각할 정도니?”

영우는 한껏 기대감이 부풀었다. 자기가 봐도 그렇고 또 캐스터인 숙영이도 인정할 정도의 실력이니 ‘어쩌면 민수가 SM에 캐스팅될 수 있지 않을까?’ 라는 생각이 들었기 때문이다.

“글쎄요～, 선생님께는 죄송하지만 캐스팅까지는 어려울 것 같아요!”

숙영이의 말에 영우는 다소 맥이 빠지면서도 이해하기 어려웠다. 분명히 숙영이는 민수가 기대 이상의 실력을 가졌다고 말했는데 캐스팅이 어렵다니…….

“그래? 캐스팅할 정도의 실력은 안 되는가 보구나!”

영우의 다소 맥빠진 목소리를 듣고 숙영이는 선생님에게 사실대로 대답했다.

"아니에요. 오디오는 정말 기대 이상으로 훌륭하더라고요. 그런데 비디오가 많이 딸려서……."

순간적으로 '비디오가 딸리다니?' 라고 물으려다가 갑자기 무슨 말인지 알 것 같았다.

"민수는 비디오가 많이 약해서 캐스팅이 어려울 것 같아요. 대신 오디오가 출중하니까 언더under에서 시작하는 게 좋을 것 같아요!"

노래는 잘하는데 외모가 딸리기 때문에 민수가 정말로 노래 쪽으로 진출하기 원한다면 정식 연예인보다 언더그라운드에서 활동하면서 명성을 쌓아올리는 방법으로 경력을 쌓은 후 도전해 보는 것이 좋다는 의미였다.

"음……."

숙영이의 냉철한 분석에 영우는 뭐라 할 말이 없었다. 하기야 요즘 '아이돌이나 걸 그룹 멤버들은 노래 실력보다는 외모로 뽑는다' 는 오해를 받을 만큼 잘생기고 예쁘게 생겼기 때문이다.

'민수가 상처받지 않았을까?'

결과를 알고 나니 민수를 괜히 추천한 게 아닌가 하는 후회가 밀려왔다.

"민수가 상처받았겠다."

영우가 걱정하자 숙영이는 걱정하지 않아도 된다는 듯이 대답했다.

“걱정하지 마세요. 선생님. 다른 사람도 아니고 선생님께서 추천해 주신 학생인데 상처받지 않게 마무리를 잘 했어요.”

숙영이의 말을 들으니 다행이라는 생각과 함께 숙영이가 고마웠다.

“고맙다. 그 부분을 걱정했는데…….”

“아니에요~.”

숙영이의 냉철한 결정을 보면서 영우는 속으로 많이 놀랐다.

‘이렇게 실력이 좋은 사람도 외모가 안 돼서 연예인이 되기 어렵다니……. 정말 연예인이 되는 길이 쉬운 길이 아니구나!’

이런 생각을 하니 학교에서 공부를 잘하지 못하니 연예인이 되겠다며 연기 학원을 다니는 학생들이 머릿속을 스치고 지나갔다.

2부

열심히 했다고 말하지 마라

고액 과외 (2)

"여보, 오늘 만나 본다는 사람 만나 봤어?"

윤호는 집에 들어오자마자 양복도 벗지 않은 채 아내 미현에게 물었다. 오늘은 하루 내내 일이 손에 잡히지 않았다. 어제 영우에게 들었던 작은 빌딩 이야기가 계속 머리에서 맴돌았을 뿐만 아니라 아내가 이야기했던 족보 과외를 한다는 사람들이 도대체 어떤 사람들이기에 자녀들 과외 멤버를 구성하는 데 학부모와 면담을 한다고 하는지 도무지 알 수 없었기 때문이다. 한편으로는 아들 재현이를 그 그룹에 집어넣으면 왠지 성적이 향상될 수 있을 거라는 막연한 희망이 들기까지 했다. 그러다 보니 일에 집중할 수 없었던 것이다.

"김 변, 오늘 좀 이상해! 무슨 일 있어?"

윤호와 대학 동기 동창이면서 같은 로펌에서 일하는 정 변호사가 희한하다는 듯이 윤호 어깨를 툭 치면서 물어봤다. 평소에 윤호는 매우 샤프해 일처리가 깔끔한 것으로 정평이 나 있는데 오늘따라 일에 집중하지 못하고 멍하니 혼자 먼 산을 바라보기도 하면서 무슨 생각을 계속하는 것처럼 느껴졌기 때문이다. 어차피 변호사들이야 의뢰인의 소송문제로 많은 자료를 찾아보기도 하며 재판을 풀어갈 방법을 생각하기 위해 혼자 생각하는 시간을 자주 갖지만 그럴 때의 눈빛은 무언가에 집중하는 듯한 느낌을 주는데 오늘 윤호는 왠지 시선을 한 군데에 집중하지 못하고 여기저기를 초점 없이 보면서 고개를 들었다 숙였다가 왼쪽으로 갸우뚱 오른쪽으로 갸우뚱하면서 뭔가 어수선해서 일 외에 다른 걸 생각하고 있다는 게 눈에 보였다.

"아~, 정 변이구나!"

윤호는 정 변호사를 무표정하게 보면서 대답했다.

"무슨 일은? 특별한 일 없어."

"아니, 그런데 왜 오늘 하루 종일 집중을 못 하는 것처럼 보이지? 지금도 몇 번이나 불렀는데 듣지도 못하고……."

"그랬어?"

윤호는 그런 줄 전혀 몰랐다는 듯이 대답했다.

"왜 그래?"

정 변호사의 물음에 윤호는 주위를 둘러보더니 정 변호사의 팔을 잡고 조용한 휴게실로 데려갔다.

"이 사람 진짜 왜 이래? 무슨 비밀 얘기할 게 있어? 왜 휴게실로……."

"아 글쎄, 이리 와 봐."

윤호는 정 변호사 말을 중간에 끊고 팔을 잡아당기면서 무슨 비밀 이야기를 할 것처럼 좌우를 살폈다.

윤호와 정 변호사는 대학 동기동창이면서 사법고시도 같은 해에 합격한 데다 같은 로펌에서 근무하는 관계로 매우 친했다. 부부 사이에도 왕래가 있어서 부부 동반으로 여행을 같이 다닐 정도였다.

"재현이 공부 때문에 그래!"

"아니, 재현이가 왜? 그래도 공부를 웬만큼 하잖아."

정 변호사 말에 윤호는 정색했다.

"이 사람아, 웬만큼은 무슨 웬만큼? 그 정도로 해 갖고 어떻게 변호사가 되겠어? 자네야 이미 자식 공부에 대해 방향을 잡았으니까 걱정 없지만 나는 그놈 한 놈인데."

사실 정 변호사는 자식 둘의 공부 방향이 다 결정된 상황이었다. 큰 딸은 유명 의과대학에 다니고 둘째 아들은 아예 공부와 담을 쌓아서 조기에 해외 유학을 보냈기 때문에 지금 당장으로서는 아이의 대학 진학 문제로 걱정할 필요가 없었다.

"무슨 소릴? 나도 신철이 때문에 걱정인데……."

정 변호사는 윤호의 말에 동감하지 못한다는 표정으로 말했다.

"그래도 신철이는 지금 당장 대학 입시 문제로 걱정할 필요는 없잖아."

영우도 물러서지 않겠다는 듯이 계속 본인이 던진 말에 의미를 부여하고자 했다.

“하기야, 그렇게 생각한다면 그럴 수도 있겠네!”

정 변호사는 한 발 물러서서 윤호의 말에 동의했다. 윤호가 기껏 고민을 털어놓으려고 휴게실까지 자기를 데려왔는데 괜히 사소한 일로 기분이 상해 이야기할 마음이 사라질까 생각했기 때문이다.

“우리 애들 얘기는 그만하고, 재현이 공부가 어때서?”

정 변호사가 다시 본론으로 들어가고자 하던 질문을 다시 이어서 했다. 윤호는 이야기가 엉뚱한 곳으로 흘러갔다는 생각에 고개를 좌우로 몇 번 흔들더니

“아이구 참, 하려던 얘기는 안 하고 엉뚱하게 자네에게 시비만 걸고 있었네! 미안!”

하면서 사과했다.

“아니, 그런 소리 말고 본론을 이야기해 보라니까…….”

정 변호사의 재촉에 윤호는 어제 영우와 술 마시면서 들었던 이야기와 오늘 아침 아내 미현이에게 들었던 이야기를 침을 튀겨 가며 들려주었다. 윤호의 이야기를 들은 정 변호사는 고개를 끄덕이며 맞장구쳤다.

“거 참~, 자네 말을 들으니 영우가 그 학생의 말에 황당했겠네!”

정 변호사와 영우는 대학교 시절에는 모르던 사이였으나 대학 졸업 후 윤호의 소개로 몇 번 술자리를 같이했다.

“그리고 제수 씨 얘기도 좀 재미있고! 족보 과외를 시키기 위한 학부모 면접이라…….”

정 변호사의 말에 윤호는 다소 발끈하며 말했다.

"이 사람아. 재미는 무슨 재미, 자네 일 아니라고 그렇게 말하지 마!"

윤호의 반응에 정 변호사는 웃으면서 응답했다.

"아니, 이 사람 뭐 이리 발끈해. 우리가 언제 남이었다고 그런 소릴 해? 난 제수 씨가 말한 상황이 전혀 생소해서 그렇게 표현한 것뿐인데……."

정 변호사의 말에 윤호는 자신이 조금 예민해져 있음을 자각하고 바로 사과했다. 그 짧은 시간 동안에 벌써 두 번째 사과였다.

"미안! 오늘 하루 종일 그 문제로 신경 쓰다 보니 조금 예민해진 것 같아."

사람 좋은 정 변호사는 웃는 얼굴로 윤호를 다독였다.

"괜찮아! 아니 근데 내가 생각해도 진짜 그 사람들 좀 웃기네! 과외팀에 합류시킬지 여부를 결정하기 위해 학부모를 면접한다니……."

"글쎄 말이야! 그런저런 일 때문에 오늘 하루 종일 일이 손에 잡히지 않더라니까!"

"그래서 그랬구나! 어쨌든 조만간 퇴근시간이니 결과를 곧 알 수 있겠네. 어떻게 됐는지는 내게도 말해 줘. 나도 괜히 궁금해지네!"

정 변호사의 반응에 윤호는 자신이 하루 종일 일에 집중할 수 없었던 것이 당연하다는 명분을 얻은 것 같아 마음의 위로가 됐다.

"알았어, 내일 얘기해 줄게……."

이렇게 하루 종일 그 일이 머릿속을 떠나지 않았기 때문에 윤호는 집에 들어오자마자 아내에게 물었던 것이다. 물론 중간에 전화로 소식을 물을 수도 있지만 그렇게 되면 자세한 얘기를 듣거나 물어보는 데 한계가 있기에 아예 전화를 하지 않았다.

"그래, 그 사람들은 만나 봤어? 도대체 어떤 사람들이기에 학부모를 면담한대? 그나저나 재현이는 그 그룹에 합류시켰어?"

윤호가 쉴 새 없이 연달아 질문하자 미현은 윤호를 진정시키면서 이야기했다.

"여보~, 옷이라도 벗고 얘기해요. 그리고 질문을 그렇게 한꺼번에 여러 개를 동시에 하면 대답하기 힘드니까 하나씩 하나씩 해요. 아니, 그러지 말고 내가 먼저 말할 테니까 얘기를 먼저 들어 보고 물어보세요!"

미현의 말에 윤호는 자신이 너무 성급했다는 생각이 들었지만 그렇다고 천천히 들을만한 상태도 아니었다. 윤호는 양복 상의를 소파 옆에 던져 놓으면서 재촉했다.

"옷은 나중에 벗을 테니 얘기부터 해 봐!"

윤호의 성격을 잘 아는 아내는 으레 그럴 줄 알았다는 듯이 윤호 옆에 앉아서 오늘 있었던 일을 털어놓았다.

"오늘 재현이 학원 친구인 주혁이 엄마를 만나 자세한 이야기를 들었는데 주혁이 엄마가 그러더라고요. 주혁이가 어릴 때 외국에서 살다 와서 영어는 특별히 공부 안 하고 학원만 다니지만 다른 과목은 그룹 과외를 한다고요. 그런데 그 그룹 과외는 일반 과외와 달리 선배들로부터 이어져 내려오는 거래요. 강남에서 잘 나가는 학원 선생님이나 과외만 전문적으로 하는 재야의 고수 선생님을 모셔놓고 한다는군요!"

'재야의 고수? 무슨 무협지도 아니고…….'

윤호는 혼자 중얼거리며 미현의 이야기를 계속 들었다.

"그런데 그 그룹 과외의 학생 수는 세 명 또는 네 명으로 진행되는데 셋이건 넷이건 관계없이 선생님에게 주는 과외비는 똑같다고 하더라구요."

"뭐야? 그럼 셋이면 1인당 지불하는 비용이 더 많아진다는 말이네!"

"네!"

윤호의 말에 미현은 고개를 끄덕였다.

"그런데 조금 전 말했듯이 주혁이는 국어와 수학만 같이 참여하고 영어는 그냥 학원을 다니는데……."

미현이의 말을 윤호가 도중에 끊고 끼어들었다.

"그럼 뭐야? 그룹 인원이 국어와 수학은 4명이고 영어는 3명이라는 말이야?"

"네, 그런데 아침에도 잠깐 말했지만 이번에 그중 한 명이 미국으로 유학 가는 바람에 한 사람이 더 필요하다더군요. 한 명 빠진 인원으로 수업하기에는 과외비가 좀 부담스럽다나요?"

"그래? 과외비가 얼만데?"

윤호가 과외비를 물어보자 미현은 잠시 머뭇거리며 말하기 주저했다.

"도대체 얼마나 비싸기에 얘기를 못 해?"

윤호가 다그치자 미현은 윤호 눈치를 보다 마지못해 대답했다.

"4명 기준으로 팀당 500만 원씩이래요."

"팀당 500이면 한 명당 125만 원……, 3과목에 125만 원일 리는 없을 테고……."

윤호는 잠깐 생각하더니 깜짝 놀라서 미현에게 다시 물었다.

"뭐야? 한 과목 기준으로 한 명당 125만 원?"

윤호가 놀라자 미현은 그럴 줄 알았다는 듯이 대답은 못 하고 고개만 끄덕였다.

"미친 사람들 아니야? 한 과목에 125만 원이면 세 과목에 375만 원 아니야? 한 달에 애들 사교육비로 400만 원에 가까운 돈을 지출한다고?"

라고 윤호가 소리치자 미현은 초조해졌다. 미현은 재현이를 그 그룹에 합류시키고 싶었다. 그런데 윤호가 초반에 너무 강하게 반응해 자기 화에 점점 빠져들면 재현이를 합류시키지 못하게 할 수도 있기에 그런 점을 염려해 아예 처음부터 세게 나가기로 했다.

"너무 그렇게 흥분하지 말고 들어봐요."

미현의 말에 윤호는 어이없다는 듯 미현을 쳐다보았다.

"흥분하지 말라고?"

"그 과외비가 비싼 건 맞지만 그렇다고 최고로 비싸다고 할 수만은 없다구요. 작년에 당신이 말한 거 기억나요? 당신 모임의 성호 형인가 하는 분은 작년에 아들의 서울대 논술을 대비하기 위해 원 포인트 과외를 시켰는데 과외비가 1회에 50만 원씩이라고 했잖아요. 그것도 1회가 아니라 2회나 받았다면서요?"

윤호는 미현의 말에 잠깐 기억을 떠올리며 흥분을 약간 가라앉혔다. 그러나 아직도 완전히는 납득할 수는 없었다. 그러는 사이 미현은 계속 그때 들었던 말들을 꺼냈다.

"그리고 당신 후배 영우씨가 얘기했던 것 기억 안 나요?"

"영우가 뭐?"

"영우 씨가 그때, 그것도 벌써 10년이나 전에 했던 얘기요. 자기 학급에 볼링을 하는 학생이 있는데 그 아버지가 와서 했다는 말."

윤호는 잠깐 기억을 더듬었다.

재현이가 초등학교 2 · 3학년쯤일 때니까 약 10년 정도 전 어느 날이었다. 윤호는 영우와 술을 마시고 2차를 자기 집에서 하자면서 영우를 데리고 집에 왔다. 그때 아내는 옆에서 안주를 준비하고 윤호와 영우는 양주인 발렌타인을 마시는데 영우가 이런 이야기를 했다.

"형, 자식들 운동시키는 데 정말 돈이 많이 들어가더라구?"

"왜? 무슨 소리 들었니?"

윤호의 물음에 영우는 발렌타인을 한 모금 들이키더니 술이 독해서인지 얼굴을 잠깐 찡그렸다.

"응, 오늘 내가 담임 맡고 있는 반에서 볼링 하는 학생 아버지가 찾아왔는데, 이런저런 이야기를 하던 중 '민식이 운동시키는 데 공부시키는 것에 비해 돈이 많이 들어가지 않나요?' 라고 물었거든."

영우는 말을 잠깐 멈춘 후 안주로 사과를 한 입 베어 먹었다.

"그래? 돈이 많이 들어간다니?"

성격이 다소 급한 편인 윤호가 기다리지 않고 바로 묻자, 영우는 윤호를 바라보면서 그 아버지의 말로 인해 어이없었다는 표정을 지었다.

"그 아버지가 '예, 선생님. 공부시키는 것보다 당연히 돈이 많이 들어가죠! 일단 코치비도 있고 볼링을 하려면 매일 볼링장을 이용해야 하는데 그 비용도 적지 않아요. 매일 10게임, 많이 하는 날은 20게임 정도 하거든요. 그리고 각종 훈련 경비 등을 생각하면 공부시키는 것보다 비용이 훨씬 많이 들어갑니다' 라고 말하기에 내가 대략 한 달에 얼마 정도 들어가는지 물어봤어."

영우의 말에 윤호도 흥미로워했지만 특히 옆에 있던 미현이 귀를 쫑긋하며 들었다. 아마도 자녀 교육비에 관한 이야기라 아버지인 윤호보다 엄마인 미현이 더 관심이 갈 수밖에 없기 때문이다.

"그랬더니 어느 정도 들어간대요?"

이번에는 미현이 참지 못하고 영우에게 물었다. 영우는 미현을 보다 윤호를 다시 보며 이야기를 이어갔다.

"그 아버지 말이 대략 한 달에 300만 원 정도 들어간다고 하더라구. 그래서 내가 놀라서 '300만이요? 정말 많이 들어가네요!' 라고 했더니 그 아버지가 다음에 하는 말이 더 가관이더구먼."

여기까지 말을 하더니 영우는 다시 양주잔을 들어 남은 술을 전부 입에 털어 넣었다.

"뭐라고 했는데 그래?"

윤호는 궁금해하며 어린아이가 엄마로부터 재미있는 동화를 듣는 듯한 표정으로 재촉했다.

영우는 입맛을 한 번 '쩝' 다시더니

"그 민식이 아버지는 '그래도 이정도면 다행이에요. 볼링을 시키는 데는 약 300 정도 들어가지만 골프를 시키는 데는 약 500 정도 들어간다는군요. 그러니 민식이에게 들어가는 비용은 적은 편이죠' 이러는 거 있지?"

영우의 말에 윤호와 미현이는 입을 쩍 벌리면서 놀랐다.

"300? 500? 그것도 한 달에?"

"글쎄 말이야! 형, 교사 10년차인 내 월급이 얼만지 알아? 참, 어이가 없더라고!"

영우의 말에 윤호도 많이 놀랐다. 물론 아이를 운동시키는 데 많은 돈과 부모의 노력이 들 거라고 어느 정도 짐작했지만 그 정도 비용은 나이에 비해 제법 잘 나가는 변호사인 윤호로서도 부담스러운 비용이었다.

"그때가 대략 10년 전이었잖아요. 그 당시에도 자식을 골프 시키는 데 한 달에 500만 원 정도 들어갔다면 지금은 더 들어갈 거 아니에요. 그런데 주혁이가 하는 그룹 과외는 3과목에 400만 원이 안 되니 운동시키는 것과 비교하면 그렇게 터무니없는 금액이라고 치부할 수 없잖아요."

윤호가 그 당시 기억을 떠올리며 잠잠해지자 미현은 '이때다' 싶어 설득에 나섰다.

"그리고 당신도 생각해 봐요. 일반 샐러리맨들이야 연봉이 몇 천이고 많으면 1억 정도이지만 운동선수들은 수억 아니 10억 이상을 받는 사람들도 많고 바둑을 가장 잘 두는 사람도 연 소득이 10억이 넘는다면서요? 그리고 당신이 근무하는 로펌의 변호사들 중에서도 연 소득이 수억씩 되는 사람이 많고 부장검사나 판사의 경력이 있는 변호사 중에는 수십억이 되는 사람도 있다고 당신이 말했잖아요. 로펌 변호사도 몇억씩 버는데 강남 학원가에서 가장 인기 있는 강사라면 자기가 이 분야에 최고라고 생각할 테니 자신의 가치를 높이기 위해서라도 적은 금액으로는 그런 그룹 과외를 안 맡을 거 아니에요!"

미현이 갑자기 과외 강사의 대변인이라도 되는 듯 강사의 입장까지 두둔하며 열변을 토했다.

"그리고 우리 형편에 그 정도 돈은 쓸 수 있잖아요! 몇 년을 그렇게 한다는 것도 아니고 2년 정도만 하면 되는데……."

윤호가 미현의 이야기를 들으면서 곰곰이 생각해 보니 미현의 말이 맞는 것 같았다. 그래서 흥분을 가라앉히고 미현에게 그 다음 이야기를 들려 달라고 했다.

"알았어! 알았으니까 그 그룹 과외 얘기나 계속해 봐."

윤호의 표정을 본 미현은 윤호가 상황을 이해하기 시작했다는 것을 알 수 있었다. 그래서 천천히 오늘 있었던 일을 다시 말하기 시작했다.

"아까도 말했듯이 4명이 그룹에 참여하면 1인당 125만 원씩 내야 하지만 3명일 때는 3명이서 500만 원을 맞춰 줘야 하니까 비용 부담이 늘어나겠죠."

"그렇겠지!"

미현의 설명에 윤호는 고개를 끄덕거렸다.

"그런데 이번에 한 학생이 유학 가는 바람에 2명이 남는 수학과 국어 과목에서는 1인당 250씩 내야 하는데 그러면 너무 비싸져서 어쩔 수 없이 1명을 새로 충원하기로 엄마들끼리 결정한 거예요."

"그러면 그냥 희망자를 뽑아서 참여시키면 되지 뭐 하러 엄마를 면담한대? 자기네들이 무슨 회사 면접관이야?"

윤호는 아직 기분이 언짢기도 하고 그 그룹 과외 학부모를 이해할 수 없기도 해서 퉁명스럽게 말을 던졌다. 미현은 남편이 그럴 줄 알았기에 별 반응 없이 그냥 말을 이어갔다.

"주혁이 엄마 말로는 그 그룹 과외는 전통이 있어서 한 번 시작하면 2～3년을 계속하고 또 아는 사람들한테 물려준다고 하더라고요. 그리고 그 그룹의 엄마들은 학원과 입시에 관한 정보를 학교 선생님보다 더 잘 알고 있어서 자기끼리 서로 정보를 교환한다네요. 그래서 참가하고자 하는 학생 엄마가 자녀 교육에 어느 정도 관심을 보이며 열성을 갖고 있는지 그런 것들을 얘기하면서 알아본대요. 그러면서 엄마들끼리의 모임도 계속하고……."

미현의 설명에 윤호는 '음' 소리와 함께 고개를 끄덕이면서 빠져들었다.

"그렇기 때문에 직업을 갖고 있는 엄마는 아예 대상에서 제외한다고 하더라구요."

"뭐? 직업을 갖고 있는 엄마는 안 된다고? 왜 그렇대?"

전혀 예상하지 못한 말이 나오자 윤호는 이번에도 놀라는 표정을 지었다.

"엄마가 직업을 갖고 있으면 그룹 엄마들끼리 모이는 시간에 제한이 생기고 또 직장에 다니다 보면 입시 정보나 학원 정보에 대해 아무래도 어두울 수밖에 없기 때문에 상호 정보 교환에서 형평성이 떨어진다고 그런다는군요."

미현의 설명을 들으면서 윤호는 그들의 심정을 이해할 수 있었다.

유유상종類類相從이라고 수준이 비슷한 사람들끼리 서로 모이려는 성향은 사회 어느 곳에서나 볼 수 있는 현상이다. 부자는 부자들끼리 모이고 가난한 사람은 서로 가난한 사람들끼리 잘 어울리는 것과 마찬가지이다. 부자들만 가난한 사람을 불편해하는 것이 아니라 가난한 사람들도 부유한 사람과 같이 있으면 불편함을 느낀다. 서로 생활하는 패턴이나 경험이 다르므로 대화의 주제가 다르기 때문이다.

윤호도 사회생활에서 이런 것을 자주 느끼곤 했다. 의뢰인들 중에 재력이 있는 사람들은 그들끼리 네트워크를 형성하며, 권력이 있는 사람은 그들끼리의 모임을 편하게 생각한다. 이는 직장 내에서도 마찬가지이다. 교사인 영우의 말로는 교사들이 회식을 할 때 교장이나 교감이 같이 있으면 선생님들은 편하게 대화하지 못하는데, 이는 교장이나 교감도 마찬가지라고 한다.

영우 아버지는 교장 선생님으로 퇴임하셨는데 영우는 아버지에게서 그런 얘기를 자주 들었다고 했다. 아버지가 평교사였을 때는 교장 선생님과 교감 선생님이 불편하게 느껴졌었는데, 교감이 되어 보니 교장은 물론 선생님들이 불편해지더라는 것이다. 교감으로서 교장과 같이 있으면 아무래도 상하관계이기 때문에 왠지 조심스러울 수밖에 없고 선생님들과 같이 있으면 학교에서의 위치 때문에 어느 정도 체면을 유지해야 하며, 또 불만 사항이 있어도 잘 이야기할 수 없어서 같은 교감끼리 모여서 대화할 때가 가장 편하다는 것이다. 그런데 영우 아버지께서 교장 선생님이 되신 다음에는 교감 때와는 또 다른 불편함이 생겨서 교장들끼리 모이는 자리가 가장 편하다고 말씀하셨다는 것이다. 같은 위치에 있어서 서로의 어려움을 잘 알기에 힘든 이야기를 하거나 불평을 해도 체면이 손상되지 않기 때문이라고 했다. '과부 사정은 홀아비가 안다' 는 속담처럼.

"그건 이해가 되네! 그래서 재현이를 그 그룹에 합류시켰어 못 시켰어?"

윤호는 가장 듣고 싶었던 결론을 아직 듣지 못했다는 것을 알고 다시 본론으로 들어갔다.

남편이 이제 흥분을 가라앉히고 과외비 때문에 반대하는 일은 없겠다고 느낌으로 안 미현은 남편의 애를 좀 더 태울 수 있을 만큼의 여유를 가졌다.

"그런데 그 그룹에 참여하기 위해서는 또 다른 조건이 있더라고요."

"뭐? 또 다른 조건? 도대체 그게 뭔데? 자식 놈 하나 공부시키려고 하는데 뭐 이리 까다로워?"

윤호는 이제 몸이 달아오르고 있다는 것을 알지 못했지만 미현은 충분히 알 수 있었다. 미현이 이렇게 여유를 갖게 된 것은 재현이를 그 모임에 합류시킬 수 있겠다는 자신감이 생겨서였다.

"그 모임에 참가하는 학생의 실력도 살펴본대요!"

"학생 성적을 본다고? 그럼 재현이는 어렵다는 거야 뭐야? 참 내~."

미현은 이런 남편을 볼 때마다 꼭 애들 같다고 생각하곤 한다. 성격이 급해 어느 단계가 넘어가면 주위를 살피지 않고 자기 속을 그대로 드러내기 때문이다. 그럼에도 어떻게 변호사 업무는 잘하는지 그게 이해가 잘 안 가곤 했다.

"그 과외는 성적이 낮은 학생도 안 되지만 최상위권인 학생도 받지 않는대요!"

"최상위권을 받지 않는다고? 성적이 낮은 학생을 받지 않는다는 것은 그렇다 치더라도 최상위권 학생은 왜 받지 않는대?"

"정확히는 잘 모르겠지만 그건 강사들의 주문인 것 같아요. 아마 성적이 좋기는 하지만 최상위권이 아닌 학생들을 잘 교육시켜서 좋은 대학에 입학시키는 것이 본인들의 평판을 높이는 데 유리하다고 생각하나 봐요!"

미현의 말에 윤호는 사회생활을 많이 한 사람으로서 강사들의 전략을 충분히 이해할 수 있었다. 어차피 최상위권 학생들은 본인이 희망하는 대학에 합격할 가능성이 많으므로 그런 애들이 좋은 대학에 들어간다 해도 강사의 공이라기보다는 학생의 공으로 돌아갈 가능성이 크기 때문이다. 이에 비해 가능성이 조금 떨어지는 상위권 학생들을 지도해서 원하는 대학에 입학시킨다면 강사 자신들의 가치를 더욱 높일 수 있기 때문에 그런 면을 고려한 고도의 전략이라고 볼 수 있었다.

'그 강사들 제법인데!'

윤호는 속으로 그렇게 감탄하다가 아직 재현이가 합류할 수 있는지에 대한 결론을 듣지 못했다는 사실을 다시 한번 깨닫고 아내에게 소리 높였다.

"그래서 재현이가 그 그룹에 합류하게 됐다는 거야 안 됐다는 거야?"

상전벽해 (2)

미정은 마음이 바쁘면서도 무거웠다.

영철이가 축구를 그만두고 공부를 시작한 지 보름 정도 지났지만 역시 공부에 대한 기초 실력이 부족해서인지 공부하는 데 힘들어하기 때문이었다. 그나마 영철이가 책을 좋아했기에 국어나 다른 과목들은 큰 어려움이 없었지만 역시 수학과 영어가 문제였다. 물론 수학과 영어를 제외한 다른 과목이라고 쉬운 것은 아니었지만 그런 과목은 공부하겠다고 마음먹은 시점부터 영철이가 하는 만큼 점수를 얻을 수 있다. 하지만 수학과 영어는 그렇지 못했다.

영철이가 축구를 그만둔 2학년 겨울방학부터 학원 종합반에 다니기는 했지만 초등학교 때부터 공부하지 않은 관계로 이미 다른 학생들과 실력에서 많이 차이가 있었다.

특히 유명하다고 이름난 학원에 보냈는데 영철이가 잘 적응하지 못하는 것 같아서 걱정이 많았다. 학원이 유명하다고 해서 그 학원에 다니는 학생이 다 공부를 잘하는 것은 아니지만 그래도 '혹시나' 하는 마음에 학원 원장에게 사정사정해서 겨우 입학시켰다. 하지만 영철이는 기초 실력이 워낙 없는 수학과 영어에서 학원 강의를 전혀 따라갈 수 없었다.

"영철아, 오늘은 어땠어?"

영철이가 학원에서 돌아오자 미정이 영철이의 눈치를 살피며 물었다.

"……."

영철이는 엄마의 물음에 대답하지 않고 그냥 자기 방으로 들어갔다. 영철이는 축구를 그만둔 후 공부하기 위해 나름대로 노력했지만 생각한 것보다 따라가기 힘들어서인지 미정이 보기에도 힘들어 하는 것을 쉽게 알 수 있었다. 그렇다고 축구를 다시 시킬 수도 없고…….

오후 3시를 넘어갈 무렵 지호가 찾아왔다.

"누나, 오랜만이야."

"오랜만이다."

"매형은 집에 안 계시겠네?"

"얘는~, 너야 방학이니까 학교에 안 나가도 되지만 매형은 지금 이 시간이면 회사에 있을 시간이잖아! 정말 선생님들은 좋겠어! 방학이 있어서!"

미정은 진심이었다. 교사인 동생이 방학 때 올케와 함께 여행 다니는 것을 볼 때마다 매일 저녁 늦게까지 회사에서 일하는 남편이 생각나 동생 부부를 부러워하곤 했다.

"영철이는 집에 있어?"

"참, 내 정신 좀 봐!"

미정은 지호랑 이야기를 하느라 영철이를 삼촌에게 인사시키는 것도 잊어버리고 있었던 것이다.

"영철아, 삼촌 오셨다. 나와서 인사드려~."

미정이 부르자 영철이는 방에서 나와 외삼촌에게 인사했다.

"삼촌, 안녕하세요? 삼촌도 방학이시겠네요?"

영철이가 기운 없이 웃으면서 지호에게 인사했다.

"어, 영철아! 오랜만이야! 너 축구 그만두었다면서? 어때, 공부는 잘되니?"

오랜만에 조카를 만난 지호는 조카의 머리를 쓰다듬으며 반가워했다. 삼촌의 물음에 영철이는 기운 없는 목소리로 대답했다.

"그냥요~."

영철의 힘없는 대답에 지호는 누나를 보면서 눈썹을 찡긋 올리고 '얘, 왜 이래?' 라는 표정을 보였다. 그런 지호의 표정을 보자 미정은 사정을 밝혔다.

"실은 영철이 문제 때문에 너를 한 번 집에 오라고 한 거야! 일단 소파에 앉아라. 점심은 먹었지?"

미정은 소파를 가리키면서 동생에게 앉으라고 손짓했다.

"점심? 당근이지! 지금이 몇 신데?"

지호의 대답에 미정은 그럴 줄 알았다는 듯이 고개를 끄덕이며 부억으로 가면서 말했다.

"일단 앉아. 먹을 걸 좀 갖고 올 테니까. 영철이도 삼촌과 같이 얘기 좀 하고 있어라."

미정의 권유에 지호와 영철이는 소파 쪽으로 이동한 후 소파에 앉았다.

지호에게 미정은 남다른 누나였다. 어릴 때 넉넉하지 않은 가정형편 탓에 지호를 위해 미정은 직장 생활을 하면서 야간 대학을 나왔다. 지호와 미정은 어릴 적부터 사이가 좋고 서로 대화를 많이 했다. 지호가 대학 입시를 준비하던 고등학교 3학년 때 집에서 공부하는 중에 미정이 퇴근하면 무슨 자석에 끌리듯이 지호 방을 찾았고 서로 하루에 있었던 일을 이야기했다. 거의 매일 그러다 보니 어머니께서는

"이것아, 지호는 수험생인데 매일 그렇게 지호 공부를 방해하면 어떡해? 얼른 지호 방에서 안 나와?"

라고 종종 꾸짖으시면서 미정을 끌고 나오셨다. 그럴 때마다 미정은 웃으면서

"지호도 공부하다가 좀 쉬어야지요!. 조금만 이야기하고 나갈게요."

라고 했고 지호 역시

"어머니 괜찮아요. 마침 지금 쉬는 시간이에요."

라면서 웃곤 했다.

그렇게 친하게 지내던 남매였지만 서로 결혼해 가정이 생긴 후에

는 아무래도 연락하는 횟수가 줄어들었다. 그럼에도 지호는 누나에 대해 항상 애틋한 마음을 갖고 있었다.

미정이 과일과 차를 갖고 와 지호에게 먹으라고 권했다.

"요즘 귤이 아주 맛있더라. 어떻게 올케랑 애들은 잘 지내지?"

미정이 지호에게 귤을 까주면서 물었다.

"응, 집사람도 방학이라 집에서 잘 쉬고 있어. 학기 중에 애들을 지도하느라 너무 힘들었는지 방학이 다가오면 체력이 고갈되더라고! 그러면서 방학 때 체력을 보충하는 것 같아."

"글쎄, 올케가 체력이 약해서 걱정은 걱정이다. 신경 좀 많이 써 줘."

미정이 진심으로 걱정하면서 지호에게 말했고 지호는 미정의 배려에 고마워하면서 말했다.

"사람들은 선생님들한테 방학이 있다는 사실을 부러워하고 경우에 따라서 시기할 때도 있잖아. 물론 사회생활이 너무 힘들어서 그럴 수도 있겠지만 학교에 있는 나로서는 조금 다른 생각이 들기도 해."

지호는 탱탱한 귤 두 조각을 입에 넣으며 말했다. 지호가 귤을 씹자 귤 속의 작은 알갱이들이 터지면서 입안에 향기와 달콤함이 퍼졌다.

"무슨 생각?"

미정은 따끈한 차를 식히려고 입김을 불면서 마신 후 지호에게 물었다. 지호는 귤의 향기와 맛에 잠깐 취했다가 미정의 질문에 답했다.

"응, 사람들은 어떻게 생각할지 몰라도 많은 학생들을 지도하는 게 생각만큼 쉽지 않아. 선생님들이 정신적으로 많이 힘들어해!"

"그래서 '선생님 똥은 개도 먹지 않는다' 라는 말이 있잖아!"

미정도 지호의 말에 동감했다. '부모들이 집에서 자녀 한두 명을 키우는 것도 힘이 드는데 그런 애들을 모아놓고 가르치고 지도하는 건 얼마나 어려울까?' 라는 생각을 진즉부터 했기 때문이다. 특히 예전과 달리 교사를 대하는 사회 분위기가 많이 달라졌고 선생님을 대하는 학생들의 태도가 미정이가 자랄 때와는 너무 차이가 난다는 말을 여기저기서 들었다. 게다가 동생 지호가 학교에 근무하기 때문에 다른 사람들보다 더 선생님의 처지에서 생각할 수밖에 없었다.

미정이 공감을 표하자 지호는 좀 더 자세하게 설명했다.

"내가 볼 때 방학이 다가올 무렵 선생님들이 많이 지치는 것 같아! 그래서 난 선생님들에게 방학이 꼭 필요하다고 생각해. 애들 지도하면서 정신적·육체적으로 지쳐갈 만한 시기에 방학이 오니까 방학 동안 지친 몸을 쉬게 할 수 있어서 다행이라는 생각이 들거든! 그러면서 다시 회복한 후 애들을 지도할 수 있는 기운을 차리는 거지."

"글쎄 말이야! 게다가 요즘 애들은 다루기 얼마나 힘드니?"

미정은 동생의 말에 동의한다며 고개를 끄덕였다.

"사람들이 이런 내 생각을 어떻게 생각할지 모르겠지만 난 어쨌든 그런 생각이 들더라구."

지호는 이 말을 한 후 귤을 한 조각 더 입에 넣었다. 이번에도 겨울의 잘 익은 귤이 입안에서 터지며 상큼함을 줬다.

"근데 영철이 문제로 보자고 했지? 무슨 일이야?"

지호는 옆에서 귤만 조용히 먹고 있는 영철이를 바라보았다. 지호에게 미정이 남다른 누나다 보니 영철이 또한 남다른 조카였다. 영철이가 초등학교 때 축구만 하면서 공부를 하지 않는다고 걱정하는 누나에게

"놔둬 누나! 저 나이에는 뛰어노는 게 맞는 거야. 놀 때 실컷 놀아야 자기가 공부하고 싶을 때 공부에 집중하지! 그러니 너무 신경 쓰지 않아도 돼."

라고 했다. 그러면서

"하지만 놀게 하더라도 책 읽기는 꼭 신경 써서 지도해야 돼. 책만 멀리하지 않으면 자기가 공부하고 싶은 마음이 들 때 어렵지 않게 공부할 수 있으니까!"

라고 조언했고 미정은 동생의 충고에 따라 저녁마다 영철이에게 책을 읽어 주었다. 그래서인지 영철이는 책 읽기를 좋아해 스스로 책을 많이 읽는 편이었다.

"참, 영철아, 이제 축구를 그만두고 공부 시작했다면서?"

지호는 옆에서 조용히 앉아 있는 영철이를 보면서 조금 전 했던 말을 다시 한번 꺼냈다.

"네."

영철이가 대답하자 미정이 바로 끼어들었다.

"그것 때문에 너를 보자고 한 거야. 애가 공부를 시작한 지 보름 정도 되는데 공부가 잘 안 되나 봐! 너도 알다시피 영철이가 초등학교 때부터 축구를 한다면서 공부와는 담을 쌓아왔잖니!"

지호는 미정의 말에 고개를 끄덕이면서 영철이를 바라보았다.

"그런데 이제 공부를 시작하려니까 그동안 공부하지 않았던 게 티가 나더라고. 다른 과목은 그리 어려워하지 않는데 수학이랑 영어는 따라가지 못하겠나 봐. 그래서 어떻게 공부를 해야 할지 쟤도 나도 걱정이야!"

미정의 말을 들으면서 지호는 영철이를 바라보았고, 영철이는 무슨 죄를 지은 것처럼 고개를 숙이고 있었다.

"그래서 그랬구나! 우리 씩씩한 조카님이 이렇게 코가 쭈욱 빠진 것이……."

지호는 영철이 머리를 쓰다듬으면서 위로했다.

"그럼 영철이는 수학과 영어를 어떻게 공부하고 있는데?"

지호는 영철의 머리를 계속 쓰다듬으면서 미정에게 물었다.

"공부 시키는 방법이라고는 학원 보내는 것밖에 없잖아. 그래서 방학 동안에 학원 종합반에 보내고 있어!"

미정의 대답에 지호는 그럴 줄 알았다는 듯이 미소지으며 고개를 끄덕인 후 물었다.

"학원이라면 3학년 반이겠네?"

"그건 당연한 거 아니야? 재가 이제 3학년이 되니까 당연히 3학년 반에 보내지. 이번 방학 동안부터라도 미리 3학년 과정을 예습해야 3학년에 올라가서도 따라갈 수 있을 거 아냐!"

지호의 말에 미정은 당연하다는 듯이 반응했다.

"그럴 줄 알았어! 그러니 영철이가 수학과 영어를 힘들어하지! 영철아, 너 어떠니? 학원 공부 힘들지?"

지호는 영철이를 보면서 물었다.

삼촌의 물음에 영철이는 먹던 귤을 내려놓고 말했다.

"다른 과목은 그냥 할 만한데 수학과 영어는 못 따라가겠어요! 3학년 과정을 처음부터 하는데 집에서 열심히 복습해도 이해가 잘 안 가요!"

그러자 미정이 또 끼어들었다.

"영철이는 축구를 그만두고 늦게 공부를 시작해서인지 그걸 보충하려고 집에서 공부를 많이 해! 자기 딴에는 축구를 포기한 만큼 더 열심히 해야 한다고 생각하고 있나 봐. 그런데도 못 따라가겠다니 걱정이 이만저만이 아니야!"

두 사람의 말을 들은 지호는 약간 어이없다는 표정으로 미정을 바라봤다.

"누나! 너무 당연한 것 아니야?"

"뭐가?"

지호의 질문에 미정은 놀란 표정을 지었다.

"영철이가 책을 많이 읽었기 때문에 국어 기초 실력이 있어서 국어 같은 과목은 노력하면 따라갈 수 있을 거야. 하지만 수학은 단계적인 학습이 이루어져야 하는 과목이라 앞에서 배운 내용이 이해가 된 후에야 다음 단계로 나아갈 수 있는데 그 단계가 생략된 상태에서 어떻게 중학교 3학년 과정을 이해할 수 있겠어? 혹시 누나 영철이한테 수학 기초 실력이 있는지 없는지 확인해 본 적이 있어?"

지호의 말에 미정은 몸을 약간 뒤로 빼면서 되물었다.

"얘! 내가 그걸 어떻게 하니? 그걸 못하니까 학원에 보낸 건데……."

미정이 지호의 말에 서운해하는 듯 반응하자 지호는 잠깐 미안해하는 미소를 지은 후 영철이를 보면서 말했다.

"그럴 줄 알았어! 영철이가 수학 때문에 머리가 많이 아팠겠다! 공부는 해야겠는데 선생님이 가르쳐 주는 것은 이해가 안 되고……."

지호의 말에 영철이는 삼촌이 자기를 이해해 주는 것 같아 마음이 조금 편안해졌다.

"누나 나랑 좀 나가자."

"갑자기 어딜 가게?"

지호의 갑작스러운 말에 미정은 놀라 물었다.

"응. 영철이 책을 사러 나갈 건데 책을 여러 권 살 거니까 그렇게 알고 얼른 준비해!"

지호의 말에 미정은 엉겁결에 일어났다. 그러면서도 이해 못하겠다는 듯이 한마디 했다.

"낮도깨비도 아니고 갑자기 뭔 소리래?"

"초등학교 3학년부터 6학년까지 수학 문제집 한 권씩 골라봐."

서점에 도착한 후 지호는 미정에게 말했다.

"얘는~. 초등학교 수학 문제집은 뭐하게?"

"하여튼 아무 말 말고 일단 골라봐. 난 영어책 코너에서 책 좀 고르고 있을 테니까……."

미정의 말에 지호는 웃기만 하고 서점 종업원에게 물었다.

"여기 영어 원서로 된 동화책이나 소설책이 어느 쪽에 있죠?"

"저기 팻말에 G라고 쓰인 것 보이세요?"

지호의 질문에 단정하게 제복을 입은 서점 종업원이 서점 저쪽 천장에 매달려 있는 팻말을 가리키며 물었다.

"네."

"그 G코너에서 오른쪽에 H라고 쓰인 팻말이 있는데 거기가 영어 원서가 전시되어 있는 곳이에요."

"고맙습니다!"

안내를 받은 후 지호는 누나에게 말했다.

"누나가 수학 문제집을 먼저 고르면 H코너로 와. 내가 책을 먼저 고르면 누나에게로 올게."

지호는 이렇게 말하고 H코너 쪽으로 걸어갔다.

"무슨 소리래? 왜 초등학교 수학 문제집을 고르라는 거야? 그리고 영어 원서는 또 뭐고?"

미정은 어리둥절해하면서도 동생이 하라는 대로 초등학교 학습지 코너에서 3학년부터 6학년까지의 문제집을 골랐다.

"영철아, 연필 갖고 이리 좀 와라!"

집에 돌아온 지호는 영철이를 거실로 불렀다. 집에 돌아오는 길에서 동생에게 이야기는 들었지만 미정은 '설마~' 라고 생각했다. 초등학교 학습지로 영철이의 수학 실력을 테스트한다기에 놀랐기 때문이다.

'아무리 영철이가 공부와 담을 쌓았기로서니 이제 곧 중학교 3학년 올라갈 애에게 초등학교 수학 실력을 테스트한다니…….'

영철이는 외삼촌이 연필을 갖고 오라고 하기에 무슨 일인가 싶어서 연필을 갖고 바로 거실로 왔다.

"네가 수학과 영어 공부하는 게 힘들다고 해서 외삼촌이 도움을 줄까 해서 오라고 한 거야."

영철이는 삼촌의 말을 듣고 잘됐다고 생각했다. 그렇지 않아도 수학과 영어 공부 때문에 걱정이 많았는데 중학교 선생님으로 계시는 삼촌이 도와주신다는 말을 듣고 나니 조금 안심이 됐다.

"삼촌이 너를 도와주려면 네 실력을 정확히 알아야 해. 그래서 너한테 문제를 풀어 보게 할 거니까 기분 나빠하지 말고 풀어 봐라."

문제를 푸는데 왜 기분이 나쁜지 영철이는 잘 이해하지 못해서 삼촌의 다음 말을 기다렸다.

"처음에는 네게 중학교 1·2학년 수학문제를 풀어 보게 하려고 했는데 삼촌이 생각하는 게 있어서 일단 초등학교 문제부터 풀어 보라고 하는 거니까 기분 나빠하지 마~."

"네? 초등학교 수학문제를요?"

지호의 말을 듣고 영철이는 어이없어하며 놀랐다.

"알아! 네가 봐도 어이없다는 것을. 그런데 삼촌이 얼마 전 삼촌 반 애들한테 초등학교 문제를 풀어 보라고 했던 경험이 있어서 일단 해 보는 거니까 너무 이상하게 생각하지 마. 그리고 이 테스트 끝나면 바로 중학교 문제로 들어갈 거니까."

지호는 지난 달 교육복지 프로그램으로 학급에서 성적이 하위권인 학생들을 지도했다. 그래서 성적이 하위권인 학생들의 현재 수준을 알아보기 위해 초등학교 3학년부터 6학년까지의 수학문제를 풀게 했다. 그때 다룬 내용이 정수와 분수의 사칙연산이었는데 조사한 학생 중 100점 환산에 90점 이상 맞은 학생이 한 명이고 나머지 일곱 명은 모두 70점 이하였다. 그리고 일곱 명 중 세 명은 50점도 안 됐다. 그때 지호는 많이 놀랐다.

'초등학교 수준의 기초도 갖추지 못하다니……. 그러면 중학교 수업을 이해할 수 없으니 성적도 당연히 나쁘게 나올 수밖에 없지!'

안타까웠던 점은 그 학생들 모두 학원에 다닌다는 것이었다. 그것도 일반 중학교 과정을. 그러니 그 학생들에게는 학교나 학원의 수업이 모두 괴로운 시간일 뿐이며 어쩔 수 없이 그냥 시간만, 그것도 억지로 시간만 보낼 뿐이었다.

이런 경험이 있었기 때문에 지호는 영철의 실력을 정확히 알아볼 필요가 있었고 그래서 초등학교 수학문제를 풀어 보게 한 것이다. 영철이에게 초등학교 4학년부터 6학년까지 연결되어 나오는 정수와 분수의 사칙연산 문제를 풀라고 하기 전에 지호는 초등학교 문제를 풀게 한 이유를 설명했다.

지호가 설명을 마치자 미정이 참견했다.

"네 말은 이해가 돼! 하지만 우리 영철이가 아무리 수학을 어려워한다고 해도 초등학교 문제를 못 풀 정도는 아닐 거야!"

미정이 '그래도 그건 아니지' 라는 표정을 짓자 지호는 미정에게 말했다.

"나도 영철이가 그 정도는 아니라고 생각해. 그래도 확실한 게 좋으니까 한 번 풀어 보게 하자고."

전교 1등 (2)

“영주야, 너 아파트가 몇 동이라 그랬지?”

미선이가 느닷없이 영주에게 물었다.

“나? 307동인데. 그건 갑자기 왜?”

느닷없는 미선이의 질문에 영주가 반문했다.

“어! 이번 겨울 방학에 우리 집이 너희 아파트 단지로 이사 가. 너희 집도 2단지 아니야?”

“맞아! 몇 동으로 이사 오는데?”

“308동이야.”

“그래? 우리 집 바로 앞 동이네. 잘 됐다 얘.”

미선이네는 집을 이사하기로 했다. 그런데 미선이 부모님은 이왕이면 미선이가 고 3이 되기 전에 이사하는 것이 공부하는 데 좀 더 나을 것 같다는 생각에 2학년 겨울방학에 이사하기로 했다. 아무래도 이사하게 되면 환경이 바뀌면서 한동안 집중도가 떨어질 수 있기 때문이다.

미선이는 고등학교에 입학한 이후로 전교 1등을 놓친 적이 없을 만큼 공부를 잘했다. 이에 비해 영주는 중학교에서는 전교 1등을 놓쳐

본 적이 없지만 고등학교에서는 전교 1등을 해 본 적이 없어 자존심이 많이 상해 있었다. 그렇다고 해서 영주가 미선이를 시기하거나 하는 일은 없었다. 어차피 둘 다 의대를 목표로 공부했고 같은 그룹 과외 멤버였기 때문에 오히려 다른 친구들보다 친한 편이었다. 또한 항상 아슬아슬한 차이로 미선이가 1등 했기 때문에 시험에서 실수를 하느냐 하지 않느냐가 문제일 뿐 둘 사이에 큰 실력 차이는 없었다.

그럼에도 불구하고 영주는 전교 1등을 꼭 하고 싶다는 생각을 늘 갖고 있었다. 미선이를 이기고 싶다는 마음보다는 중학교에서 전교 1등을 놓쳐 본 적이 없었기에 고등학교에서도 꼭 해 봐야겠다는 생각에서였다. 또 고등학교 3학년에 전교 1등을 하면 학교장 상을 받을 수 있는데 그 상은 대학교 입시의 학생부종합전형에서 매우 유리하게 작용한다는 현실적인 계산도 있었다.

한편으로 전교 1등을 하지 못하고 졸업한다면 그건 어쩔 수 없는 일이라 생각했다. 영주는 자기가 할 수 있는 최선을 다하고 있기 때문이다.

미선이네는 겨울 방학이 시작된 후 바로 이사했는데 복도형 아파트라 영주네 현관문을 열고 나오면 건너편 동에 있는 미선이 방이 보였다.

겨울 방학이 시작되자 얼마 후 고등학교 3학년으로 진급한다는 생각에 영주는 마음을 다시 다잡았다. 상위권 대학에 가고자 하는 학생 중 이 겨울 방학이 중요하지 않은 학생이 있을까만은 영주에게는 그

의미가 더 크게 와닿았다. 과학고등학교에서 자기보다 뛰어난 학생들을 많이 보면서 어쩌면 의대에 진학하지 못할 수도 있다는 불안감이 생겼기 때문이다. 그렇기 때문에 이번 겨울방학은 영주에게는 특히 중요한 시기였다.

어느덧 겨울 방학이 끝나고 드디어 3학년이 됐다. 영주는 미선이와 다른 반에 배정되었고 고 3이 되어 과외를 그만두고 혼자 공부했지만 같은 목표를 가졌기 때문에 미선이와 꾸준히 만나며 서로 필요한 정보를 교환했다. 공부를 잘하는 학생들 중에는 상대방을 경쟁 상대로만 보는 경우가 많지만 영주와 미선이는 의대에 꼭 같이 합격하자며 서로서로 도움을 주고받았다.

3학년 첫날 담임인 영우가 종례시간에 학생들에게 이런 이야기를 했다.

"너희들은 대학 입시가 얼마 남지 않은 수험생들이다. 성적이 좋은 학생은 좋은 학생들대로, 또한 성적이 안 좋은 학생은 안 좋은 학생들대로 듣기 바란다. 너희들의 지금까지 성적은 과거의 노력에 의해 나온 결과물일 뿐이다. 그리고 내일의 성적은 지금부터의 노력에 의해 정해지기 때문에 선생님이 너희들에게 몇 가지 얘기를 들려주겠다."

이렇게 말하면서 영우는 학생들을 둘러보았다. 3학년에 갓 올라온 학생들은 다소 긴장하면서 비장한 마음가짐을 갖기 때문에 3학년이 시작되는 첫날, 이 순간 하는 이야기가 학생들에게 큰 영향을 준다는 것을 영우는 여러 번의 경험을 통해 알고 있었다.

"하나는 '열심히 했다' 고 말하지 말라는 거다. '열심히' 하는 것은 당연히 중요하다. 하지만 '열심히' 의 기준은 다 다르다. 일반적으로 '열심히' 라고 말할 때 그 기준은 자신의 평상시가 되기 때문이다."

학생들은 담임 선생님의 얘기를 숨죽여 가며 들었다. 여태껏 들어온 이야기와는 좀 다른 말씀을 하시기 때문이다. 일반적으로 선생님이나 어른들은 항상 '열심히 해라' 라고 말씀들 하시는데 담임 선생님은 '열심히 했다' 라고 말하지 말라고 하시니…….

영우는 다시 한번 학생들 얼굴을 둘러보았다.

"평소에 1시간 정도 공부하는 학생이 2시간을 공부했다면 그 학생은 '2시간이나' 공부했으므로 열심히 공부한 것이며, 평소에 하던 습관을 벗어난 노력을 했기 때문에 뿌듯한 느낌이 들기도 할 것이다. 그렇지만 평소에 4시간 공부하던 학생이 어느 날 2시간 공부했다면 그 학생은 '2시간밖에' 공부하지 못했기 때문에 '열심히' 는커녕 '게을리' 했다고 생각할 것이다. 같은 2시간을 놓고 누구는 '열심히', 또 다른 누구는 '게을리' 라고 생각하는 것이다. 그렇기 때문에 '열심히 공부했다' 는 것만 가지고는 그 사람이 절대적으로 얼마만큼 공부했는지를 판단할 수 없다. 물론 평소에 1시간 공부하던 학생이 2시간 공부하는 것이 쉽지는 않다. 자신이 하던 시간의 2배를 공부했기 때문이다.

따라서 그 노력은 칭찬받아 마땅하다. 그렇다고 해서 그 2시간이 절대적으로 많다고 볼 수 없으므로 자만하거나 쉬고자 하는 핑계로 삼아서는 안 된다. 어디서 어느 누군가는 나보다 더 많은 시간을 공부하고 있기 때문이다."

선생님께서 하시는 말씀을 듣고 영주는 뭔가로 머리를 한 대 맞은 것처럼 정신이 번쩍 들었다. 자신은 여태껏 자신이 할 수 있는 최선을 다했다고 생각했는데 그것이 자신의 기준에서 최선일 뿐 자신보다 더 많이 하는 사람에게는 최선이 아닐 수 있다는 생각이 들어서였다.

영우는 이번에는 영주의 눈을 바라보면서 계속 이야기했다.

"선생님과 여러분들이 오늘 처음 만났기 때문에 선생님의 학급 운영 방침을 알려주겠다. 선생님은 학생들의 과거 노력보다 현재 노력을 중요하게 평가한다. 조금 전에도 말했지만 현재 공부를 잘하는 학생은 과거에 했던 노력의 결과이고 현재 공부를 못하는 학생 또한 과거의 노력에 의해 나타난 결과일 뿐이다. 그런데 여러분이 과거에 노력한 것은 선생님을 만나기 전에 있었던 일이기 때문에 그걸 갖고 너희들을 평가하고 싶지 않다. 선생님은 너희가 선생님을 만난 이후에 얼마나 노력했는지 여부를 평가하고 싶다. 그렇기 때문에 지난번 성적보다 1점이라도 상승한 학생은 그 노력을 인정해 청소를 면제해 주지만 성적이 지난 시험보다 1점이라도 떨어진 학생은 지난번보다 노력을 덜 했다고 판단해서 다음번 결과가 나올 때까지 청소를 시키겠다. 다시 말해서 공부를 잘하는 학생도 지난번보다 성적이 떨어지면 청소를 시키고 공부를 못하는 학생도 지난번보다 성적이 1점이라도 향상되면 청소를 면해 주겠다. 일단 첫 번째 모의평가 결과가 나올 때까지는 돌아가면서 청소하지만 첫 번째 모의평가 이후부터 이 원칙을 적용하겠다. 첫 번째 모의평가는 너희들의 2학년 마지막 모의평가가 기준이고 그 이후의 모의평가는 바로 전 모의평가가 기준이다. 그리고 정규 고사는 이전 정규고사를 기준으로 하니 그렇게들 알아라."

영우가 이 말을 하자 학생들은 잠시 수군거렸다. 일반적으로 공부 잘하는 학생들이 대우를 받고 공부를 잘하지 못하는 학생들은 대접을 잘 못 받는 편인데 3학년 담임 선생님은 공부를 잘하고 못하고가 아니라 성적이 향상되었는지 하락되었는지를 기준으로 한다고 하셨기 때문이다. 영우의 이 말에 공부 잘하는 학생들의 얼굴에는 다소 긴장감이 도는 반면 성적이 안 좋은 학생들은 왠지 '신난다!' 라는 느낌이 들 정도로 표정이 밝아졌다.

아이들이 다소 수군거리자 영우는 학생들을 조용하게 한 후 이야기를 다시 이어갔다.

"선생님이 3년 전에 경험한 이야기를 한 가지 들려주겠다. 선생님이 담임을 맡았던 학급 학생 중 민희라는 학생이 있었다. 너희들에게는 3년 선배이지. 민희는 학업 성적이 매우 우수해 전교 1등을 거의 독차지했고 지금은 서울대 의과대학에 다니고 있다."

"와~, 서울대 의대래……."

서울대 의과대학이라는 말에 학생들은 웅성거렸다. 서울대 의대라면 우리나라 학생 중 상위 0.1% 이내에 들어가는 학생도 들어가기 어려운 곳이기 때문이다.

"그런데 민희라는 학생은 2학년 말 평균이 97점인 상태에서 3학년에 진급했는데, 학년 초에 학생들에게 성적에 대한 담임의 판단 기준을 설명하면서 마음속으로 약간 걱정했다. 평균 97점은 최상위권으로 정말로 열심히 공부하는 학생만 받을 수 있지만 너희도 알다시피 시험의 난이도에 따라 점수가 다소 떨어질 수도 있기 때문이다. 점수가 떨어지면 학생들과의 약속에 의해 어쩔 수 없이 꾸중하고 벌 청소를 시켜야 하는데 열심히 하는 민희에게는 미안한 마음이 들게 될 것 같았다. 그런데 1학기 중간고사 이후 내내 민희는 청소하지 않았다. 그 이유가 무엇인지 한 번 생각들 해 봐라."

담임 이야기에 고개를 돌려 친구들의 얼굴을 보면서 입으로 소리 안 나게 '왜?' 하면서 묻는 학생도 있었고, 어깨를 으쓱하면서 잘 모르겠다고 표현하는 학생도 있었다.

그때 한 학생이 용감하게 대답했다.

"성적이 떨어지지 않고 계속 올라가서 그런 것 아닌가요?"

그 학생의 대답에 영우는 오른손 검지손가락 하나를 펼쳐서 천장을 향하게 한 다음 절도 있게 한 번 흔든 후 말했다.

"그렇지! 바로 그거야!"

담임의 행동과 반응을 확인한 후 대답했던 학생은 자신의 말이 맞았다는 데 만족해 입술을 굳게 다문 채 고개를 서너 번 끄덕였다.

"지금 대답한 학생의 말대로 민희라는 선배는 1학기 중간고사부터 성적이 조금씩이라도 계속 상승했기 때문이다. 2학년 평균 성적이 97점이었는데, 3학년 1학기 중간고사 평균은 97.5, 1학기 기말고사 성적이 97.8, 2학기 중간고사 평균이 98, 2학기 기말고사 성적이 98.3이었다. 즉, 민희는 자신의 현재 상황보다 더욱 노력했고 그 결과 성적이 계속 높아졌다. 민희를 보면서 저 점수에서도 성적이 계속 좋아질 수 있다는 사실에 선생님도 속으로 무척이나 놀랐다. 따라서 여러분들도 현재의 상황에 만족하거나 실망하지 말고 어쨌든 2학년 때보다 더 노력해 성적이 1점씩이라도 계속 상승할 수 있기를 바란다."

영우의 말이 끝나자 학생들은 단체 최면에 걸린 것처럼 일제히 '네!' 하고 외쳤다.

"그리고 대학을 포기한 친구들에게도 말해 줄 것이 있다."

영우의 말에 남학생들 몇 놈이 서로에게 손가락질을 하면서 '네 이야기야!' 하는 표정으로 킬킬댔다.

영우는 이 이야기를 하지 않을 수 없었다. 지금 일반 고등학교에는 대학 진학을 포기하고 수업시간에 잠만 자는 학생들이 상당히 많다. 어차피 선생님의 설명이 이해가 안 되는데 억지로 공부하는 척 할 수 없기 때문이다.

"영우야, 너도 이야기를 들어 알겠지만 요즘 중학생들 다루기가 아주 힘들어졌어! 우리가 학생일 때는 고등학생들이 문제가 많았지만 요즘은 그 시기가 점점 빨라져서 이제는 중학생들이 문제야!"

얼마 전 영우는 대학 동창인 지호와 만났다. 지호는 영우와 달리 중학교에서 학생들을 가르치는데 중학생들의 생활지도가 어렵다면서 투덜거렸다.

지호의 말에 영우도 동의한다며 고개를 끄덕였다. 교직에 있는 친구들을 만나 이야기할 때마다 중학교에 근무하는 친구들은 약속이나 한 듯 근무하기 너무 힘들다고 말하기 때문이다.

"그래도 중학교 1학년은 괜찮아. 초등학교 때의 습관이 남아서 그런지 아직은 어린애야. 그래서 선생님 중에서는 중학교 1학년을 중학생이라고 하지 않고 초등학교 7학년이라고 말하는 사람도 있어. 그런 1학년 애들은 2학기가 되어서야 중학생 티가 나기 시작하는데 이놈들이 2학년 올라가면 너무 많이 변하더라고. 너도 중학교 2학년 다루기가 힘들다는 소리 많이 들어 봤지?"

지호의 말에 영우는 술 한 잔을 들이켠 후 대답했다.

"응. '갱년기 신도 중 2신을 못 이긴다' 는 말도 있다며?"

영우의 말에 지호는 웃으며 말했다.

"너도 그 얘기 들어 봤나 보네! 오히려 난 그 얘기 들은 지 얼마 되지 않았는데……."

지호는 영우의 빈 잔에 술을 한가득 따르면서 말을 이어갔다.

"특히 2학년 2학기가 되면 여기저기서 사고가 터지기 시작하는데 정신이 없어. 차라리 3학년 애들이 더 낫다니까."

여기까지 말한 후 잠시 말을 멈춘 지호는 자기 앞에 있는 술잔을 입으로 가져가면서 이야기했다.

"같이 근무하던 젊은 체육 교사 한 명이 올해 고등학교로 전근 갔는데, 얼마 전 그 선생을 만났더니 그 친구가 '선생님. 고등학교 올라오니까 너무 좋아요! 학생들이 말길을 알아듣고 대화가 되니까 살 것 같더라고요!' 이러더라니까."

지호의 말에 영우는 그렇다는 듯이 웃었다. 하지만 영우도 고등학교에서의 고충을 지호에게 털어놓기 시작했다.

"지호야, 그렇다고 고등학교가 그리 쉬운 것만은 아니야."

영우가 그렇게 말하자 지호는 '당연히 그렇겠지!' 라는 듯 동의를 표하며 고개를 끄덕였다. 그리고 지호는 술 한 모금을 다시 마신 후 웃으면서 물었다.

"고등학교에선 어떤 점이 힘든데? 그래도 고등학교 교사들은 중학교 교사들에 비해 수업시간도, 처리해야 되는 행정업무도 적어서 일각에서는 대학교수라고들 하잖아."

영우는 지호의 말을 인정하며 고개를 끄덕였다.

"분명히 그런 면에서는 중학교 교사들보다 훨씬 편한 건 사실이야. 하지만 수업하기가 너무 힘들어!"

영우의 말에 지호는 다소 놀란 듯이 물었다.

"수업이 힘들다고? 아니, 고등학교는 대학 입시 때문에 오히려 학생들이 수업에 더 집중하지 않아?"

지호의 반응에 영우는 맥 빠진 표정을 지으며 술잔을 들이켰다.

"네 말처럼 많은 사람들이 그렇게 생각하는데 그건 예전 일이야."

"예전이라니? 어느 때를 말하는 거야?"

지호는 전혀 생각해 보지 못한 영우의 대답에 호기심 어린 눈빛으로 바라보았다.

"한 17, 8년 정도 전쯤이려나? 아마도 자사고나 자공고가 생기기 전쯤일 거야."

"자사고나 자공고? 왜? 그거랑 학교 수업 분위기랑 무슨 관계가 있는데?"

지호의 질문에 영우는 쓴웃음을 지으며 지호를 바라보았다.

"지금 일반 고등학교 실태가 어떤지 아니? 중학교에서 성적이 최우수인 학생들은 특목고라고 하는 과학고나 외고에 진학하고, 상위권 중 많은 학생들이 자사고나 자공고로 진학하잖아!"

"맞아, 그런 경향이 많아!"

지호는 당연히 안다고 맞장구쳤다.

"그리고 중상위권 학생 중에서 자기 진로에 대해 고민이라도 하는 학생들은 특성화고로 진학하고!"

그것도 아는 내용이라 역시 고개를 끄덕였지만 아직 그게 고등학교 수업 분위기랑 어떤 관계가 있는지 연결시키지 못했다. 지호가 아직 이해하지 못하는 것 같자 영우는 잠깐 뜸을 들이더니 물었다.

"그러면 일반 고등학교에 진학하는 학생은 주로 어떤 애들이겠니?"

이 질문에 지호는 잠시 생각했다.

'최우수 학생들은 특목고로, 우수 학생들은 자사고나 자공고로, 진로를 고민할 수 있는 정도의 생각이 있는 학생들은 특성화고로 간다. 그렇다면 일반 고등학교에 진학하는 학생들은…….'

"아하! 무슨 말인지 조금 알 것 같네!"

진호의 반응에 영우는 이제야 조금 말길이 통한다는 듯이 헛웃음을 지었다.

"허, 그러니까 속된 말로 중학교에서 공부 좀 하거나 생각이 있는 학생들은 다 다른 학교로 진학하고 별 생각이 없는 학생들이 일반고로 진학한다는 말이지!"

지호는 영우의 말이 어느 정도 이해가 됐지만 그렇다고 완전히 동의할 수는 없었다.

"그렇지만 그렇게 극단적으로 이야기할 필요는 없지 않을까? 나도 중학교에서 진학지도를 많이 하는데 일반고로 진학하는 학생들 중에도 우수한 학생들이 많던데 뭘~."

"물론 그래. 내가 현실을 좀 과장해서 이야기하다 보니 그렇다는 거지 일반고 애들이 다 별로라는 건 아니야. 하지만 그래도 어려움이 많아. 얼마 전 우리 학교에서 신입생들 수준을 파악하기 위해 신입생들 중학교 성적을 통계 내 본 적이 있었는데, 어이가 없더라고!"

영우의 말에 지호는 궁금증이 강하게 들었다. 여태껏 들어본 적이 없었던 이야기였기 때문이다. 하지만 영우는 그렇게 말한 후 지호의 잔에 술을 채우고 자신의 잔에도 술을 한가득 채운 다음 바로 자기 술잔을 비웠다.

"아니, 이 사람이 무슨 술을 그렇게 빨리 마셔? 속상한 일이라도 있는 사람처럼."

지호는 이렇게 염려하면서도 영우와 보조를 맞추기 위해 자신도 술을 한 모금에 들이켠 후 영우 잔과 자신의 잔을 다시 채웠다. 자신의 잔이 다시 채워지자 영우는 또 술을 들이켜려다 천천히 마시라고 제지하는 지호의 만류에 술잔을 도로 내려놓으면서 말을 다시 이어갔다.

"통계 결과를 보니 중학교 성적이 하위 70% 이하였던 학생들이 신입생의 절반이 넘더라니까~!"

"뭐라고? 하위 70%도 못 되는 학생들이 절반이 넘는다고? 그렇게나 많아?"

영우의 말에 지호는 다소 충격을 받아 놀란 토끼처럼 눈을 크게 뜨면서 영우의 말을 반복했다.

"신입생의 절반 이상이라……. 그러면 수업 분위기는?"
라고 말을 하던 지호는 이제야 앞에서 영우가 말했던 수업이 힘들다는 얘기가 무엇인지 이해가 되었다.

"아~, 그러면 수업 분위기가 정말 장난이 아니겠네!"

지호의 반응에 영우는 '이제 이해가 됐냐?' 는 듯 허탈한 표정으로 지호를 바라보았다.

"그러니 교실에서 절반 정도의 학생들이 수업을 듣지 않고 잠을 자고 있다고 생각하면 돼. 그리고 그런 애들은 깨워도 또 자기 때문에 선생님들은 공부를 하려는 나머지 학생만을 대상으로 수업하는 게 현실이라니까. 게다가……."

"게다가? 뭐가 또 있어?"

"수능을 앞둔 고등학교 3학년 교실은 가관이야. 그때쯤이면 대학에 가고자 하는 학생 몇 명만 수업을 듣고 나머지 학생들은 모두 자 버려. 그래서 선생님들은 잠을 자지 않는 몇 명만 데리고 수업을 한다니까!"

"뭐? 몇 명만 수업을 듣는다고?"

지호가 놀라서 되뇌자 영우는 한 방을 더 먹였다.

"중학교에는 공부를 잘하는 학생들도 같이 있으니 그나마 수업할 맛이 나잖아!"

영우의 말에 지호는 동의하지 않을 수가 없었다. 지호가 수업할 때는 지호의 지도 스타일 때문에 잠을 자는 학생도, 소란한 학생도 없으며, 수업에 반응을 보이는 학생들이 많아서 나름대로 수업하는 재미가 있었던 것이다.

이런 생각을 하고 있는데 영우가 마지막으로 한마디 더 했다.

"그리고 생활지도는 어떻고? 애들 구성 비율이 그렇다면 생활지도도 쉽지 않다는 것은 너도 어렵지 않게 짐작할 수 있겠지?"

이처럼 고등학교 교실의 수업 분위기가 예전과 같지 않기 때문에 성적에 관심이 없는 학생들에게도 성적이 1점만 상승하면 청소를 면제시켜 준다는 담임의 말은 작은 동기부여가 됐다. 그리고 이런 방침 덕분에 영우는 가슴 찡한 경험을 한 적도 있었다.

"선생님이 너희들에게 또 하나의 이야기를 들려주겠다. 바로 몇 년 전에 있었던 일이다. 그때도 같은 방법으로 학생들을 지도했다. 그 당시 선생님 학급에 가정환경이 어려워서 부모님 없이 할머니와 함께 생활하는 학생이 있었다. 그 학생은 학교가 끝난 후 아르바이트를 하면서 생활했는데 그러다 보니 공부할 시간도 없거니와 공부에도 전혀 관심이 없어서 성적은 평균 40점대로 학급에서 최하위권이었다. 그런데 1학기 기말고사를 치른 후 그 학생 성적이 중간고사보다 조금 향상되었기에 그 학생에게 '잘했다' 는 칭찬을 해 주었더니 그 학생이 놀라면서 눈물을 흘리는 것이었다. 그래서 우는 이유를 물었더니 '저는 여태까지 성적으로 칭찬받아 본 적이 없어요! 성적으로 칭찬받은 것은 오늘이 처음이에요!' 라면서 계속 울었다. 그래서 선생님이 그 학생에게 '성적이 조금이라도 향상했다는 것은 네 수준에서 노력했다는 증거이니까 칭찬받는 것은 당연한 거야. 성적이 낮다고 절대 포기하지 말고 네 상황에 맞게 조금씩, 아주 조금씩만이라도 향상시키자. 그러면 언젠가는 너도 희망하는 성적을 얻을 수 있을 테니 그렇게 믿고 해보자꾸나!' 이렇게 위로했던 기억이 난다. 그 이후 그 학생은 아주 조금씩 달라져서 1학년 말에는 성적이 평균 50점대로 상승했다."

담임의 말에 학생들 사이에 다소 수군거림이 일어났다.

" '성적 50점이 뭐가 그리 대단하냐?' 고 생각할 수도 있지만 당시 그 학생의 상황에서 이 점수는 매우 큰 점수였다. 사람마다 처한 상황이 다르듯이 학생들마다 공부해 오던 습관과 현재의 수준이 다른데 그 수준을 뛰어넘는 것이 쉽지 않기 때문이다. 평균 50점인 학생은 아무리 노력해도 다음 시험에 평균 90점을 받을 수 없다. 이런 학생에게 평균 90점을 받으라고 다그친다면 이는 다그치는 사람에게 문제가 있다. 지금 당장 이룰 수 없는 목표를 주고 해 내라는 것은 옳지 못하기 때문이다. 자신의 수준을 벗어나는 목표를 성취하는 데는 많은 시간을 안고 가야만 한다. 천릿길을 한 걸음에 갈 수 없는 것과 같은 원리다. 따라서 성적이 좋지 않아서 대학 진학을 포기한 학생들이 있다면 지금은 대학 진학을 생각하지 않아도 좋다. 다만 청소라도 하지 않기 위해 성적을 1점이라도 상승시킬 수 있도록 조금이라도 더 노력하기 바란다."

이 말을 들은 학생들은 의대에 갔다는 민희 선배의 이야기를 들었을 때보다 좀 더 무거운 표정을 지었다.

교실 전체에 잠시 침묵이 흐르자 한 학생이 손을 들어 질문했다.

"선생님, 만약 모든 학생의 성적이 향상되면 그땐 청소를 누가 하나요?"

그 학생의 질문에 다른 학생들이 '와~' 하고 웃어서 분위기가 전환됐고, 일부 학생들은 서로를 바라보면서 '그럴 땐 진짜 누가 청소하지?' 하면서 수군거렸다.

그 학생의 질문이 끝나자 영우는 기다렸다는 듯이 대답했다.

"만일 너희들 모두 성적이 향상돼서 청소할 사람이 없다면 그건 얼마나 멋진 일이냐? 그때는 기꺼이 선생님 혼자서 청소할 테니까 그런 걱정은 안 해도 좋다."

영우의 대답에 학생들은 '와~! 진짜요?' 라고들 하면서 서로를 보며 웃었다.

영우는 학생들이 자기가 말한 의미를 잘 깨달아 주기를 바랐다. 특히 자기 학급에 1등으로 들어온 영주가 알아주기를 바랐으며, 대학을 포기하고 공부를 하지 않는 학생들도 조금이라도 노력을 해 주기를 기대했다.

영주는 하교 길에 생각이 많았다. 담임 선생님의 이야기가 계속 머리에 남아 있었기 때문이다.

'열심히 했다고 말하지 마라.'

'지금의 결과는 과거의 노력에 의해 나온 것일 뿐이고, 내일을 결과는 오늘의 노력에 의해 나온다.'

게다가 민희라는 선배의 이야기는 영주의 마음에 더 크게 와닿았다. 영주도 의대를 목표로 공부를 하는데 서울대 의과대학에 진학했다는 선배 이야기를 들으니 자극이 더 강하게 온 것이다.

영주는 '혹시 내가 최선을 다하고 있다고 생각하면서 자만하고 있는 건 아닐까?' 라는 생각에 자기가 공부하는 방법과 시간을 다시 한번 차분히 정리해 보기로 했다.

엄친아는 싫어요! (2)

고등학교 1학년 한 학기를 보낸 정희는 마음이 답답했다. 엄마가 자꾸 자기를 다른 학생들과 비교하는 데 대한 반발심으로 중학교 3학년 때부터 공부를 하지 않아 성적이 곤두박질쳤기 때문이다. 중학생일 때 공부를 잘하지는 못했지만 그래도 중상위권은 유지했고 아마 계속되던 엄마의 비교에 반발하지 않고 꾸준히 공부했다면 지금쯤 대학에 진학할 희망이 보였을 텐데 지금의 상태를 계속 이어간다면 대학 진학은 포기해야 하기 때문이다. 고등학교에서 올라와서도 공부는 하지 않고 친구들이랑 어울려 다니며 화장하고 놀기는 했지만 마음에는 항상 불안감이 있었다.

"서정아, 너 대학은 어떻게 할 거니?"

서정이는 중학교에서 같은 고등학교로 진학한 친구인데 정희가 공부를 포기하면서부터 지금까지 친하게 지내 왔다.

"대학교? 야, 내가 무슨 대학교야? 너도 알다시피 내가 공부를 할 줄 알아야지. 난 고등학교만 졸업하면 장사해서 돈 버는 쪽으로 나갈 거야. 대학이 뭐 별거냐? 요즘 TV 보니까 대학 졸업자들은 말할 것도 없고 석사나 박사 학위를 딴 사람들도 취업을 못 해서 난리라는데 대학은 무슨 대학. 난 그래서 아버지한테 장사하는 방법이나 배워서 그쪽으로 나갈 거야."

서정이는 고개를 건들거리며 이야기하다 옆에서 껌을 씹으면서 구루프로 앞머리를 말고 있던 수현이에게 물었다.

"넌 미용할거라며?"

서정이의 말에 수현이는 껌을 '짝짝' 소리 내어 씹으면서 대답했다.

"난 2학년 되면 미용기술을 배우거나 직업학교에 다닐 거야."

"직업학교? 직업학교가 뭔데?"

정희는 직업학교라는 말을 처음 들었기 때문에 수현이에게 물었다.

"애는, 넌 아직 그것도 모르니?"

정희의 물음에 수현이는 다소 무시하는 투로 물었다.

"얘, 모르니까 물어보지."

정희가 다소 신경질적인 반응을 보이자 수현이는 입을 삐죽거리며 이야기했다.

"기집애~, 뭐 그 말에 그렇게 발끈하니? 난 네가 당연히 알 거라고 생각해서 그런 건데……. 서정이 넌 직업학교 알지?"

수현이가 자신에게 유리하게 분위기를 조성하고자 서정이에게 물었다.

"글쎄. 직업학교라고 들어본 거는 같은데 정확히는 나도 잘 몰라."

서정이가 두 사람 중간 정도의 답변을 하자 수현이가 놀라워했다.

"어머, 너도 잘 몰라? 하기야 넌 장사하는 것에 신경 쓰고 있으니까 학교에 대해 별로 관심이 없을 수도 있겠다. 잘들 알아둬. 이 언니가 알려줄게."

서정이도 잘 모른다고 하자 수현이는 잘난 척 하면서 설명했다.

"아현산업정보학교라는 곳이 있는데 여기는 고등학교 재학생에게 직업 교육을 가르치는 학교래. 그래서 난 2학년부터 거기 다닐 거야. 이미 엄마랑 아빠도 그렇게 하라고 하셨어."

수현이는 벌써 미용사가 된 것처럼 다소 빼기며 말했다.

"정희, 너는 뭐 할 건데? 왜 대학 가려고?"

서정이가 정희에게 묻자 정희는 머뭇거렸다.

"글쎄, 나는 아직 모르겠어. 너희들처럼 뚜렷한 계획이 없어. 또 엄마 때문에 공부를 안 했지만 대학도 가고 싶기는 하고……."

정희의 말에 서정이는 그럴 수도 있을 거라 생각했다.

"그래? 수현이와 나는 몰라도 너는 그래도 중학생 때 공부를 중간 정도는 했으니까 갈 수도 있겠다. 하지만 수현이와 나는 처음부터 공부를 아예 싫어했기 때문에 전혀 생각이 없어. 수현아 너도 그렇지?"

서정이가 수현이에게 물었다.

"당근이지!"

서정이의 말에 수현이는 고개를 한 번 끄덕이며 단호하게 말했다.

"근데 너 대학 생각 있으면 이제부터라도 공부해야 하는 거 아니니? 벌써 1학년 1학기가 다 지나가는데 조금이라도 일찍 시작하는 게 나을 거 아니야?"

서정이가 다소 걱정스러운 듯이 정희에게 묻자 정희는 다소 기어들어가는 듯한 목소리로 답했다.

"글쎄, 나도 잘 모르겠어!"

6월이 지나면서 정희네 담임 선생님이 남편과 같이 외국에 나가게 되어 동반휴직을 해 새로운 담임 선생님이 정희네 학급을 담당하게 되었다.

새로운 담임 선생님은 학급 학생들을 처음 만난 날 학생들에게 이야기를 하나 해 주었다.

"공부를 하고픈 너희들에게, 성적을 향상시키고 싶은 너희들에게 선생님이 경험한 이야기를 들려주겠다. 너희 1년 선배에 관한 것이다. 선생님이 담임을 맡았던 작년 학생 중에서 중학교 때 성적이 학급에서 중간 정도에 불과한 학생이 있었다. 그런데 그 학생이 서울대학교에 들어가겠다고 말하기에 '현실적으로 불가능하니 가능한 목표를 세우는 것이 좋겠다' 라고 선생님이 조언해 주었는데 그 학생은 '서울대학교에 꼭 들어가고 싶다' 며 '지금부터라도 공부를 열심히 하겠다' 고 하더구나. 그런데 그 다음 날 학교에 출근했는데 선생님 반에 불이 켜져 있기에 확인해 보았더니 그 학생이 아침에 일찍 와서 공부를 하고 있는 것이었다. 그래서 마음속으로 '얼마나 할 수 있을까?' 라면서 계속 지켜보았다. 선생님은 아침에 출근을 일찍 하는 편이라 다른 선생님보다 이른 시간에 학교에 오는데 아무리 일찍 출근해도 선생님 학급에 불이 켜져 있었고 여지없이 그 학생은 공부를 하고 있었다. 그런 상황이 1년 내내 지속되었고 1학년 마지막 시험에서 그 학생은 학급 4등으로 끝마치게 되었다. 그 학생을 보면서 선생님은 '사람이 목표를 갖고 그 목표를 달성하고자 하는 의지와 노력이 있다면 정말 할 수 있구나!' 라는 감동을 받았다. 그래서 그 학생이 2학년이 된 지금 그 학생의 담임 선생님께 그 학생을 학급 회장으로 적극 추천했고 지금은 학급 회장이 되어 열심히 학교생활을 하고 있다. 이제 너희들의 고등학교 생활도 벌써 한 학기가 지나가고 있다. 너희들 중에 서울대학교에 꼭 입학하고 싶은 학생이 있다면, 또는 지금은 성적이 좋지 않지만 꼭 대학에 가고 싶은 생각이 있는 학생이 있다면 너희 1년 선배의 노력을 생각하면서 노력하기 바란다."

선생님의 말이 끝나자 학생들은 숙연해졌고 정희 역시 생각이 많아졌다.

'정말 그렇게 공부하면 나도 대학에 갈 수 있을까?'

쉬는 시간에 서정이와 수현이가 정희에게 왔지만 정희는 계속 생각에 빠져 있었다.

"정희야. 뭘 그렇게 생각하니?"

생각에 빠져 서정이의 말을 듣지 못한 정희의 어깨를 수현이가 툭 치며 말했다.

"얘, 정신 차려～."

"어～, 너희들이구나!"

그제야 정신이 든 정희는 친구들을 바라보았다.

"무슨 생각을 하길래 그렇게 정신이 나갔어? 이름을 불러도 모르고……."

서정이 말에 정희는 정말이냐는 표정을 지었다.

"그랬어? 생각할 게 있어서 그랬나 봐!"

"무슨 생각인데 그래?"

"조금 전 새 담임 선생님이 하신 말씀이 계속 생각이 나서 그래. 우리 1년 선배 이야기해 주셨던 거. 나도 그렇게 공부하면 대학에 갈 수 있을까 해서 말이야……."

정희의 말에 두 사람은 고개를 돌려 서로의 얼굴을 쳐다본 후 다시 정희를 바라보았다. 수현이는 정희의 걱정을 알겠다는 듯이 고개를 끄덕이며 말했다.

"그것 때문에 그렇구나! 지난번에도 그렇더니……. 나는 이미 진로를 결정해서 담임선생임의 말에 별로 신경 쓰지 않았는데 너는 많이 신경 쓰였나 보네! 서정이 너는 어땠는데?"

"나? 나도 담임 선생님의 말이 별로 마음에 와닿지 않아서 딴생각만 했는데!"

서정이도 수현이 말에 동의하자 수현이가 말을 계속했다.

"근데 우린 공부에 관심도 없고 너보다 공부도 더 못하기 때문에 뭐라고 이야기해 줄게 없다, 얘~."

수현이의 말이 끝나자 셋 사이에 잠시 어색한 침묵이 돌았다. 갑자기 서정이가 좋은 생각이 났다는 듯이 손바닥을 치면서 물었다.

"참, 정희야. 너 사촌 언니가 연세대학교 다닌다고 그랬잖아. 연세대학교에 들어갈 정도면 공부를 엄청 잘했을 텐데 그 사촌 언니랑 얘기해 보는 건 어떨까?"

서정이의 말에 수현이는 예의 습관대로 서정이의 팔을 툭 치며 맞장구쳤다.

"그거 정말 좋은 생각이다! 서정이가 아주 좋은 생각을 했네!"

그러면서 이번에는 정희를 보면서 말했다.

"그래 정희야. 그 사촌 언니를 한 번 만나 봐라."

두 친구의 말에 정희는 친구들을 번갈아 보다가 고개를 돌려 유리창 밖으로 흘러가는 구름을 보며 중얼거렸다.

'사촌 언니? 지희 언니를 만나 보라고?'

"정희야, 오랜만이야! 그동안 잘 지냈어? 내가 공부하느라고 한동안 연락도 잘 못했구나!"

지희는 오랜만에 보는 사촌 동생 정희를 반갑게 맞았다. 어릴 때부터 친하게 지내왔지만 자기가 고등학교 3학년이 돼서 본격적으로 대학 입시 공부를 하고부터는 통 연락을 못했다. 그리고 대학에 입학해서는 한 학기가 훌쩍 지나도록 여기저기 다니면서 대학 문화를 즐기느라 연락할 생각도 못했다. 그 와중에 정희에게 전화 연락이 왔던 것이다.

"언니, 늦었지만 대학에 입학한 거 축하해!"

정희는 입학 축하 인사를 진작 하지 못한 것에 대해 진심으로 미안해했다.

"괜찮아! 나도 연락 못 했는데 뭘～."

지희는 괜찮다면서 정희에게 물었다.

"너 음료수 뭐 마실래? 오랜만인데 언니가 맛있는 거 사줄게."

정희는 메뉴를 둘러본 후 오렌지 주스를 마시겠다고 했다.

"여기 오렌지 주스랑 라떼 한 잔 주세요."

주문을 마친 지희는 정희에게 물었다.

"참 너도 이제 고등학생이구나! 공부하는 거 어때?"

지희의 물음에 정희는 시큰둥하게 대답했다.

"난 공부 별로잖아! 언니는 어릴 때부터 공부를 잘했지만 난 공부에 소질이 없나 봐……."

정희의 말에 지희는 웃으면서 말했다.

"얘～, 그런 게 어디 있어? 공부에 소질이라니? 그냥 해야 하니까 하는 거지 소질이 있어서 공부하는 사람이 어디 있니?"

지희는 엄마에게서 정희의 소식을 들어 어느 정도 상황을 알고 있었다. 정희가 중학교 3학년 후반부부터 공부를 하지 않아서 성적이 바닥권으로 떨어졌다고 들었는데 그 이유를 몰라서 궁금하기도 하던 차였다.

"그래, 오늘은 어쩐 일이야? 그렇지 않아도 최근에 네 생각이 나서 연락을 해야겠다고 생각했는데 마침 연락이 와서 너무 반가웠어!"

지희의 말에 정희는 반색했다.

"내 생각이 났다고? 왜?"

"왜긴, 너 본 지도 오래됐잖아! 그래서 그동안의 얘기도 할 겸 해서이지. 그리고 이제 너도 고등학생이니까 네가 원하면 공부하는 데 도움을 줄 수 있을까 하는 마음도 있었고."

지희의 말에 정희는 마침 잘되었다는 듯이 얼굴이 밝아졌다.

"그랬어? 잘됐네! 실은 오늘 언니를 보자고 한 것은 내가 어떻게 해야 할지 잘 몰라서 보자고 한 거야!"

정희의 말에 지희는 약간의 표정 변화를 보이며 물어봤다.

"어떻게 할지 모르겠다고? 뭘?"

"언니도 알다시피 난 공부를 잘 못하잖아! 지금 이 실력으로는 대학에 갈 수도 없는데 대학에 가고 싶기도 하고. 내 친구들 중에서 공부를 나보다 못하는 애들이 있는데 그래도 걔네들은 진로를 결정해서 그런 걱정은 하질 않아! 나만 어떻게 해야 할지 몰라서 고민하는데 걔네들이 언니를 만나 보고 도움을 받는 것이 좋겠다고 해서 이참에 언니를 보러 온 거야."

정희가 말하는 사이 주문한 음료가 나와서 둘은 음료를 마시면서 잠깐 틈을 가졌다.

"그런데 정희야, 그 이야기하기 전에 궁금한 게 있어. 그걸 알아야 네게 도움을 줄 수 있을 거 같아."

지희가 라떼를 한 모금 마신 후 정희에게 말했다.

"나한테 궁금한 게 있다고? 그게 뭔데?"

정희는 언니가 무엇을 알고 싶은지 그게 오히려 궁금해졌다.

지희는 할 말을 정리하려고 잠깐 생각을 하더니 입을 열었다.

"그럼 솔직하게 말해 줘. 그래야 도와줄 수 있으니까."

지희는 여기서 또 잠깐 말을 멈추고 정희를 한동안 바라본 후 물었다.

"네가 중학교 2학년까지는 그래도 성적이 중상위권이었던 것으로 아는데 3학년 들어와서 갑자기 공부를 안 하게 된 이유가 뭐야? 그러면서 네 성적이 많이 떨어졌다는 소식을 들었거든. 이유가 뭔지를 알아야 네게 도움을 줄 수 있을 것 같아서……."

지희의 말에 정희는 사실대로 말할까 말까 주저하면서 주스를 한 모금 마시고 결심한 듯이 그동안 있었던 일을 털어놨다.

어릴 때부터 엄마가 주위에서 공부 잘하는 친구들과 자기를 비교할 때마다 느껴왔던 비참한 심정, 그럴 때마다 엄마에게 느꼈던 감정, 엄마가 자기와 비교했던 아이들에 대한 열등감과 그 열등감이 그 애에 대한 미움으로 바뀐 이야기며, 중학교에 들어와서는 엄마의 그런 비교가 너무 듣기 싫어서 반항했던 이야기, 그리고 중학교 3학년에 와서는 오히려 반발심에 공부를 아예 하지 않게 된 사실 등을 솔직하게 말했다.

그동안의 과정을 이야기하면서 정희는 휴지로 계속 흐르는 눈물을 닦아냈다.

"그래서 그동안 언니한테 전화도 잘 안 한 거야. 엄마가 언니랑 나를 비교할 때마다 괜히 언니가 미워졌거든……. 미안해 언니!"

정희의 사과에 지희는 마음이 너무 아팠다. 정희의 이야기를 들으면서 그동안 이모한테서 정희가 받은 상처가 무척 컸음을 충분히 느낄 수 있었기 때문이다.

"미안하긴 네가 왜 미안해? 언니인 내가 좀 더 관심을 갖고 연락했어야 했는데 공부한다는 핑계로 전화도 못해서 오히려 언니가 미안해!"

지희도 정희에게 미안한 마음이 들어서 진심으로 사과했다.

"아니야, 언니. 언니가 왜 미안해? 언니는 공부하느라 정신이 없었을 텐데……."

여기까지 말한 후 잠시 대화가 끊겼다. 두 사람은 시선을 마주치지 않고 테이블을 내려다보면서 음료를 마셨다.

잠시 시간이 흐른 후 지희가 말문을 다시 열었다.

"알겠어! 네 말을 들어 보니 그동안 네가 왜 공부를 안 하게 됐는지 이해가 되는구나! 그럼 잠깐만 기다려 봐. 할 말을 정리 좀 한 후 이야기해 줄게.”

‘생각을 정리한 다음에 이야기하겠다’ 는 지희 말에 정희는 왠지 신뢰가 갔다. 그냥 어른들이 일반적으로 말하는 ‘열심히 하면 돼!’ 라는 식의 이야기가 아니라 언니가 자기에게 필요한 방법을 이야기해 주기 위해 노력하고 있다는 느낌을 받았기 때문이다.

한참을 생각하던 지희는 정희에게 물었다.

“정희야, 네가 지금은 공부를 안 해서 그렇지만 대학 가고 싶은 생각은 확실히 있는 거니?”

지희의 질문에 정희는 잠깐 주저하다가 대답했다.

“사실 중학교 때 공부를 그렇게 잘하지는 못했지만 언니도 알다시피 중상위권은 됐거든. 엄마가 하도 다른 애들이랑 비교하길래 반항심에 공부를 안 하기는 했지만 사실 나도 대학에 가고 싶어. 아까도 말했지만 언니를 만나 보라고 했던 친구가 수현이와 서정이라는 애들인데 서정이는 집에서 하는 장사를 배워서 장사한다고 하고 수현이는 미용기술을 배워서 미용사가 되기 위해 2학년 때에 직업학교에 갈 거래. 걔네들 이야기를 들으면서 내 자신을 생각해 봤는데 나는 아무래도 대학에 가고 싶어. 하지만 공부를 안 한 지도 꽤 오래 됐고 지금은 고등학교 들어온 지 벌써 여러 달이 지났는데 시간이 더 지나면 내신 때문에 아예 기회 자체가 없어질지도 몰라서 고민이야. 그런데 대학에 가려면 어떻게 공부해야 할지 잘 몰라서 언니한테 온 거야.”

정희의 긴 이야기를 들은 지희는 라떼를 한 모금 더 마셨다. 그리고 일단 틀에 박힌 이야기보다 정희도 알 수 있는 편한 이야기부터 시작하는 것이 좋겠다고 생각했다.

"정희야. 너 혹시 '그것만이 내 세상' 이라는 영화를 본 적이 있니?"

지희의 질문이 뜬금없다고 생각하면서 정희가 대답했다.

"응, 봤어. 그런데 갑자기 그 영화는 왜?"

"나도 얼마 전 그 영화를 봤는데 거기서 나오는 동생 진태라고 기억나니? 피아노 잘 치던 애."

"응, 장애를 앓고 있지만 피아노를 아주 잘 쳤잖아! 그때 엄마, 아빠랑 그 영화를 보면서 그 배우 정말 피아노를 잘 친다고 감탄했거든!"

"그러면 그 동생역을 맡았던 배우가 그 영화 배역을 맡기 전에는 피아노를 쳐 본 적이 없다는 것도 아니?"

"뭐? 그 배우가 피아노를 쳐 본 적이 없었다고? 그런데 어떻게 그렇게 피아노를 잘 칠 수 있지? 대역을 쓰지도 않았잖아! 그 어려운 피아노곡을 엄청 잘 연주해서 우리는 그 배우가 어릴 때부터 피아노를 배운 줄로 알았는데!"

정희는 지희의 말에 눈을 휘둥그레 뜨면서 놀랐다. 정희의 말을 들은 지희는 그럴 줄 알았다며 이야기를 이어갔다.

"그 배우는 이 영화의 배역을 맡게 된 후 영화의 사실감을 살리기 위해 대역 없이 자신이 직접 연주를 하겠다고 했대. 그래서 감독은 그러면 좋겠지만 그 배우가 피아노를 쳐 본 적이 없다는 걸 알고 대역을 쓰자고 했는데 그 배우가 지금부터라도 배워서 해 보겠다고 했다는 거야. 그래야 영화의 의미를 잘 전달할 수 있을 거라는 생각에서 말이야. 배우가 그렇게 말하자 감독은 '그럴 수 있다면 훨씬 좋지! 사실감을 살릴 수 있으니까!' 라고 하면서 일단 그렇게 하자고 한 후 나중에라도 어려우면 그때 대역을 쓰자고 했다는구나. 그때 형으로 나왔던 배우 이병헌 씨는 나중에 말하기를 '불가능할 것이라고 생각했다' 는 거야. 그런데 박정민이라는 배우는 매일 5시간씩 6개월 동안 연습해 실제로 피아노를, 그것도 일류 피아니스트처럼 직접 연주하게 되었다는 거야. 영화를 위해서 매일 5시간씩 피아노 연습을 한다는 것은 상상하기 어려운 노력이지. 그런데 그 배우는 결국 그렇게 해서 영화의 사실감을 제대로 살릴 수 있었잖아!"

"정말? 그 배우 정말 대단하다~!"

정희는 언니가 왜 그런 이야기를 꺼냈는지는 생각도 못한 채 감탄했다. 지희는 정희에게 충분히 감탄할 시간을 준 후 다시 말했다.

"내가 먼저 너에게 해 주고 싶은 이야기가 바로 그 배우의 마음가짐이야."

그 말에 이해할 수 없다는 표정을 짓는 정희를 보고 지희가 질문을 하나 던졌다.

"그 사람은 어떻게 그렇게 짧은 시간 동안 그런 어려운 피아노곡을 연주할 수 있었을까?"

지희의 질문에 정희는 곰곰이 그런 질문을 하는 이유가 무엇일까를 생각해 보았다. 그리고 조심스럽게 말을 꺼냈다.

"좋은 영화를 만들기 위해서 그런 거 아냐?"

정희의 말에 지희는 고개를 끄덕이면서 대답했다.

"물론 좋은 영화를 만들기 위해서겠지? 그렇지만 조금 다르게 표현하자면 그 배우가 그 짧은 시간에 그렇게 피아노를 훌륭히 연주할 수 있었던 것은 좋은 영화를 만들고 싶다는 열망이 있었기에 가능했던 거야. 나는 그 영화를 보면서 '사람의 열망은 무엇이든 가능하게 할 수 있구나!' 라는 것을 새삼 깨달았어!"

지희는 잠깐 말을 멈추고 라떼를 한 모금 더 마신 후에 정희를 보면서 물었다.

"네게 묻고 싶은 점이 바로 이 점이야! 정희 네가 대학에 들어가고 싶다고 생각한 것이 다른 방법이 없기 때문에 그냥 가보겠다는 건지 아니면 정말로 간절하게 대학에 진학하고 싶은지를 알고 싶어."

지희의 말에 정희는 한참을 침묵했다. 그리고 고개를 들어 물기 있는 눈으로 언니를 바라보면서 대답했다.

"언니, 사실 나 대학에 정말로 가고 싶어!"

선행학습

“대류권에서 기상 변화가 일어나는 것은 무슨 성분 때문이지?”

지호는 수업시간에 지표면과 가장 밀접한 지역인 대류권의 기상 변화에 대해 학생들에게 물었다.

“수증기요!”

늘 그렇듯 지호의 질문이 끝나자마자 민서가 대답했다. 민서의 대답이 워낙 빨랐고 그것이 정답이었기 때문에 다른 학생들은 대답을 하지 않았다.

“그래 맞다. 민서가 말한 것처럼 대류권에서 기상현상이 일어나는 이유는 대기 중의 수증기 성분 때문이야. 공기 덩어리가 위로 상승하면 기온이 점점 낮아지면서 포화수증기량이 적어지고 그 결과 수증기의 일부가 물방울로 응결되면서 구름이 생성되는 거란다. 그 구름으로 인해 비도 내리고 눈도 내리는 거야.”

지호는 칠판에 그림을 그려가면서 학생들이 이해할 수 있도록 예를 들어 설명했다. 선생님의 설명을 이해하는 학생들은 고개를 끄덕이며 알았다는 반응을 보이지만 이해를 잘 못하는 학생들은 특별한 반응

없이 선생님을 바라보고만 있었다.

"그럼 지난 시간에 배운 내용인데, 공기 덩어리가 위로 상승하면 기온이 낮아지는 이유는 무엇 때문이었지?"

"지구 복사에너지를 적게 받기 때문에요!"

역시 지호의 질문이 끝나자마자 민서가 바로 대답했다.

지호는 자기 학급에서 수업을 할 때마다 난처한 상황을 겪곤 한다. 지호의 모든 질문에 민서가 큰 소리로 순식간에 대답해서 다른 학생들은 대답할 기회조차 갖지 못하기 때문이다. 민서는 학교에서 배울 내용을 학원에서 미리 배우고 또 학교 수업이 끝난 후 진행되는 방과후 학교에도 참여한다.

지호는 살아 있는 수업을 진행하기 위해 '질문-응답' 하는 방법을 많이 이용한다. 질문에 학생들이 답하지 못하면 답이 나올 때까지 참고 기다리며, 틀린 대답이 나와도 학생들이 창피해하지 않도록 노련하게 대응하기 때문에 학생들이 활발히 대답하는 편이다.

학생이 틀린 대답을 했을 때

"그건 아니야!", "그거 말고!"

라고 말하면 학생들이 위축되어 대답을 꺼려한다. 그래서 잘못된 대답이 나오면

"자, ○○가 이런 대답을 했는데 다르게 생각하는 학생은 없니? ○○의 대답이 맞는지 틀리는지는 다른 친구들의 대답을 들어본 다음에

살펴보자꾸나!"

라는 식으로 대응하거나

"그렇지! 충분히 그렇게 생각할 수도 있겠다. 그런데 조금 다르게도 생각해 볼 수도 있을 것 같아! 또 어떻게 생각할 수 있을까?"

라는 식으로 말해 준다.

또한 가끔씩 학생들의 대답을 유도하기 위해

"수업시간에 선생님이 질문할 때 틀린 답을 말해도 전혀 부끄러워할 필요가 없다. 틀린 답은 시험에서나 문제가 되지 공부하는 과정에서는 전혀 문제가 되지 않으니까 마음 놓고 대답해라. 게다가 틀린 답을 말한 후 정확한 답이나 이유를 알게 되면 그 내용에 대해서는 절대 잊어버리지 않는다. 그렇기 때문에 틀린 답을 말하더라도 자신에게 도움이 되니까 절대 창피해할 이유가 없는 거야! 오히려 '선생님 질문에 대답했다가 틀리면 어떡하지? 쪽팔리게' 라는 생각에 답변을 안 하는 학생이 있다면 그런 놈들이 바보나 마찬가지야!"

라고 자주 말한다. 지호로부터 그런 말을 자주 들은 학생들은 지호의 수업에서는 자기가 말한 답이 틀려도 별로 창피해하지 않고 활발하게 대답한다.

하지만 본인 학급에서는 민서 때문에 그런 수업 방식의 효과가 떨어졌다. 지호의 질문이 떨어지자마자 민서가 너무나 빠르게 대답해서 다른 학생들은 기회조차 갖지 못하기 때문이다. 그러다 보니 지호가 질문하면 민서가 답하고, 지호가 또 질문하면 또 민서만 답하는 일이 반복된다. 그 결과 학생들도 으레 그러려니 하면서 대답하지 않게 되어 전체 학생들을 수업에 참여시키기 어려웠다.

선생님의 질문에 빠르게 대답하는 민서를 대답하지 못하게 할 수도 없고 그렇다고 다른 학생들의 참여가 제한되는 상황을 그대로 방치할 수도 없다. 이런 상황을 여러 번 겪은 지호는 자신의 반에서 질문할 때는 어쩔 수 없이 대답할 수 있는 대상을 한정하곤 한다.

"이번 질문은 1분단에서 답하고, 다음 질문은 2분단에서 답한다."

이렇게라도 해서 다른 학생들에게도 수업에 참여할 수 있는 기회를 주고자 노력한다. 그런데도 민서는 자기 분단에서 대답할 차례가 아닌데도 대답할 때가 종종 있다. 어릴 때부터 선생님 질문이 끝나면 자동적으로 답하는 게 습관이 되어 자신도 모르게 답하는 것이다.

"민서야, 이번 시간은 무슨 시간이지?"

"수학이야."

철우가 묻자 민서는 책상 서랍에서 수학책을 찾으며 말했다.

"수학? 에이~, 잠자는 시간이네!"

철우는 민서의 말에 얼굴을 찡그리며 투덜댔다.

"왜? 또 자게?"

"수학은 너무 어렵잖아! 그래서 그런지 수학시간에는 잠만 와~!"

철우는 시큰둥하게 반응했다.

"야, 그렇다고 잠만 자면 어떡해? 너 수학 선생님이 순하셔서 그렇지 담임 시간에도 잘 수 있어?"

"담임 시간에? 자면 죽으려구?"

철우가 손바닥을 펴서 목에 긋는 행동을 하면서 익살스럽게 말하자 민서가 웃으면서 물었다.

"그래 갖고 시험을 어떻게 보려고 그래? 또 답안지에 '선생님 사랑해요~' 라고 적으려구?"

"키키~."

지난번 과학 시험에서 철우가 서술형 문제에 적었던 장난기 있는 답을 떠올리면서 민서가 묻자 철우는 전혀 문제될 것이 없다는 듯 말했다.

"모르는 것은 학원에서 배우면 되지, 뭐~."

철우의 대답에 민서는 어이가 없었다. 철우는 학원 수업에서도 장난을 많이 해 자주 혼나기 때문이다.

"넌 학원 수업 시간에는 학교에서 열심히 하면 된다고 말하면서 장난치다가 선생님한테 자주 혼나잖아!"

민서가 그렇게 말하자 철우는

"수학 공부하기 싫은데 어떡해! 학교에서는 학원 핑계 대고, 학원에서는 학교 핑계 대는 거지 뭘~."

라면서 수학책을 찾았다.

이렇게 둘이 이야기하는 중에 수업 종이 울렸고 잠시 후에 수학 선생님이 들어오셨다.

"오늘은 지난 시간에 배웠던 함수 문제를 풀 테니 교과서 87쪽을 펴자."

수학 선생님의 말에 학생들은 주섬주섬 교과서를 폈다.

"지금부터 교과서에 있는 기본문제 2번과 3번을 푸는데 어제 설명했던 것처럼 과정을 따라가면서 풀어 봐라."

선생님의 말이 끝나자 학생들은 문제를 풀기 시작했다. 민서는 이미 학원에서 공식을 활용하는 방법을 충분히 배웠기에 공식에 대입하면서 어려움 없이 문제를 풀어나갔다. 문제를 빠르게 풀고 다른 학생들을 둘러보니 한두 명만 문제를 풀었고 다른 학생들은 아직 푸는 중이었다. 짝궁인 현진이도 아직도 문제를 풀고 있었다. 현진이는 문제를 공식에 대입하지 않고 과정을 적어가면서 풀고 있기 때문에 시간이 오래 걸릴 수밖에 없었다.

"현진아, 그거 공식에 대입하면 답이 바로 나오는데 왜 그렇게 풀어? 시간만 오래 걸리잖아!"

민서의 말에 현진이는 고개를 잠시 들어 민서를 바라봤다.

"선생님께서 과정을 따라가면서 풀라고 하셨잖아!"

현진이가 대답하자 민서는 답답하다는 듯이 현진이에게 말했다.

"그렇다고 그렇게 다 풀다 보면 시간이 오래 걸리잖아! 공식에 대입하면 바로 답이 나오는데……."

"그래도 난 선생님이 하라고 하신대로 풀래."

현진이는 민서의 말에 개의치 않고 계속 과정을 밟아가며 풀었다.

"피~, 쉽게 풀 수 있는 문젠데 요령 있게 풀면 되는 거지 미련하게……."

민서는 학급에서 공부를 가장 잘하는 현진이답지 않게 미련하게 푸는 것 같아 답답했다. 민서 뒤편에서 민서와 현진이의 대화를 듣던 선생님은 아무 말 없이 바라만 보셨다.

"자, 이제 다 풀었는지 확인해 보자."

수학 선생님은 학생들을 둘러보면서 말했다.

"다 푼 사람 손 들어 봐라."

선생님의 말이 끝나자 여기저기서 학생들이 손을 들었다.

"아직 문제를 풀지 못한 사람은 선생님이랑 같이 풀어 보기로 하자. 그럼 문제를 같이 풀어 보기 전에 선생님이 질문을 먼저 하겠다."

수학 선생님은 학생들을 둘러본 후 질문을 던졌다.

"오늘 우리가 배우는 게 뭐지?"

"함수요~."

학생들이 여기저기서 대답했고 민서도 역시 큰 목소리로 답했다.

"그러면 함수가 무엇인지 정의를 내릴 수 있는 사람 손 들어 봐라."

선생님의 질문에 학생들은 서로 얼굴을 쳐다보기만 했다. 손을 드는 학생이 없자 선생님은 이리저리 둘러보다가 민서를 지목해 다시 물었다.

"민서가 문제를 아주 빨리 푼 걸 보니 학원에서 이미 배운 것 같더구나!"

선생님의 말에 민서는 평상시와 같이 시원하게 대답했다.

"네~."

"그러면 간단하게 말해서 함수란 뭐라고 할 수 있지?"

선생님의 질문에 민서는 답할 수가 없었다. 학원에서는 주로 공식을 이용해 문제를 풀기만 했을 뿐 함수가 무엇인지는 생각할 필요가 없었기 때문이다.

민서가 잠시 당황해하며

"잘 모르겠는데요."

라고 답하자 선생님은 그럴 줄 알았다며 학생들을 보면서 설명했다.

"민서처럼 학원에서 선행학습을 했기 때문에 문제를 잘 푸는 학생이 많을 거다. 그런데 선생님 경험으로는 개념을 잘 모르는 상태에서 공식에만 대입해서 푸는 학생들이 대부분이야! 하지만 과정을 생략하고 공식에만 대입해서 문제를 풀다 보면 깊이 있는 문제는 풀기 어려워진다는 걸 알아두기 바란다. 문제 풀이는 개념을 익히기 위한 하나의 과정에 불과하니까 개념을 본질적으로 이해해야 어떤 문제든 풀 수 있어."

선생님의 설명을 들었지만 민서는 잘 이해되지 않았다.

'개념을 몰라도 공식에 대입하면 문제를 잘 풀 수 있는데 왜 저러

시지?'

민서가 이런 생각을 하는데 수학 선생님이 이어서 질문했다.

"선생님이 여러 반에서 함수의 개념을 물어보았더니 개념을 정확히 아는 학생이 2명밖에 없더구나! 여기 3반에도 없나?"

선생님은 이 말을 하면서 현진이를 바라보았다. 현진이가 말을 할까 말까 다소 주저하는 표정을 보이자 선생님은 현진이를 지목했다.

"혹시 현진이, 너도 모르겠니?"

선생님이 자신을 지목하자 현진이는 조그만 목소리로 대답했다.

"'두 변수 사이의 관계' 아닌가요?"

"그래, 현진이가 아주 간단하게 잘 설명해 주었구나!"

수학 선생님은 기특하다는 표정으로 현진이를 바라보았다.

"조금 더 자세하게 이야기하면 '함수란 변수 x의 값이 정해질 때 그에 대응하는 y값의 변화를 수식으로 나타낸 것'이다. 함수를 배우면서 함수가 무엇인지는 정확히 알아야지. 개념을 정확히 알아야 문제를 푸는 의미도 알 수 있는 거다."

그렇게 설명하면서 선생님이 한 단계 한 단계 문제를 풀어가자 민서가 질문했다.

"선생님, 그 함수를 푸는 공식이 있는데 공식에다 대입해서 풀면 빠르잖아요! 굳이 그렇게 단계를 밟아가면서 풀어야 하나요?"

선생님은 웃으면서 민서를 한동안 바라보다가 답했다.

"그래. 공식에 대입해서 풀면 쉽게 풀 수 있지! 또 단순한 문제를 쉽게 풀 수 있도록 만든 것이 공식이기도 하구!"

수학 선생님은 민서를 바라본 후 다른 학생들을 둘러보면서 계속 말했다.

"하지만 공식으로 문제를 푸는 데에는 한계가 있다. 과정에 대한 이해 없이 기계적으로 공식에 대입해 풀면 기본적인 문제는 풀 수 있을지 몰라도 응용문제를 풀지 못할 때가 많단다. 그러다 보니 깊이 있는 문제를 풀지 못해서 시험을 망치게 되는 거야.!"

선생님 말이 아직도 이해가 잘 되지 않아 민서는 고개를 좌우로 갸우뚱거렸다.

"학원에서는 어떻게 가르치는지 잘 모르겠지만 수학은 교과서로 개념을 충분히 익힌 다음 그 개념을 바탕으로 문제를 풀어가야 실력이 금방 늘어. 알았니?"

"네~."

선생님의 말에 학생들은 대답했지만 목소리가 우렁차게 나오지는 않았다.

선생님은 이렇게 설명하다가 엎드려 있는 철우를 보면서 목소리를 높였다.

"너, 철우 이놈, 안 일어날래? 저놈은 수업시간마다 엎드리네!"

철우는 선생님의 호통에 화들짝 놀라 고개를 들었다.

수험생 (2)

"아, 이거 큰일 났네! 도저히 생물 II를 공부할 시간이 없어!"

1학기 중간고사를 앞두고 시험공부 하던 승현이는 시간이 부족하자 초조해졌다. 새로운 공부 방법을 찾으면서 공부하느라 3학년 첫 시험을 대비해 시간 안배를 잘못해서 생물 II 시험공부 시간을 만들 수 없었기 때문이다. 물론 날밤을 새우면 할 수야 있겠지만 그렇게 하면 다음 날 시험공부 하는 데 지장이 있기 때문에 그럴 수도 없었다. 생물 II 과목에는 투자한 시간이 별로 없었고 공부라곤 단지 수업시간에 들은 게 다인데 그마저도 시간이 오래 지나 기억나는 것이 별로 없었다.

"아~, 미치겠네! 어떻게 하지? 그래도 수능 과목인데……."

한동안 고민하던 승현이는 일단 오늘은 영어만 공부하고 비교적 암기 성향이 많은 생물 II는 내일 학교에 가서 공부하기로 결단을 내렸다. 그나마 다행인 것은 시험이 평소보다 늦은 9시에 시작한다는 점이다.

승현이는 계획대로 영어 공부를 모두 끝냈고, 다음 날 평소보다 1시간 일찍 등교했다. 너무 일찍 와서인지 교실에는 아무도 없었다. 자리에 앉자마자 생물 II 교과서를 편 후 공부하기 시작했는데 이해고 뭐고 할 시간이 없어 그냥 암기하는 수밖에 없었다. 워낙 다급해서 주위 상황을 전혀 의식하지 않고 책에 몰두했다.

"승현아~, 일찍 왔네!"

단짝 친구인 광식이가 와서 인사하자 승현이는 손만 들어 아는 체할 뿐 얼굴은 들지도 않았다.

"야~, 뭐 그리 열심히 해?"

승현이 반응에 광식이가 묻자 승현이는 그제야 광식이를 쳐다보며 말했다.

"야, 말 걸지 마. 나 생 II 하나도 못 했어! 지금 벼락치기 중이다. 오늘 학교에 와서 처음 보기 시작하는 거니까 미안하지만 나중에 얘기해. 그리고 부탁 하나 하자."

광식이는 승현이가 부탁할 게 있다니까 궁금해하는 표정으로 물었다.

"부탁? 뭔데? 이렇게 급박하게 공부하는 친구 부탁인데 뭐든 들어줘야지!"

광식이는 농담처럼 웃으며 답했다.

"나 지금부터 초집중해야 하니까 다른 애들이 오면 나한테 말 걸지 못하게 좀 도와줘!"

승현이의 요청에 광식이는 알았다며 장난삼아 말했다.

"어떤 놈이건 너에게 말 걸기만 해 봐라. 내가 그 놈의 입에 지퍼를 확 채워버릴 테니까."

광식이는 오른손을 자기 입에 가져간 후 지퍼를 채우는 시늉을 했다.

"자, 아우님~, 그러면 다시 열공하세요~."

광식이는 2학년 때도 승현이와 같은 반이었는데 3학년에 올라와서 변한 승현이 모습에 많이 놀랐다. 2학년 때는 친구들이랑 어울려 노느라 공부를 별로 하지 않던 승현이가 3학년에 올라와서는 완전히 공부에 몰두했기 때문이다.

3학년에 올라와서 공부하는 습관을 찾아가던 초기에 승현이는 여러 가지 공부 방법을 시도해 보았으며, 공부를 잘하는 친구들의 방법을 따라해 보기도 했었다. 승현이가 공부 방법을 따라해 보려고 했던 친구는 2명인데 그중 한 명이 병룡이었다. 병룡이는 공부할 때 머리를 90도로 꺾은 자세로 책에다 밑줄을 긋는다는 등의 행동은 전혀 안 하고 책만 뚫어지게 쳐다보는 스타일이었다. 그래서 옆에서 보면 '잠을 자는 것이 아닌가?' 라는 생각이 들 정도로 아무 움직임이 없어서 병룡이가 공부할 때 일부러 고개를 숙여 병룡이의 눈을 바라본 적도 있었다. 그때 병룡이는 분명히 눈을 뜨고 있었지만 아무런 움직임이 없어서 '눈 뜨고 자나?' 라고 생각하기도 했다. 하지만 가끔 책장을 넘기는 동작을 보면서 잠을 자는 건 아니라는 걸 알 수 있었다.

그런 병룡이의 공부 자세가 특이해서 승현이도 그 방법을 한동안 사용해 보았다. 책에 줄을 긋지 않으면 자기가 중요하다고 생각하는 부분도 표시할 수 없게 된다. 그렇다 보니 다음번 다시 볼 때는 처음부터 봐야 한다는 염려 때문에 집중이 더 잘 되는 것 같았다.

그렇지만 며칠간 이렇게 공부를 해 본 후 이 방법은 사용하지 않기로 했다. 공부를 한 다음 이전에 공부했던 내용을 확인할 때마다 어려움을 느꼈기 때문이다. 승현이는 아무래도 중요하다고 생각한 부분에 밑줄 치는 방식이 자신에게 맞다고 생각했다. 한편으로 그런 방법으로 계속 공부하는 병룡이를 보면서 '대단하다!' 고 감탄했다.

'병룡이는 기억력이 엄청나게 좋은가 보다! 그래서 다시 볼 필요가 없는지 책에 줄도 긋지 않네!'

어쨌든 병룡이는 아직도 그런 자세로 공부하고 있다.

다음으로 승현이가 따라해 보려고 했던 친구는 옆 반 학생인 영주였다. 영주는 성적이 최상위권인 학생 중 한 명이었다. 하교 후 몇몇은 남아서 자율학습을 했는데 그중에 영주도 있었다. 영주는 공부할 때 자기가 읽는 교과서의 모든 내용을 연습장에 적어 가면서 공부했다.

책을 보면서 중요한 내용은 암기를 잘할 수 있도록 연습장에 한두 번 적는 것이 일반적인 방법인데 영주는 자기가 보는 내용을 모두 적는 것이다. 읽은 것을 모두 적다 보면 시간이 많이 소요될 텐데도 영주는 그렇게 공부했다. 승현이는 그 방법이 효율적일까를 의심하면서도 공부를 매우 잘하는 친구가 하는 방법이라 그 방법도 따라해 보기로 했다. 하지만 그 방법도 몇 번 시도해 보다 포기했다. 처음 생각했던 대로 시간이 너무 많이 소요되기 때문이었다. 승현이는 아마도 영주가 꾸준히 공부해 왔기 때문에 밀린 부분이 없어서 저렇게 하는 게 가능한가 보다고 생각했다. 하지만 고등학교 1 · 2학년의 내용도 처음부터 다시 해야 하는 승현이로서는 그렇게 해서는 시간이 너무 부족하기 때문에 그 방법을 사용할 수 없었다.

이렇게 친구들의 공부 자세나 방법을 따라해 보던 중 승현이는 나름대로 자기만의 방법을 찾았다. 책을 보다가 중요하다고 생각되는 부분만 밑줄 친 후, 한 주제 또는 한 단원이 끝나면 그 부분을 노트에 정리하는 것이다.

'천재는 어떤 내용을 한 번만 봐도 기억하고 수재는 두세 번을 봐야 기억하지만 평범한 사람은 열 번을 봐야 완전히 기억한다' 라는 말이 있듯이 한 번 읽은 내용은 시간이 지나면 잊기 마련이다.

16년간 사람의 기억과 망각에 관해 연구했던 독일의 심리학자 헤르만 에빙하우스는 실험을 통해 반복의 중요성을 과학적으로 입증했다.

그의 연구 결과에 의하면 같은 횟수라도 기억하고자 하는 내용을 짧은 시간에 여러 번 반복하는 것보다 일정 시간 범위에 분산해 반복하는 편이 기억을 유지하는 데 훨씬 더 효과적이다. 에빙하우스의 주장에 따르면 학습 후 10분 후부터 망각이 시작되며, 1시간 뒤에는 50%, 하루 뒤에는 70%, 한 달 뒤에는 80%를 망각하게 된다.

망각으로부터 기억을 지켜내기 위한 가장 효과적인 방법은 복습

에빙하우스의 망각곡선

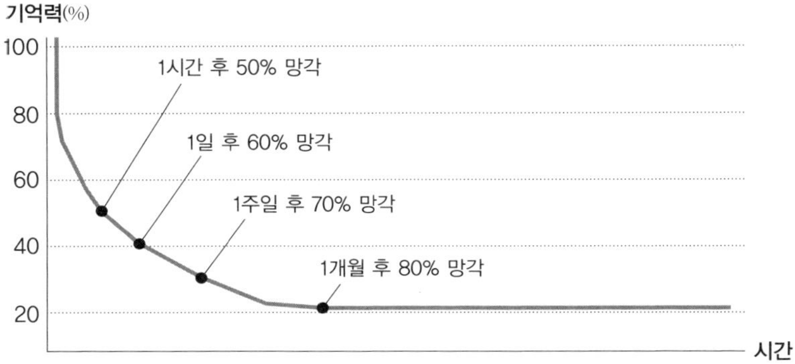

출처 : EBS

반복학습에 따른 기억력 변화

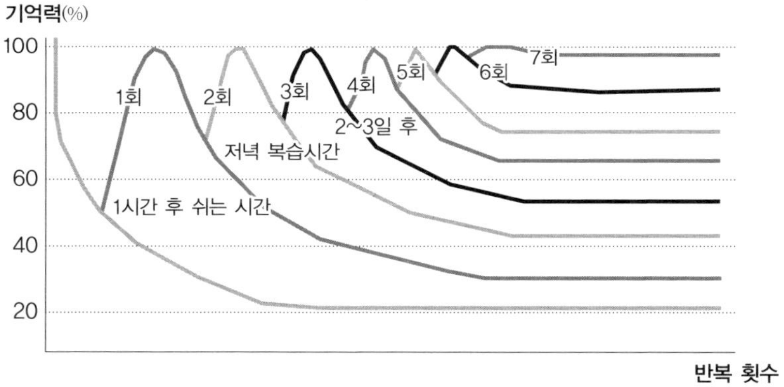

출처 : EBS

이다. 에빙하우스는 10분 후에 복습하면 1일 동안 기억되고, 다시 1일 후 복습하면 1주일 동안, 1주일 후 복습하면 1달 동안, 1달 후 복습하면 6개월 이상 기억이 지속되어 장기기억이 된다고 했다. 즉, 학습한 내용을 잊지 않고 장기기억을 강화시키기 위해서는 반복학습이 필수적이라는 것이다.

에빙하우스의 실험을 몰라도 공부를 해 본 사람이라면 누구나 알 것이다. 책을 한 번 읽은 것만으로는 그 내용이 머리에 계속 남아 있지 않기 때문에 반드시 몇 번을 다시 봐야 한다는 것을.

하지만 승현이는 공부해야 할 양은 무척 많지만 시간이 부족했다. 승현이는 자기가 공부해야 할 양을 단순하게 계산해 본 적이 있었다. 국어, 영어, 수학 등을 포함해 8개 이상의 교과를 배우고 있었고, 한 교과서당 분량이 대략 300쪽 이상 되므로 단순하게 숫자로 계산하면 300쪽 × 8교과 = 2,400쪽의 분량이다. 더군다나 3개 학년을 계산한다면 2,400쪽 × 3년 = 7,200쪽이나 되는 것이다. 게다가 이는 필요에 따라 공부하는 문제집이나 참고서 등을 제외한 분량이다.

공부라는 것이 한 번 읽어 본 것으로 머릿속에 기억된다면 정말 좋겠지만 일반인에게는 무리다. 머릿속에 오랫동안 저장되려면 여러 번은 봐야 한다. 그러나 한정된 시간에 그 많은 내용을 보는 것도 쉬운 일이 아닌데 그것을 다시 보기란 더더욱 어려운 일이다.

그렇기 때문에 승현이는 공부한 부분에서 중요하다고 생각하는 내용만을 정리한 후 그것을 반복해서 보는 것이 가장 효과적인 방법이라 판단해 그렇게 공부하기로 했다.

하지만 공부한 부분을 정리하는 것도 쉬운 일이 아니다. 일단 정리하지 않고 공부하는 것과 비교해 시간이 많이 소요되기 때문이다. 그럼에도 불구하고 학습한 내용을 정리하면 내용의 전체 구조를 이해할 수 있고 각 부분의 상관관계를 파악할 수 있어서 효율적이다. 특히 교과서는 암기 위주가 아닌 이해를 바탕으로 기술되었고 한 개념을 설명할 때 그 과정이 자세하게 서술되어 있다.

그런데 이를 정리하면 개념만을 추출할 수 있기 때문에 정리한 내용이 교과서의 양보다 훨씬 줄어든다. 그리고 처음 정리할 때 많은 생각과 노력을 기울이고 자신이 직접 작성한 내용이기 때문에 다시 보기도 쉬울 뿐 아니라 복습할 때 시간도 많이 절약할 수 있었다.

'참고서나 문제집 등에 이미 정리된 것들이 있는데 굳이 시간을 들여가면서 정리할 필요가 있을까?'

라는 고민도 해 봤지만 참고서나 문제집 등에 있는 정리는 자신이 직접한 것이 아니고 다른 사람이 한 것이다. 자신이 직접 정리한 것과 다른 사람이 정리한 것에는 큰 차이가 있다. 다른 사람이 정리한 것을 볼 때는 정리된 내용의 글자만 보게 되지만 스스로 정리한 것을 볼 때는 정리된 내용의 전체 개요가 생각나면서 기억이 훨씬 잘 된다. 또한 직접 정리하면 잘 이해가 되지 않는 부분을 더 자세하게 정리하기 때문에 자신이 약한 부분을 집중적으로 복습할 수 있는 반면, 다른 사람이 정리한 것에는 자신이 아는 내용과 모르는 내용을 모두 섞여 있기 때문에 복습의 효율성이 떨어진다.

이렇게 여러 번의 시행착오를 거쳐서 승현이는 나름대로의 공부 방법을 정립했고 이 방법으로 공부를 계속 했는데 훗날 수능을 치를 때까지 이 방법이 크게 효과를 발휘했다.

하지만 지금 생물 II 시험이 코앞에 있는 상황에서는 공부 방법이고 뭐건 그런 것을 생각할 여유조차 없었다. 광식이의 덕분인지 아니면 시험 기간이라 친구들도 공부하기 바빠서인지는 모르겠지만 광식이에게 부탁한 이후로는 특별히 말을 붙이는 친구들이 없었다.

시간이 지나면서 등교하는 학생들이 많아지자 교실은 북적거리기 시작했다.

"야, 너 시험공부 많이 했니?"

"아니~, 넌?"

"난 밤 세웠어! 졸려 죽겠어~."

"야! 연필 좀 빌려줘. 오늘 필통을 놓고 왔네!"

이런 북적거림에도 불구하고 승현이 귀에는 아무 소리도 들리지 않았다. 마음이 워낙 급해서 벼락치기에 집중하느라 소리를 들을 수 없었던 것이다.

'몇 분 남았지?'

공부를 하다 남은 시간을 확인하고 아직 읽지 못한 부분을 살펴보자 마음이 아주 급해졌다. 아직도 봐야 할 양이 많이 남았기 때문이다.

담임 선생님도 시험 기간임을 고려해서 조회시간에 특별한 말씀 없이 인원 파악만 하신 후 다시 나가셨기 때문에 그나마 몇 분의 시간을 더 벌 수 있었다.

"띠~, 띠, 띠~, 띠."

시험 예비종이 울리고 잠시 후 고사 감독 선생님이 들어오셨다.

승현이는 선생님이 들어오셔도 신경 쓰지 않고 계속 책 속에 빠져 있었다. 이제 조금만 더 읽으면 일단 시험범위까지 한 번은 읽어 볼 수 있기 때문이다.

"자, 이제 답안지와 시험지를 나누어 줄 테니까 보던 책들을 모두 가방 속으로 집어넣도록 한다."

선생님 말씀에 학생들은 자기가 공부하던 책이며 공책을 책상 서랍 속에 집어넣었다. 승현이는 이 순간에도 최대한 늦게까지 버티면서 '분치기', 아니 '초치기'를 했고, 마침내 시험범위 끝까지 한 번은 읽어 볼 수 있었다. 하지만 한 번 읽어 본 것만으로 내용을 다 기억할 수는 없는 일이었다.

선생님이 시험지를 나누어 주는 동안 승현이는 조용히 눈을 감은 채 아무 생각도 하지 않으려고 했다. 괜히 공부한 내용의 어느 한 부분을 떠올리면 그것을 생각하느라 다른 부분의 기억이 사라질 것 같은 느낌이 들었기 때문이다.

"때르르르릉~"

드디어 시작종이 울리자 승현이는 무엇에 홀린 듯 정신없이 문제를 풀어나갔다. 머릿속에 담아놓은 '분치기', '초치기'로 읽은 내용이 사라질까 염려되어 조금이라도 빠른 시간에 그 내용을 쏟아내기 위해서였다.

"자 이제 종료 5분 전이다. 마무리하도록."

시험 감독 선생님의 말씀에 승현이는 자기가 푼 문제들을 다시 한

번 살펴보았지만 그건 큰 의미가 없었다. 이미 문제를 풀면서 모든 힘을 다 쏟았기 때문에 그 문제들을 다시 볼 기운조차 없어서였다.

"띠, 띠, 띠～."

시험 종료종이 울렸다.

"자, 이제 필기도구를 모두 내려놓고 손을 뒤로 하도록 한다. 그리고 맨 뒷줄의 학생은 답안지를 걷어 오도록."

감독 선생님의 지시가 내려지자 학생들은 모두 선생님의 지시대로 행동했고 각 줄의 제일 뒤쪽 학생들이 일어나서 답안지를 순서대로 걷었다.

감독 선생님과 학부모 감독이 교실을 나가자 이리저리 움직이면서 시험문제 답을 맞춰 보는 학생이 있는가 하면 다음 시간 과목을 공부하기 위해 책을 꺼내는 학생도 있었다. 승현이는 시험지 답을 맞춰 보지도, 다음 시험을 위해 책을 꺼내지도 않고 가만히 눈을 감고 있었다. 아침에 등교한 이후 지금까지 약 3시간 정도를 초집중했기 때문에 진이 빠져버린 것이다. 그리고 이 상태로는 다음 시간 시험을 치르는데 문제가 있을 수 있다는 생각이 들어서 쉬는 시간 동안 아무 것도 하지 않은 채 눈 감고 쉬면서 기운을 차리려고 했다. 그럼에도 이번 시간에 치른 시험에 대한 생각이 떠올랐다. 비록 '분치기', '초치기' 까지 했지만 예상보다 시험을 잘 본 것 같았기 때문이다.

'기대보다는 시험을 잘 본 것 같은데 몇 점이나 나올까?'

상전벽해 (3)

미정은 영철이가 푼 초등학교 6학년 수학문제를 채점한 후 이제 초등학교 6학년 과정이 끝났다는 생각이 들었다. 6학년 과정을 익히는 데 소요된 시간은 약 열흘 정도였다. 초등학교 5학년 과정을 끝내는 데는 1주일이 소요되었는데 6학년 과정은 5학년 과정보다 며칠 더 걸린 것이다. 다행히도 지호가 말한 대로 초등학교 과정을 마스터하는 데 걸린 시간은 생각보다 많지 않았다.

지호의 말대로 영철이에게 초등학교 4~6학년 수학문제를 풀어보게 한 미정은 기겁했다. 답을 맞춰 본 결과 초등학교 4학년 문제는 80점 정도에 불과했고 5 · 6학년 문제는 70점도 맞추지 못했기 때문이다. 아무리 영철이가 초등학교 때부터 축구에 빠져 노느라 공부를 소홀히 했기로서니 두 달 뒤엔 중학교 3학년이 되는데 초등학교 문제도 제대로 풀지 못한다는 사실에 놀라지 않을 수가 없었다. 생각 같아서는 영철이를 꾸짖고 화도 내고 싶었지만 지호가 미리 주의를 줬기 때문에 감정을 억누르며 영철이를 위로했다.

"누나, 만약 영철이가 푼 초등학교 문제 점수가 90점이 안 나오더라도 절대 화를 내거나 꾸중하면 안 돼!"

"90점? 얘, 초등학교 문제는 다 맞아야지 90점이라니? 그리고 설령 그렇게 나오더라도 꾸짖지 말라는 건 무슨 소리야? 그럼 그걸 가만 둬?"

미정은 어이없어하며 동생에게 반문했다.

"누나, 누나가 분명히 알아둘 게 있어!"

지호가 진지한 표정으로 이야기하자 미정은 '얘가 왜 이러지?' 하는 마음으로 지호를 바라보았다.

"뭔데?"

"지금 우리가 영철이에게 초등학교 문제를 풀어 보게 하는 것은 영철이의 수준을 파악하고자 하는 거지 혼내자고 하는 게 아니잖아! 안 그래?"

"그건 그렇지!"

지호의 말에 미정은 고개를 두 번 끄덕이면서 대답했다.

"그런데 그렇지 않으면 좋겠지만 만약 영철이가 초등학교 문제를 잘 못 풀었을 때 초등학교 문제도 못 푼다고 꾸짖으면 영철이는 주눅이 들어 수학을 점점 더 싫어하게 될 거야."

미정이 이번에는 아무 말 없이 지호의 말을 듣기만 했다.

"그럴 때는 입장을 바꾸어 생각할 필요가 있어. 오히려 초등학교 문제도 잘 이해하지 못하는 영철이가 그보다 어려운 수준의 수학을 공부하느라 얼마나 고역이었겠어? 자기 딴에는 축구를 그만두고 공부하겠다고 마음먹었는데 수학을 전혀 따라갈 수 없다는 사실에 얼마나 좌절하고 있겠냔 말이야."

미정은 지호의 말을 들으면서 한숨을 한 번 쉬었다.

"만약 그렇게 돼서 영철이가 수학을 점점 멀리하면 영철이는 절대로 공부로 원하는 결과를 얻을 수 없을 거야. 그렇다면 이제 영철이는 축구도, 공부도 할 수 없게 될 텐데 그렇게 되면 누나는 어떻게 하려고 그래?"

지호의 말을 듣고 보니 미정은 아무 말도 할 수 없었다.

"그리고 상황이 그렇게 된 책임을 영철이에게만 돌릴 수도 없어! 누나가 기분 나빠할 수도 있는 말이라 말하기 좀 그렇지만 어쨌든 영철이가 그렇게 되기까지는 엄마인 누나에게도 책임이 전혀 없다고 말할 수는 없잖아!"

지호가 조심스럽게 이야기했지만 그 말을 들은 미정인 '그게 어떻게 내 탓이니?' 라고 따지려다가 진지한 눈빛으로 자기를 바라보는 지호를 보자 그 말을 목구멍에서 꺼낼 자신이 없었다. 실제로 영철이 실력이 그렇다면 엄마인 자기에게도 책임이 있을 수 있다는 생각이 들었기 때문이다. 게다가 축구는 도저히 안 되겠다며 지금부터라도 열심히 공부하겠다는 영철이가 이도 저도 못하는 처지가 되는 건 상상조차 하기 싫었다.

"그러면 내가 어떻게 해야 되는데?"

미정은 지호를 바라보면서 물었다.

"만약 영철이가 초등학교 수학을 잘 풀지 못하면 절대로 뭐라고 하지 말고 오히려 위로해 줘야 해. '네가 수학 공부하기가 힘들었겠구나! 그런데도 엄마는 여태껏 그걸 모르고 그냥 더 열심히 하라는 말만 했네. 어떻게든 해 보려는 너를 도와줄 생각을 못 해서 미안해!' 라는 식으로만 이야기하는 것이 좋을 거 같아!"

미정은 '설마!' 라는 생각이 들기도 했지만 진지하게 말하는 지호의 표정을 보면서 동의할 수밖에 없었다.

"알았어, 그렇게 할게! 그리고 그 다음은 어떻게 하지?"

"영철이의 실력을 확인해 보지 않은 상태에서는 뭐라고 말할 수 없으니까 일단 테스트부터 해 보자고."

이렇게 해서 영철이에게 초등학교 4, 5, 6학년 수학문제 중 가장 어렵다고 생각되는 단원을 지호가 한 단원씩 골라서 테스트해 본 결과 점수가 그렇게 나온 것이다.

그래서 미정은 자신의 점수를 보고 쭈뼛거리는 영철이를 위로해 주었다.

"영철아, 네가 학원에서 수학 따라가기가 무척 힘들었겠구나! 그런데도 엄마는 여태껏 그걸 모르고 그냥 더 열심히 하라는 말만 했네. 어떻게든 해 보려고 노력하는 너를 이해 못 해서 미안해!"

지호가 말한 대로 이렇게 말하면서 안아주자 영철이는 눈물을 삼키며 훌쩍거렸다. 초등학교 문제도 제대로 풀지 못했다고 꾸중들을 줄 알았는데 오히려 엄마가 미안하다고 하시면서 자기를 이해해 주자 마음이 울컥했기 때문이다.

미정도 처음에는 지호가 하라고 해서 화가 나는 것을 참고 위로하면서 안아주기는 했지만 영철이가 우는 것이 느껴지자 진심으로 미안한 마음이 생기면서 눈에 눈물이 글썽였다.

잠시 시간이 흐른 후 미정은 지호에게 물어보았다.

"지호야. 그럼 이제 어떻게 하지?"

지호가 결혼해 아버지가 된 다음부터는 동생을 존중하는 의미에서 이름을 직접 부르지 않던 미정이었는데 지금은 자신도 모르게 동생 이름을 직접 불렀다. 그만큼 영철이 문제를 해결하는 데에만 정신을 쏟다 보니 다른 것을 생각할 겨를이 없었던 것이다.

지호도 누나가 오랜만에 직접 자신의 이름을 직접 부르니 다소 어색하기도 했지만 그만큼 누나 마음이 절실하다는 것을 알 수 있었다. 지호는 영철이가 같이 듣는 것이 좋겠다면서 자신이 생각한 방법을 설명했다.

"일단 영철이가 지금 다니는 학원을 그만두거나 방법을 바꾸는 게 좋겠어! 지금은 겨울방학이고 아직 방학이 두 달 정도 남았잖아! 그렇기 때문에 지금이 수학 기초 실력을 쌓기 가장 좋은 시기라고 할 수 있어. 그런데 지금 다니는 학원에서는 중학교 3학년 과정을 선행학습하기 때문에 영철이에게는 도움이 되지 않고 오히려 힘들게 할 수도 있어! 영철아 그렇지 않니?"

영철이는 삼촌이 자기가 학원에서 수업하는 모습을 보지 않고도 정확히 자기의 상태를 알고 있다는 사실에 놀라면서 고개를 끄덕였다.

지호는 영철이에게 확인했다.

"네가 다니는 학원이 종합반이라고 했지?"

지호의 질문에 영철이는 엄마 품에서 나와 대답했다.

"네!"

"그러면 수학시간에는 강의를 듣지 않고 집에 오거나 학원의 빈 방에서 영철이만의 공부를 하게 하는 것이 좋을 거야! 아니면 아예 종합반을 그만두고 국어나 과학만 가르치는 단과반에 다니고 수학과 영어는 집에서 별도로 공부하는 게 좋을 것 같다."

지호의 말에 영철이는 표정이 밝아졌다.

"그럼, 학원을 다니지 않으면 수학과 영어는 어떻게 공부하지?"

잠시 기분이 울적해졌던 미정이 다시 정신차리고 동생에게 물었다.

"이제부터 누나가 영철이를 많이 도와줘야 해!"

지호가 이렇게 말하자 미정은 살짝 긴장하며 자세를 바로잡았다.

"먼저 초등학교 4학년 수학부터 시작하자고. 누나가 시간이 있을 때는 영철이 옆에서 공부를 도와주는 게 좋을 거야! 문제 푸는 과정을 보면서 영철이가 어려워하는 부분을 설명해 주고, 누나가 시간이 없을 때는 영철이가 공부해야 하는 부분의 개념을 먼저 가르쳐준 후 영철이에게 문제를 풀게 하는 거야. 그리고 채점은 영철이 네가 직접 하는 게 좋아! 채점하면서 틀린 부분은 먼저 풀이 과정을 보고 왜 틀렸는지 확인하고 그 부분이 이해될 때까지 반복해야 해. 누나는 영철이가 풀이 과정을 보아도 이해 못한 부분만 설명해 주면 돼!"

공부시키는 방법을 지호가 자세하게 알려주니까 미정은 왠지 어렵지 않게 할 수 있을 것 같았다. 부모가 자식들을 공부시키고 싶어도 어떻게 할지 모르기 때문에 그냥 방치하거나 학원에 보내지, 자식을 공부시킬 수 있는 방법을 알기만 한다면 학원에 보내지 않고 직접 도와줄 부모도 많을 것이다.

"그런데 여기서 영철이가 꼭 지켜야 하는 것이 있어!"

삼촌이 문제 푸는 것 말고 꼭 지켜야 하는 것이 있다고 말하자 영철이는 정신을 바짝 차리고 들었다.

"너나 엄마한테는 전혀 익숙하지 않은 방법일 텐데……."

잠시 뜸을 들인 지호는 차분하게 설명하기 시작했다.

"문제를 풀 때 네가 맞다고 생각하는 답을 문제지에다 표시하지 말고 다른 연습장에다 답을 적는 거야. 그리고 채점할 때 맞은 문제에는 아무런 표시하지 말고 틀린 문제의 번호 옆에 조그맣게 동그라미 표시를 해둬."

지호가 이렇게 말하자 미정과 영철은 동시에 반응했다.

"뭐?"

"뭐라고요?"

보통 학생들이 문제를 풀 때는 문제지에 답을 표시한다. 그리고 채점하면서 맞은 문제는 번호에다 크게 동그라미를 표시하고, 틀린 문제는 번호에 ×표시를 한 후 정답인 선택지에다 답을 표시한다. 그런데 지호가 완전히 반대로 알려주자 두 사람 모두 놀란 것이다.

지호는 두 사람의 놀라는 표정을 보고 그럴 줄 알았다는 듯이 웃으며 설명을 계속했다.

"두 사람이 왜 놀라는지 알아! 그래서 아까 두 사람에게 전혀 익숙하지 않은 방법이라고 말한 거야."

지호의 설명에 미정과 영철이는 이해를 못 하겠다는 의미로 고개를 돌려 서로의 얼굴을 바라봤고 이상하다는 듯이 고개를 갸우뚱했었다. 답을 다른 연습장에다 적으라는 것은 그렇다 치더라도 틀린 문제 번호 옆에 동그라미 표시를 하라는 것은 그 이유를 전혀 알 수 없기 때문이다.

"어쨌든 채점할 때 그렇게 틀린 문제 번호 옆에 동그라미를 치는 거야. 그리고 틀린 문제는 왜 틀렸는지, 어느 부분을 모르고 있는지 풀이 과정을 보면서 꼭 확인하고 그 과정을 이해해야 해. 아까 말했듯이 풀이 과정을 보고도 이해가 되지 않으면 반드시 엄마한테 물어보고. 그리고 답을 맞기는 했어도 정확히 알고 맞은 문제가 아니거나 또는 애매하게 아는 문제가 있으면 그 문제도 틀린 문제로 보고 옆에다 동그라미 표시를 해. 왜냐하면 애매하게 안다는 것은 정확히 알지 못한다는 말이기 때문에 틀린 것과 같다고 생각하고 복습해야 하는 거야."

삼촌의 말 중 이해한 부분도 있고 아직 이해 못한 부분도 있지만 영철이는 일단 고개를 끄덕였다.

"그 방법으로 한 단원이 모두 끝난 다음 그 단원을 복습할 때는 동그라미만 표시된 문제만 푸는 거야. 그리고 이렇게 두 번째로 문제를 풀 때도 답은 문제지에 표시하지 않고 연습장에다 적어. 그런 다음 두 번째 채점할 때 맞은 문제는 첫 번째 표시한 동그라미 위에서 ×표시를 하고, 두 번째 풀 때도 틀린 문제는 첫 번째 동그라미 위에 또 동그라미를 쳐서 동그라미 두 개짜리를 만드는 거야."

이렇게 말하면서 지호는 두 번째 풀 때 표시하는 방법을 직접 보여줬다.

"두 번째 풀 때 맞은 문제는 ⨂ 이렇게 표시하고, 두 번째 풀 때도 잘 이해 가지 않거나 틀린 문제는 ◎ 이렇게 표시하는 거야! 물론 두 번째 풀 때도 틀렸던 문제는 첫 번째 때와 마찬가지로 풀이 과정을 영철이가 직접 보면서 이해가 되는지 살펴봐야 하고, 그때도 모르는 것은 엄마한테 물어봐서 꼭 확인해야 돼."

표시 방법을 직접 설명해 준 후 지호는 영철이에게 질문을 던졌다.

"자, 그럼 삼촌이 영철이에게 물어볼게!"

삼촌이 자신에게 물어본다니까 영철이는 자세를 고치며 지호의 얼굴을 뚫어지게 쳐다봤다.

"영철아. ⨂ 표시는 어떤 문제였지?"

지호의 질문에 영철이는 쉽게 대답했다.

"첫 번째는 틀렸지만 두 번째 풀 때 맞았던 문제요."

"그렇지. 역시 영철이는 똑똑하구나! 영철이가 어릴 때부터 책을 많이 읽어서 그런지 사물을 해석하는 능력이 정확하네!"

별로 어렵지 않은 질문임에도 삼촌이 칭찬하자 영철이는 기분이 좋아졌다.

"그럼 ◎ 표시는 무슨 표시지?"

"두 번째 풀 때도 잘 모르거나 틀렸던 문제요～."

"그래 그래, 역시 영철이야!"

라고 감탄하면서 지호는 영철이 머리를 쓰다듬었다.

"자, 그럼 어느 정도 시간이 지난 다음에 다시 복습을 해야 하는데, 그때는 어떤 문제만 풀면 되지?"

지호가 물어보자 영철이는 어렵지 않게 대답했다.

"◎ 표시가 된 문제만 풀면 되겠네요!"

영철이가 대답을 잘하자 이제는 지호가 신이 나 보였다.

"그렇지! 그리고 세 번째로 문제를 풀 때도 답을 문제에 표시하지 말고 연습장에다 하는 건 똑같아. 자, 그럼 이번에는 조금 어려운 문제인데 어디 한 번 보자."

지호의 질문 3개를 연속해서 맞춘 영철이는 신이 나서 눈을 반짝거렸다. 미정은 지호가 영철에게 공부하는 방법을 알려주는 모습을 보면서

'재, 참 잘 알려주네! 질문하고 대답하는 방식으로 진행하니까 영철이가 재미있어하고……. 확실히 학교 선생님이라 다르긴 다르네!'

라고 생각했다.

"그럼 세 번째 문제를 풀 때는 어떻게 하면 될까?"

지호의 질문에 영철이는 별 것도 아니라는 듯이 답했다.

"세 번째 풀 때는 ◎ 표시된 문제만 풀고, 채점해서 맞은 문제는 ◎ 표시 위에 ×표시를 하고, 세 번째 풀 때도 또 풀지 못한 문제는 ◎ 바깥쪽에 또 동그라미 표시를 하면 되잖아요!"

"그렇지! 우리 영철이가 삼촌 질문을 다 맞췄네!"

처음에는 영철이의 기를 돋우느라 놀라는 척 했지만 이번에도 영철이가 쉽게 답하자 지호는 진심으로 놀랐다.

"자, 그럼 마지막 질문을 할 텐데 이건 누나도 같이 풀어 보자고. 누가 먼저 맞추나 볼 거야."

지호가 갑자기 자기에게도 풀어 보라고 하니까 두 사람의 놀이 같은 '질문-응답' 방법을 넋 놓고 구경만 하던 미정이 깜짝 놀라면서 물었다.

"나도?"

"응! 누나도 같이 푸는 거야. 지금 내려는 문제가 바로 내가 설명하는 방법의 핵심이거든."

핵심이라는 말에 미정도 영철이도 궁금해졌다.

'도대체 어떤 문제일까?'

"자, 그럼 내가 일반적으로 문제지를 풀고 채점하는 방법과 다르게 문제에 답을 표시하지 않게 하고, 채점할 때는 맞은 문제가 아니라 틀린 문제에 동그라미 표시를 하라고 한 이유가 뭘까?"

지호가 그 이유를 묻자 둘은 잠시 생각에 빠졌다. 분명 지금까지 지호가 영철이에게 설명한 것은 이 질문에 대한 답을 유도하기 위해서였을 것이라는 생각이 들자 미정은 지호가 기호를 표시하면서 설명했던 문제를 다시 한번 살펴보았다.

잠시 시간이 흐른 후에 영철이가 대답했다.

"아~, 삼촌 알겠어요. 왜 삼촌이 문제에 답을 표시하지 말고 틀린 문제 번호 옆에 동그라미 표시를 하라는지! 그런 깊은 뜻이 있었네요!"

영철이는 무슨 기막힌 것을 발견한 사람처럼 두 눈을 크게 뜨면서 소리쳤다.

"아직 얘기하지 마. 엄마에게도 생각하실 시간을 드려야 하니까……."

지호가 웃으면서 영철이와 미정을 번갈아 바라보니까 영철이는 엄마보다 먼저 알아냈다며 으쓱하는 표정을 지으면서 웃었고 아들이 알아낸 것을 자신은 아직 깨닫지 못했다는 사실에 미정은 좀 더 집중했다.

몇 분이 지났을까. 잠시의 시간이 흐른 후 미정은 지호를 보면서 감탄했다.

"나도 알았다! 네가 왜 문제에 답을 표시하지 못하게 하고, 틀린 문제 번호 옆에 동그라미 표시를 하라고 했는지……."

지호와 영철이는 서로를 쳐다보면서 웃었고, 미정은 지호가 설명했던 종이를 보면서 고개를 연신 끄덕였다.

3부

방법을 몰라서 살을 빼지 못하나

고액 과외 (3)

재현이는 요즘 실력이 느는 것을 부쩍 느낄 수 있었다. 아니 실력이 늘었는지는 잘 모르겠지만 모의고사 성적이 이전보다 좋게 나오는 것은 분명했다.

재현이가 그룹 과외를 시작한 지 벌써 1년 반. 영어 학원을 같이 다니는 주혁이 말고 병룡이와 진영이는 잘 모르는 애들이기 때문에 처음 시작할 때는 다소 서먹서먹했다. 하지만 같이 공부한 지 1년 반 정도 지난 지금은 아주 오래전부터 알고 지낸 사이처럼 친해졌다. 일주일에 3번씩이나 함께 공부했고 공부할 때는 최소 3시간 이상 같이 있었기 때문이다.

과외 과목은 국어, 수학, 영어 3과목이었고 하루에 2과목씩, 과목당 1시간 30분으로 주 2회 실시했다. 처음에는 한 과목당 3시간씩 주 1회 했는데, 한 과목을 3시간 동안 지속하면 효율성이 떨어진다는 재현이의 불평으로 미현이 다른 엄마들과 상의한 후 강사를 설득했다. 그 후에는 하루 1시간 30분씩 주 2회 하는 것으로 변경했다. 강사로서는 주 1회 오는 것이 2회 오는 것보다 시간 운용에 편리할 텐데 그렇게 변경해 주었다는 것은 무엇인가 반대급부를 받았기 때문일 것이다. 어쨌든 비용문제는 부모님들 몫이기 때문에 학생들은 과외비에는 신경 쓰지 않았다. 그러면서 하루에 1시간 30분씩 2과목을 공부해 보니 이전에 비해 훨씬 효과적이라는 것을 느낄 수 있었다.

과외 선생님은 역시 전문가답게 시험에 나올 만한 핵심 내용을 콕콕 찍어서 설명해 주어 그런 것들을 집중적으로 공부하다 보니 확실히 시험 성적이 향상되었다.

특히 문과생이던 재현이는 수학이 상대적으로 약해서 모의고사를 치르면 주로 3등급이 나왔는데 2학년 들어와서 치른 모의고사에서는 2등급은 물론 한 번은 1등급을 받을 만큼 성적이 향상되었다. 그리고 국어와 영어도 과외하기 이전에는 항상 2등급이었는데 과외를 받은 후에는 1등급도 몇 번 받을 정도가 되었다. 그러다 보니 어쩌면 수능에서 국 · 영 · 수 모두 1등급을 받을 수도 있겠다는 기대가 생겼다.

대학 입시를 위해 고등학교에 입학하면서부터 수시로 들어갈 수 있도록 학생부종합전형을 준비해 왔지만 만약의 경우에 대비해서 수능 성적으로도 대학에 들어갈 수 있도록 학원을 다니면서 나름대로 준비했다. 그럼에도 매번 실시하는 모의고사에서는 기대보다 성적이 낮게 나와 고민이 컸었는데 이 그룹 과외에서 집중적인 지도를 받으면서 성적이 많이 향상된 것이다.

그룹 과외 하기 전에는 아버지로부터 '그 성적으로 어떻게 변호사가 될 수 있겠냐' 는 꾸중을 듣곤 했다. 사법고시로 변호사가 되었던 아버지 때와 달리 이제는 로스쿨을 통해 변호사가 되기에 아버지 때보다 변호사 되기가 어렵지 않다고 생각했다. 하지만 아버지는 자꾸 당신 때와 비교해 잔소리하시는 바람에 계속 스트레스를 받았는데 그룹 과외를 하면서부터 그 스트레스에서 벗어날 수 있었다.

엄마는 과외비 이야기는 하지 않으셨으나 같이 공부하는 친구들에게 들어서 얼마인지는 알고 있었다. 부모인 윤호나 미현조차도 과외비가 비싸다고 생각하는데 아들인 재현이로서는 부모보다 더 비싸게 느껴질 수밖에 없었다. 그러면서 집안에 여유가 없는 사람들은 이런 지도를 받고 싶어도 받을 수 없다는 생각에 돈이라는 것이 정말로 중요하다는 것을 직접 경험하고 있었다.

변호사인 아버지가 돈 이야기를 하실 때마다 어릴 때 너무 어렵게 살아오셨기 때문에 그런다고 생각했으나 이번에 과외를 받으면서 아버지가 왜 돈을 강조하시는지 조금은 알았다. 내가 필요할 때, 내가 하고 싶은 것이 있을 때 할 수 있게 해 주는 것이 돈의 힘이라는 것을 경험한 것이다. 그러다 보니 재현이는 어떻게든 아버지 뒤를 이어 변호사가 되어야겠다고 생각했다.

윤호와 미현은 요즘 돈을 제대로 쓴 것 같다는 생각에 재현이에게 들어가는 과외비가 아깝지 않았다. 그룹 과외를 시킨 후부터 재현이의 성적이 향상되고 있음을 체감할 수 있었기 때문이다.

이번 일을 겪으면서 윤호는 돈의 힘이 정말 크다는 것을 다시 한번 깨달았다. 한 달에 400만 원이 넘는 돈을 자식의 사교육비로 쓸 수 있는 사람이 우리나라에서 얼마나 있을까를 생각하니 마음이 뿌듯하기까지 했다. 젊은 시절부터 어떻게든 변호사가 되어 돈을 벌겠다고 했던 자신의 선택이 맞았다는 생각에 만족감을 느꼈던 것이다.

이에 비해 미현은 재현이를 그룹 과외 시키면서 네트워크와 정보력의 중요성을 확실히 느꼈다. 정말 운이 좋게도 주혁이 엄마가 자기에게 그룹 과외를 제안했기에 망정이지 다른 사람에게 제안했다면 자기는 그런 모임이 있다는 것도 알지 못했을 것이다. 게다가 그 엄마들 모임에도 참여하지 못했을 텐데 그걸 생각하면 아찔하기까지 했다. 그래서 미현은 주혁이 엄마에게 감사의 표시를 자주 하곤 했다. 그럴 때마다 주혁이 엄마는 그러지 말라고 했지만 미현은 고마운 마음을 지울 수 없어서 계속했다.

영우는 윤호가 전과는 조금 다르게 느껴졌다. 예전에 '공부를 안 해도 부모에게 작은 건물을 물려받아 세를 받으면서 살면 된다'고 말한 학생의 이야기를 했을 때만 해도 전혀 어색함을 느끼지 못했지만 재현이 과외 비용을 알게 된 후로는 윤호도 결국 작은 빌딩을 물려주는 부모와 비슷하다는 생각이 들어서였다.

재현이가 그룹 과외를 시작한 무렵 다시 만난 술자리에서 윤호가 재현이를 그룹 과외 시키게 된 이야기를 하면서 그 집단의 이상함을 토로했다.

고액 과외 강사, 학부모 자격, 학생 자격, 과외 대물림 등……. 윤호는 특히 추가 참여 대상 학생의 학부모를 기존 학부모가 면담한다는 이야기에서는 목에 핏대를 세웠다.

“도대체 그런 과외는 과외비가 얼마래?”

영우가 과외비를 묻자 영우의 월급을 대충 아는 윤호는 영우에게 미안해서인지 대답을 살짝 피했다.

“야, 과외비 제법 많이 들어가. 네가 들으면 괜히 기분 나빠질 수 있으니까 그건 이정도로만 이야기하자.”

웬만한 건 영우에게 다 말하는데 과외비를 이야기하진 않는 걸 보니 ‘꽤 비싼가 보구나!’ 라고 생각하면서 더 이상 묻지 않았다. 그렇지만 술이 많이 들어가자 취해서 윤호는 자기가 그런 말을 했다는 것을 잊어버리고 과외비에 대해 털어놓았다.

“야, 아무리 그래도 그렇지 과목당 3～4명이서 500은 너무 많은 것 아냐? 내가 아들놈 과외를 시키고 있기는 하지만 그래도 이건 너무한 거 같아!”

윤호의 취중진담에 영우는 뭐라 대답하지 않고 머릿속으로 계산했다.

‘3～4명에 500이라. 4명이면 125만 원, 3명이면 167만 원이네. 그런데 재현이는 국어와 수학은 4명이서 하고 영어는 3명이서 한다니까 125에 125, 167만 원 총 417만 원 들어가네.’

머릿속으로 계산을 끝낸 영우는 어이가 없었다. 교직 생활 20년이 넘는 자기 월급의 실 수령액과 비슷한 금액이었던 것이다. 물론 상여금까지 다 포함한다면 조금 차이는 있을 수 있겠지만 어쨌든 그런 금액을 재현이의 사교육비로 쓴다는 사실이 놀랍고 씁쓸하기까지 했다.

"야, 처음에는 화도 나고 어이도 없었지만 그래도 어차피 내가 갖고 있는 재산은 나중에 다 재현이 줄 건데 그때 줄 걸 좀 미리 준다고 생각하니 기분이 좀 편해지더라. 건물을 물려주는 사람들도 있다는데……."

윤호가 많이 취해서인지 평소에 하지 않는 돈 이야기를 했다. 윤호는 영우를 친동생처럼 좋아했기 때문에 영우의 기분이 상할만한 이야기는 잘 하지 않는 편이었다. 특히 돈 이야기는 민감하므로 세심하게 영우를 배려해 주었다. 교사인 영우와 제법 잘 나가는 변호사인 자기와는 급여에서 차이가 많이 나기 때문이다. 술값을 계산할 때도 자기만 내지 않고 거의 번갈아 가면서 냈다. 다만 1차를 가볍게 할 때는 계산을 영우에게 시키고 2차를 자기가 계산했고, 1차에서 비용이 많이 나오면 그건 자기가 계산하고 2차를 간단하게 하면서 영우더러 계산하게 하는 식으로 영우의 자존심이 상하지 않도록 배려해 주었다.

두 사람의 경제력에 차이가 나는 것이 분명하지만 자기를 배려해 주고 자기의 자존심을 챙겨주기 위해 꼭 번갈아 가면서 비용을 지불하는 윤호의 마음 씀씀이에 영우 역시 고마워했고 이런 배려심이 있던 형이기 때문에 좋아하면서 부담 없이 만나왔다.

그런 형이었는데 오늘은 술에 취해 평소에 하지도 않던 돈 이야기를 한 것이다. 그만큼 형에게도 과외비가 충격으로 다가왔겠지라고 생각했다. 어릴 때 어렵게 자라서인지 절약하는 습관이 몸에 밴 형은 재산에 여유가 있는 지금도 돈을 낭비한 적이 없었다. 그러다 보니 이번에 재현이 과외비로 그렇게 많은 돈을 쓴 자신에게 화가 나서 저러는 걸 수도 있겠다고 생각했다.

어쨌든 그 사실을 알게 되면서 윤호가 왠지 자식에게 건물을 물려준다는 그런 부모와 비슷하다는 생각이 들어 이전과 좀 다르게 느껴졌다.

'하기야 자식에게 못 줄 것이 어디 있겠어. 자기가 죽을 걸 알면서도 장기를 떼어 주는 것이 부모인데…….'

이런 생각을 하니 윤호나 건물을 물려준다는 부모들의 심정이 어느 정도 이해되는 것 같았다. 한편으로는 부모의 큰 도움 없이도 열심히 공부하는 딸들이 생각나서 집에 들어갈 때 맛있는 거라도 사서 가야겠다고 생각했다.

상전벽해 (4)

영철이는 수학 공부에 속도를 냈다. 이제 초등학교 수학은 마스터했고 겨울 방학은 한 달 정도 남았는데 이 기간에 중학교 1 · 2학년 수학을 기본이라도 끝내고 싶은 욕심이 생겼기 때문이다. 삼촌은 초등학교 수학과 달리 중학교 수학은 시간이 많이 소요될 거라고 말했지만 초등학교 수학을 공부하면서 수학의 기본 계산을 자신 있게 마스터한 이후에는 왠지 중학교 1 · 2학년 수학 과정도 이른 시일에 끝낼 수 있을 것 같은 생각이 들었다.

"중학교 수학은 초등학교 수학과 다르다는 것을 명심하고 공부해야 할 거야. 그리고 다른 학생들이 2년 동안 공부한 내용을 한 달 안에 끝내는 것은 절대 불가능하다는 걸 생각해야 해."

지호는 영철이가 초등학교 수학 과정을 다 마쳤다는 말을 듣고 누나 집을 다시 방문했다.

"그래서 하는 말인데 중학교 1 · 2학년 과정을 완전히 알고 넘어간다는 것은 생각보다 쉽지 않고 시간이 많이 걸릴 거야. 정상적으로 공부하는 것에 비해 시간이 부족하기 때문에 일단 기본 개념과 기본 문제만 풀면서 진도를 나가는 것이 좋을 거야! 네가 아무리 열심히 한다고 해도 절대적으로 시간이 부족하니까! 그러니 1 · 2학년 수학은 개념을 익히는 정도로 공부한다고 생각해."

지호가 중학교 과정을 공부하는 방법에 대해 설명하자 미정은 걱정이 돼서 물었다.

"2월 달 안에 1 · 2학년 과정을 끝내지 못하면 3학년 올라가서는 수학을 어떻게 공부해야 되지? 3학년 수학도 공부해야 할 텐데……."

미정의 걱정이 이해가 된다는 듯이 지호는 몇 번 고개를 끄덕거린 후 대답했다.

"내가 지난번 중학생 시기에 초등학교 과정을 배우면 초등학생일 때 배우는 것보다는 시간이 많이 단축된다고 말했잖아. 중학생 두뇌가 초등학생 때보다 많이 발달했기 때문에 이해력이 훨씬 뛰어나다고."

"그래, 나도 처음에는 염려했는데 생각보다 영철이가 초등학교 수학을 빨리 끝내는 걸 보고 네 말이 맞다는 것을 실감했어. 그런데 중학교 1 · 2학년 과정도 그럴까?"

미정은 동생의 예측이 정확히 맞은 것을 보고 신기하게 생각했다. 아마도 교사 생활을 오래한 경험에서 나온 힘일 것이다.

"중학교 과정은 초등학교만큼 속도가 나지 않을 거야. 하지만 영철이가 수학 공부에 재미를 느끼고 탄력을 받았기 때문에 그나마 조금 낫다면 낫다고 할 수 있겠지! 하지만 아까도 이야기했지만 아무리 열심히 해도 2월 달에 1 · 2학년 기초 과정을 마무리할 수는 없어. 그렇기 때문에 3학년 올라가서도 일단 2학년 과정을 마무리할 때까지는 거기에 집중해야 할 거야."

"그럼 3학년 과정은 어떡하니? 3학년 수학은 더 어려울 텐데……."

미정이 걱정스러운 눈빛으로 지호를 보면서 염려하자 지호는 누나를 웃으면서 바라보았다.

"누나, 조금 욕심부리는 것 같다!"

"욕심? 내가 무슨 욕심을?"

미정은 지호가 무슨 말을 하는지 몰라서 되물었다.

"아니, 생각해 봐. 단순하게 생각하자면 지금 중학교 신입생한테 3학년 수학을 어떻게 공부시켜야 하는지 걱정하는 것과 같잖아! 영철이는 이제 초등학교 과정을 끝냈을 뿐인데……."

지호의 말에 미정은 급한 마음에 자기가 너무 앞서가고 있다는 것을 깨달았다.

"아이구야! 듣고 보니 그렇네! 내가 마음이 너무 급해서 그랬나 봐. 그럼 3학년 과정은 언제쯤 할 수 있을까?"

미정은 조금 전에 한 질문을 다시 한번 했다.

"음……, 영철이가 얼마나 하느냐에 따라 다르겠지만 2월에 열심히 하면 중학교 1학년 과정은 어느 정도 끝낼 수 있을 거야. 어쩌면 2학년 과정까지 일부 들어갈 수 있고. 다만 3학년이 되면 학교에 다니면서 다른 공부들도 해야 하기 때문에 방학 때처럼 많은 시간을 투자할 수 없을 거야. 그래서 속도가 조금 느려질 수 있겠지만 그래도 2학년 과정을 어느 정도 끝낸 다음에 3학년 과정을 본격적으로 하는 게 좋을 거 같아!"

지호는 그렇게 말하고 영철이를 보면서 다시 강조했다.

"영철아, 1 · 2학년 문제를 풀다가 너무 어려운 문제다 싶으면 그냥 넘어가라. 어차피 지금 하는 건 1 · 2학년 시험 준비하는 게 아니라 기본 개념을 익히기 위한 거니까 굳이 고생하면서 난이도가 높은 문제까지 풀려고 할 필요는 없다는 걸 기억해. 그리고 반드시 교과서로 공부하고 교과서 문제만 풀어 봐."

"알았어요, 삼촌."

영철이는 삼촌의 말에 고개를 끄덕이면서 대답했다.

"그리고 영어 동화책은 잘 보고 있니?"

지호는 지난번 왔을 때 골라 준 영어 동화책에 대해 물었다.

지호는 영철이의 부족한 영어 실력을 보충할 방법으로 원서로 된 동화책을 단계별로 여러 권 추천해 주었다. 동화책이라 내용이 아주 쉽고 단어도 어렵지 않아서 영어 공부를 많이 하지 않은 영철이도 큰 부담 없이 읽을 수 있었다.

당시 영어 실력을 보충하기 위해 개인지도를 시켜보는 것이 어떻겠냐는 미정의 말에 지호는 동의하면서도 다른 공부법을 제안했다.

"기본을 익힐 때까지 개인지도를 시키는 건 분명 학원에 보내는 것보다 효과가 있을 거야. 지금 영철이 수준에서는 개인지도도 좋은 방법일 것 같아. 그런데 개인지도를 받더라도 영철이가 영어 동화책을 꾸준히 읽는 게 큰 도움이 될 거야."

"원서로 된 동화책? 얘~, 영철이가 그걸 읽을 수준이 되겠니?"

미정은 지호의 말에 다소 염려하며 말했다.

"누나 염려도 이해는 돼! 하지만 영철이에게 보게 하려는 책은 일반 소설처럼 글이 많은 것이 아니라 유치원생이나 초등학교 1 · 2학년이 볼 수 있을 정도의 수준이야. 다른 과목도 마찬가지지만 영어는 무엇보다 시간 투자가 많이 필요한 과목이야. 다른 나라 말을 배우기 위해서는 얼마나 그 환경에 접하느냐가 중요하거든. 결국 그 언어에 얼마나 많은 시간을 투자하느냐가 관건인데 일반적으로 개인지도에서는 영어 문장 구조에 대한 설명이 주가 되거나 문법 위주로 수업이 이루어질 거야. 그렇기 때문에 영어 환경에 많이 접하기 위해서는 영철이가 원서를 꾸준히 읽어야 해. 그렇다고 어려운 책을 읽으면 단어도 어렵고 이해하기 어려운 문장이 많기 때문에 흥미를 갖기 어렵지만 간단한 동화책부터 시작한다면 재미를 붙여가면서 그 환경에 빠져들 수 있을 거야!"

그 말을 하는데 영철이가 중간에 끼어들었다.

"삼촌, 저는 책 읽는 걸 좋아하니까 쉬운 동화책이라면 계속 볼 수 있을 것 같아요!"

영철이 말에 지호는 '그럴 줄 알았다' 는 듯이 영철이 머리를 쓰다

듣었다.

이렇게 해서 영철이는 삼촌이 사준 영어 동화책을 읽기 시작했다.

"삼촌, 그때 사주신 동화책이 처음에는 좀 익숙하지 않았지만 이젠 괜찮아요!"

영철이가 지호를 보면서 자랑스럽게 말했다.

"그래. 우리 영철이는 어릴 때부터 책 읽는 것을 좋아했으니까 영어로 된 책도 쉽게 적응할 거야!"

그러면서 지호는 미정과 영철이에게 예를 하나 들려줬다.

"누나 혹시 BTS라고 알아?"

"BTS? 그게 뭔데?"

지호의 물음에 미정이 모른다고 하자 영철이가 끼어들었다.

"BTS요? 방탄소년단 아니에요? 요즘 세계적으로 인기 있는 우리나라 아이돌 그룹이요. 엄마도 방탄소년단 아시잖아요. TV에서 방탄소년단 소식이 나올 때마다 '재네들 참 대단하네!' 라고 말했잖아요."

"아하, 방탄소년단! 알지! 우리나라에서 방탄소년단을 모르는 사람이 거의 없을 걸? 근데 BTS가 방탄소년단이니?"

미정의 말에 지호와 영철이는 서로 마주보며 웃었다.

"응~. 방탄소년단을 영어로 BTS라고 해?"

"그런 거였구나? BTS, BTS……."

미정은 입으로 BTS를 여러 번 반복했다.

"그런데 갑자기 방탄소년단은 왜?"

미정은 지호에게 물으면서 영철이 얼굴을 보았다. 영철이도 고개를 좌우로 흔들고 어깨를 으쓱거리면서 모른다는 행동을 보였다.

"응. 그 BTS의 리더 격인 RM이라는 애는 외국에 살아본 적이 없었는데 그렇게 영어를 잘한다고 하더라고. 그래서 그 비결을 물었더니 자기는 미드의 '프렌즈'를 보면서 영어 공부를 했다는 거야."

"미드? 미드가 뭔데?"

미정은 계속 모르는 단어가 나오자 조금 답답해했다.

"아, 미드는 미국 드라마를 줄여서 한 말이야."

"미국 드라마? 나는 애~, 계속 모르는 단어가 나와서 무슨 말인지 잘 모르겠다!"

누나의 투정을 들으면서 지호는 웃었다.

"하기야 요즘은 약자를 너무 많이 써서 어른들이 이해를 못 할 때가 많아! 국어 학자들 중에는 한글 보급에 좋지 않은 현상이라면서 걱정하는 사람도 있더라고."

지호는 누나가 민망해하지 않도록 설명한 후 앞에서 하던 말을 다시 이어갔다.

"그런데 그 RM이라는 애는 미국 드라마 '프렌즈'를 반복해 보면서 영어 공부를 했을 뿐이라는데 영어를 그렇게 잘하더라고! 그 RM이라는 애가 지난번 유엔 총회에서 멋진 연설을 했다는 뉴스 본 적 있지? '스스로의 목소리를 내라!' 라는 연설 말이야."

"걔가 RM이니? 정말 영어를 잘하더라. 근데 걔가 TV 드라마만 보면서 영어 공부했다고?"

미정은 매우 놀랐다. 어떻게 TV 드라마만 보고 배웠는데 영어를 그렇게 잘할 수 있는지! 미정은 TV에서 그 장면을 봤을 때 '외국에서 오래 생활해서 저렇게 영어를 잘하겠지?' 라고 생각했었다.

"응. 걔는 그렇게 영어를 공부했대. 그리고 또 하나 예를 말해 줄게."

"또 있어?"

놀라운 사실을 알려준 지호가 또 다른 예를 들어준다니까 미정은 무슨 이야기일지 궁금했고, 영철이도 삼촌이 무슨 이야기를 할지 몰라 삼촌을 뚫어지게 쳐다보았다.

"이번에도 혼자 영어를 공부한 학생에 대한 이야기인데. 영철이 민사고 아니?"

삼촌의 질문에 영철이는 민사고를 몇 번 되뇌었다.

"민사고? 잘 모르겠는데요! 민사고가 뭔데요?"

"혹시 우리나라 영재나 수재들이 들어간다는 민족사관고등학교 말하는 거 아니니?"

미정은 영철의 질문에 혹시나 하는 표정으로 대답했다.

"맞아! 민족사관고등학교를 줄여서 민사고라고 해!"

이번에는 지호의 질문을 자기가 맞혔다는 사실에 미정은 잠깐의 으쓱함을 아들에게 보이며 웃었다.

"얼마 전 민사고에 합격한 학생 얘긴데 그 학생은 영어 학원 한 번

안 다니고 영어말하기 대회에서 원어민 심사위원을 놀라게 할 만큼 뛰어난 영어 실력을 갖추었다고 하더라고. 특이한 건 문법은 잘 몰랐지만 독해 실력이 뛰어나고 정확한 영어를 구사할 수 있었대! 그래서 그 비결을 물어보았더니 늘 영어로 된 책을 읽었다는 거야. 그 학생은 당시 인기 있었던 해리포터 책을 원서로 늘 읽었다는데 그것도 한두 번이 아니라 여섯 번인가 일곱 번을 읽었대. 그뿐만 아니라 셰익스피어 희곡들도 원서로 읽었다고 해. 한번은 아들이 공부는 안 하고 판타지 소설책만 본다면서 화가 난 엄마가 아들이 학교 간 사이 해리포터 책을 몽땅 버렸다는데, 그 학생은 다음 달 용돈을 타서 다시 해리포터 책을 사서 읽었다는 거야. 그만큼 영어로 된 책을 읽는 걸 좋아했다고 하더라고…….”

지호의 이야기에 미정과 영철이는 놀라 서로를 바라보았다.

“그래서 내가 영철이에게 영어로 된 동화책을 읽는 것부터 시작하라고 한 거야. 어렵지 않은 동화책을 계속 반복해서 읽다 보면 책을 좋아하는 영철이니까 영어에 쉽게 친숙해져서 영어 실력이 금방 늘 수 있을 거 같아서.”

지호의 말에 영철이는 자신이 생겼다는 표정으로 말했다.

“삼촌, 나도 그렇게 해서 영어 실력을 늘려야겠어요. 삼촌이 말한 영어 동화책 읽는 게 처음엔 쉽지 않았지만 계속 읽다 보니까 어느 순간부터는 어렵지 않게 보고 있거든요. 그래서 삼촌 말대로 몇 번을 본 후에 다른 책을 보는데 원서로 된 책을 본다는 자부심이 생겨서 그런지 자꾸 보게 되더라구요."

영철의 말에 지호는 대견하다는 듯이 조카의 볼을 살짝 꼬집었다.

"짜식, 역시 영철이다. 삼촌은 우리 영철이가 그럴 줄 알았다."

지호는 미정을 보면서 또 다른 제안을 했다.

"누나, 그리고 영철이 공부에 도움을 줄 수 있는 또 다른 방법이 있는데, 이건 매형이랑 상의해서 결정해야 할 것 같아."

미정은 영철이 공부를 위해서라면 무엇이든 할 생각인데 남편이랑 상의해 보고 하라는 말이 다소 의외라는 표정으로 지호를 보았다.

"뭔데 매형이랑 상의해 보라고 그러니? 영철이 공부를 위해서라면 내가 뭐든 할 수 있는데 왜 매형까지……."

"응, 이건 영철이의 공부 환경을 조성해 주는 것인데 지금 거실에 있는 TV를 치우거나 아니면 안방으로 옮기는 게 영철이에게 도움이 될 듯해서 하는 말이야. 하지만 이건 아무래도 누나 혼자 결정하기보다는 매형이랑 상의해 보는 것이 좋을 것 같아."

"거실의 TV를?"

미정은 왜 그런지 이유를 물어볼까 하다 무슨 뜻에서 그러는지 알 것 같아서 그만두었다.

"무슨 말인지 알 것 같아. 그런데 그건 네 말처럼 매형이랑 상의해 봐야 할 것 같다!"

미정의 말에 지호는 알겠다는 듯이 고개를 끄덕인 후 말을 이어갔다.

"우리나라에 한때 자녀 공부를 위해 거실에 TV를 없애는 것이 유행인 시기가 있었는데 유태인들의 자녀 공부법을 따라하면서 시작한 거래. 그런데 유태인이 그렇게 하는 건 자녀에게 독서 환경을 만들어 주고 자녀와 대화 시간을 많이 갖기 위해 하는 건데, 당시 우리나라는 하드웨어만 따라하고 소프트웨어는 따라하지 않아서 효과가 없었다는 거야."

"하드웨어는 뭐고 또 소프트웨어는 뭐야? 쉽게 좀 말해 봐. 오늘따라 모르는 말이 많이 나오는 것 같다, 얘~."

미정은 지호가 계속 어려운 용어를 섞어 가면서 이야기하는 것 같아서 살짝 눈을 흘겼다. 미정의 행동에 지호는 손사래를 치면서 웃으며 말했다.

"그랬나? 미안, 미안! 조금 전에도 이야기했지만 유대인은 하브루타 교육법이라고 해서 토론 위주의 교육 방법을 사용하는데 자녀와의 대화 시간을 늘리고 책 보는 시간도 늘릴 수 있도록 거실에 TV를 설치하지 않고 책장을 마련한다는 거야. 그런데 우리는 유대인의 교육법이 좋다는 것을 알게 되자 거실에서 TV를 없앴지만 부모들은 책도 안 읽고 자녀와 대화나 토론을 하지도 않더라는 거야. 그래서 무늬만 유대인의 교육법을 따라했다는 거지."

지호의 설명에 미정은 무슨 말인지 알겠다는 듯 고개를 끄덕였다.

지호가 계속 말하려고 하자 미정은 지호에게 너무 오래 말하게 하는 것 같아 미안한 생각이 들어서 말을 잠깐 끊었다.

"애, 말 많이 하느라 너무 힘들 텐데, 잠깐 뭐라도 먹으면서 하자!"

잠시 후 미정이 과일과 차를 준비해서 갖고 오자 지호는 우스갯소리로

"이제야 누나가 이야기 값을 가져오네. 말 많이 하느라 너무 힘들었는데……."

라고 농담했다.

지호의 농담에 미정은 정색하며 미안해했다.

"미안해! 내가 진작 생각했어야 했는데……."

"뭐야 이건! 예능을 다큐로 받으니까 오히려 내가 당황스럽네!"

미정은 지호가 또 이상한 소리를 하자 사과를 한 입 베어 먹고 있는 영철이를 보면서 물었다.

"그건 또 무슨 소리니? 예능을 다큐로 받다니?"

엄마가 삼촌의 말을 이해하지 못하고 자기에게 물어보자 영철이는 삼촌을 보면서 말했다.

"전 그 말이 무슨 말인지 알아요. 삼촌. 그건 삼촌이 농담으로 얘기했는데 엄마가 진지하게 받아서 괜히 당황스럽다는 말이죠?"

"역시 영철이가 잘 아는구나!"

지호는 영철이를 보면서 웃다가 미정을 다시 바라보았다.

"누나, 요즘 TV에서는 예능 프로그램이 대세잖아. 그래서 요즘 많이 사용하는 말이야. 말하는 사람이 예능처럼 장난스럽게 이야기하는데 상대방이 그 말이 농담인 줄 모르고 진심으로 생각해서 다큐멘터리

방송하는 것처럼 진지하게 반응할 때 쓰는 말이야."

미정은 지호의 말을 듣고 웃다가 웃음을 멈추고 말했다.

"뭐야? 그럼 내가 분위기도 이해하지 못하는 어리숙한 사람이 됐다는 거 아냐?"

그 말에 세 사람 모두 웃었다.

"참, 하던 얘기 계속하면, 다행히 영철이는 어릴 때부터 누나가 교육을 잘 시켜서 책을 자주 보니까 그런 문제는 없지만 아무래도 TV가 거실에 있으면 영철이가 공부하는 데 TV 소리가 방해가 될 수도 있다고 생각해서 하는 말이야. 그리고 왔다 갔다 하다가 TV가 틀어져 있으면 보고 싶은 마음이 들 수도 있잖아! 그래서 거실에서 TV를 치우는 게 어떠냐고 말한 거야. 어쨌든 이건 매형이랑 같이 상의해 보고 결정해! 워낙 TV가 가정생활에서 차지하는 비중이 크니까……."

지호는 여기까지 말한 후 차 한 잔을 마셨다. 그런 지호를 보면서 미정은 동생이 참 많이 안다는 생각이 들었고, 이런 동생이 있다는 사실이 자랑스러웠다.

"그리고 교직에 있으면서 경험한 건데, 공부를 잘하는 학생들의 부모들은 대체로 일정한 교육 방법을 갖고 있더라고."

지호의 말에 미정은 귀가 솔깃했다. 공부를 잘하는 학생의 엄마들이 주로 사용하는 방법이라니까 더욱 그럴 수밖에 없었다.

"내가 보니까 공부 잘하는 학생의 부모들은 대체로 세 가지 유형으로 구분할 수 있어. 한 유형은 어릴 때부터 자녀에게 책을 많이 읽어 주거나 부모가 책 보는 걸 좋아하더라고. 자녀들의 교육을 위해서 일부러 책 읽는 모습을 보여주는 부모도 있을 수 있지만 그런 부모를 둔 학생들은 책을 많이 읽더라. 그리고 책을 많이 읽는 학생 중에는 공부를 잘하는 학생들이 많고, 공부를 잘하는 학생들은 대부분 독서를 많이 하더라고. 그런데 이 방법은 영철이가 어릴 때부터 이미 누나가 해왔기 때문에 특별히 신경 쓰지 않아도 될 거고……."

지호가 이렇게 말하자 미정은 쑥스러워하며 지호 말을 끊었다.

"그거야 네가 처음부터 그렇게 하라고 해서 한 건데 뭘……."

"내가 말했다고 쉽게 할 수 있는 건 아니잖아. 누가 이야기했건 간에 그건 누나가 노력한 거니까 누나의 공이야!"

동생이 이렇게 얘기해 주자 미정은 그렇게 말해 주는 동생이 고마웠다. 사실 지호는 누나가 영철이를 임신했을 때부터 귀에 못이 박히도록 그 얘기를 했었다.

"누나, 자녀를 서울대학교에 보낸 학부모들을 대상으로 한 조사에서 '학부모가 자녀의 초등학교 시절 가장 신경 쓴 부분' 이 독서 환경이라고 응답한 비율이 조사 대상의 70%가 넘게 나타났다는 연구 결과가 있어. 그러니 누나도 지금부터 미리 독서 교육에 신경을 쓰는 것이 좋을 거야!"

동생이 그 말을 했을 때 미정은 웃었다.

"얘. 너는 우물에서 숭늉 찾니? 애가 태어나지도 않았는데 무슨 별

써부터 그런 얘기야?"

그랬더니 지호는 정색하며 말했다.

"참 내, 그건 누나가 몰라서 하는 소리야! 미국에서는 자녀의 독서 습관에 대해 오래도록 연구를 했는데, 자녀에게 책 읽기 습관을 들이는 것은 빠를수록 좋으며, 책 읽기 습관의 첫 번째 시작은 책을 읽어 주는 것으로부터 시작한다는 거야! 태아의 발달과 자녀의 성장 과정을 살펴보면 시각보다 청각이 먼저 발달하기 때문에 책을 보게 하는 것보다 읽어 주는 것이 먼저래. 임신 후 약 6개월 정도가 되면 태아의 청각 기능이 발달하는데, 시신경은 태어난 후 약 6개월 정도부터 발달하기 때문에 책을 읽어 주는 것은 자녀가 태어나기 전 엄마의 뱃속에 있을 때부터 시작하는 것이 좋다고 해."

지호가 하는 말에 미정은 다소 놀라 평소보다 큰 목소리로 물었다.

"뱃속에서부터라고?"

"응, 그리고 아이들에게 책을 읽어 줄 때는 스토리를 일방적으로 읽어 주지 말고 책의 내용에 대해서 대화를 나누는 것이 중요하대. 대화를 나누는 과정에서 자녀들은 엄마에게 궁금한 것들을 질문하는데 이처럼 책을 읽으면서 대화하는 것이 자녀의 뇌 발달에 중요한 영향을 미친다는 거야. 이런 방식으로 책을 읽어 주는 것은 고가의 두뇌발달 교재나 영재 개발 프로그램보다 더 확실한 영재 교육이 된대."

"그래? 그게 영재 개발 프로그램보다 더 효과가 있다고?"

지호의 말에 미정은 놀라워했다.

"그렇다는 거야! 그리고 책은 매일 꾸준히 읽어 줘야 한대. 우리가 외국 영화를 보면 아이들이 자기 전에 부모들이 아이 머리맡이나 아니면 같이 누워서 아이가 잠들 때까지 책을 읽어 주는 장면을 많이 보잖아. 그게 정말 중요한 일이라는 거야! 비록 직장일, 집안일과 함께 육아를 하면서 매일 저녁 책을 읽어 준다는 것은 쉬운 일이 아니지만 자녀가 부모의 말에 잘 순응하는 시기 몇 년 간만 노력하면 책을 읽는 것이 습관이 될 거고 이를 토대로 공부를 잘할 가능성이 훨씬 많아진다는 거지."

지호의 말에 미정은 고개를 끄덕이면서 자기의 배를 만져 보았다. 아직 태어나지 않은 아이가 뱃속에서 발길질하는 것이 느껴졌다.

지호는 누나의 그런 행동을 보자 누나가 엄마가 된다는 것을 실감할 수 있었다.

"그래서 부모가 책을 읽어 주기로 결심했다면 부모도 책 읽어 주는 습관을 만드는 것이 필요하대. 아침에 운동을 하거나 저녁 식사 후 산책하는 것과 같이 책 읽어 주는 것도 하나의 활동이기 때문에 몸에 익숙해질 때까지 계속해야 한다는 거야. 책을 항상 읽어 주는 부모들의 이야기에 따르면 두 달 이상 하루도 빠짐없이 계속해 주어야 수월해진다고 하니까 최소 2개월 이상 자녀의 미래를 위해 투자한다는 각오로 매일 책 읽어 주는 연습을 해야 해. 그리고 이렇게 책 읽기가 이루어진 후에야 자녀들에게 책을 읽도록 권유하는 것이 좋대. 그래서 책 읽기의 중요성을 강조하고 있는 미국에서는 자녀가 14살이 될 때까지 책 읽어 줄 것을 권유한다고 하더라고!"

"뭐? 14살까지나? 14살이면……. 가만있자, 그럼 몇 학년이지?"

미정은 지호의 말을 끊고 손가락으로 세어 가면서 학년을 따져보았다.

"우리 나이로 계산하면 중학교 1학년이고 미국식으로 계산하면 중학교 2학년이네!"

미정이 손가락으로 학년을 계산하는 동안 지호는 잠시 기다렸다. 그리고 누나의 나이 계산이 끝나자 독서에 대한 우리 부모들의 잘못된 지도 방법도 이야기했다.

"우리나라 엄마의 교육열은 세계에서 1위라고 해도 부족하지 않다고들 그러잖아! 그래서 어릴 때부터 영재교육이나 조기교육을 시킨다고 난리고."

지호의 말에 미정은 안다며 고개를 끄덕였다. 그러면서 어쩌면 자신도 그렇게 될지 모른다고 생각했다.

"그런데 연구 결과에 의하면 아이들에게 너무 일찍 글을 가르치는 것은 생리학적으로나 교육적으로 좋지 않다는 거야. 글을 읽으려면 시각-언어-청각 영역이 하나로 합쳐져 활성화되어야 하는데, 그 부분은 만 5살부터 발달하기 때문에 글자를 가르치기 좋은 시기는 5살 정도래. 보고 읽고 듣는 것을 한꺼번에 연결하지 못하는 상태에서 책을 읽게 되면 정확하게 이해되지 않는 것은 물론 심리적인 스트레스를 받을 수도 있다는 거야."

"5살쯤 돼서야 글을 가르치라고……."

미정은 자기 배를 다시 만지면서 혼잣말했다.

"또한 언어 능력이 부족한 아이들은 너무 어려서 혼자 책을 읽기 시작하면 준비되지 않은 상태로 책을 읽게 되면서 건성으로 읽는 습관이 드는 경우가 많아진대. 그렇게 되면 책 읽기에 익숙하지 않은 학생들은 책 읽기를 공부와 비슷한 강도의 부담으로 받아들인다는 거지……."

이 이야기를 영철이가 태어나기 전부터 해 왔고 또 영철이가 태어난 이후에도 계속 같은 말을 해 왔기 때문에 미정은 동생의 말대로 영철이에게 책을 매일 읽어 주었다. 영철이가 커서 축구하느라 하루 종일 뛰다 온 날도 자기 전에는 항상 책을 읽어 줬고 미정이 자신도 영철이 옆에서 책을 읽곤 했는데, 그 덕분인지 영철이는 또래의 다른 아이들에 비해 책 읽는 것을 좋아했다.

"어쨌든 영철이는 책을 많이 보니까 그건 됐고."

이 말을 하면서 지호는 영철이 머리를 쓰다듬었다.

"공부 잘하는 학생 부모들의 또 다른 유형은 경제력을 이용해서 적극적으로 자녀 교육을 주도하는 이들이야. 주로 강남에 사는 학부모들 중에 이런 학부모가 많은데, 부모가 가진 경제력을 활용해서 어릴 때부터 학원, 그룹 과외, 개인 과외와 같은 사교육을 시키면서 자녀의 모든 스케줄을 부모가 관리하더라고. 그리고 이런 부모들은 그룹을 형성해 입시나 학원 강사에 대한 정보를 공유하고 이들 자녀들끼리 유명 강사에게 그룹 지도를 받게 한대. 물론 이렇게 많은 돈을 들여 사교육을 시킨다고 자녀가 모두 공부를 잘하는 건 아니지만 그중 일부가 이런 사교육의 효과를 보기 때문에 강남 대치동과 같은 유명한 학원가가 만들어지는 것 같아! 그리고 많은 학부모들이 사교육의 효과를 보기 위해 이런 학원가들로 모이면서 인근 집값이 하늘 높은 줄 모르고 치솟게 되는 거지. 하지만 일반 가정에서는 이런 방법을 시도할 수 없기 때문에 그냥 넘어가고!"

지호가 하는 이야기에 미정은 고개를 끄덕였다. 자기도 그런 소리를 많이 들었기 때문이다. 영철이가 축구할 때 축구부 엄마들과 대화할 기회가 많았는데, 그때 일부 강남 엄마들이 애들을 그런 식으로 교육시킨다는 이야기가 나왔다. 그때 같이 있던 부모들은 아이들을 운동시키는 부모 역시 그들 못지않게 돈을 많이 쓰고 고생을 한다면서 자신들의 어려운 점을 토로하곤 했었다.

"그리고 또 뭐가 있는데?"

지호가 이야기를 끊고 잠깐 쉬는 순간에 미정이 물었다.

"응, 세 번째 유형은 공부할 때 아이 옆에 같이 있어 주는 부모들이야."

"뭐? 공부할 때 옆에 같이 있어 준다고?"

미정은 전혀 생각하지 못한 말이 나오자 깜짝 놀랐다.

"애가 공부할 때 엄마가 옆에 있으면 애들이 부담스러워서 공부할 수 있겠니?"

미정은 영철이를 보면서 지호에게 물었다.

"물론 공부할 때 부모가 옆에 있으면 부담스럽게 느낄 애들도 있겠지만 옆에 누군가가 같이 있어 주면 공부가 잘 된다고 하는 애들도 있더라고. 그런데 학부모들을 면담하다 보니 실제로 제법 많은 학부모들이 자녀가 공부할 때 옆에서 같이 있어 준다는 걸 알게 됐어. 자녀가 책상에서 공부하면 엄마는 바닥에서 책을 읽거나 뜨개질을 하면서 자녀의 공부가 끝날 때까지 같이 있어 준다는 거야. 그리고 나랑 같이 근무했던 한 선생님은 평소에는 자녀 혼자서 공부하도록 두지만 시험기간에는 자녀가 공부할 때 옆에 같이 있어 준다고 하더라고."

지호의 이 얘기에 미정은 믿기 어렵다는 듯이 아들을 쳐다보았다. 지호는 누나의 그런 행동을 보면서 충분히 그럴 수도 있을 것이라고 생각했다.

"그런데 공교롭게도 그렇게 하는 학부모의 자녀들은 모두 학업 성적이 뛰어나! 학업 성적이 뛰어나기 때문에 그런 상황을 받아들일 수 있는 건지 부모가 옆에 있는 것이 실제 도움이 돼서 좋은 결과가 나온 것인지는 나도 정확하게 판단할 수는 없지만 말이야."

지호는 이 말을 한 후 영철이는 어떻게 생각하는지 궁금해서 영철이를 한 번 바라본 후 계속 말했다.

"하지만 이 방법은 양날의 검이라고 할 수 있어! 공부할 때 부모가 옆에 있으면 자신을 감시한다고 생각해서 부담을 느끼는 학생도 있을 테니까! 같이 근무하는 선생님 중 또 다른 분은 자녀가 중학교 때까지는 이 방법을 시도했다가 아이가 부담을 느끼는 것 같아서 고등학교에 진학하면서 그만두었는데 그 이후 오히려 자녀와의 사이가 좋아졌다고 하더라고. 그래서 이 방법을 써보고 싶다면 영철이와 충분한 대화를 해 본 후 영철이가 희망할 때 시도해야 할 거야."

"그래, 얘, 그건 내가 학생이라도 부담스러울 거야. 영철아, 너도 그렇지 않니?"

미정이 이렇게 이야기하면서 영철이를 바라보자 영철이는 엄마와 삼촌 얼굴을 번갈아 바라보고 있었다.

전교 1등 (3)

"선생님, 저 이번 중간고사 전교 석차를 좀 알 수 있을까요?"

영주는 설레는 마음으로 영우에게 물었다. 고등학교에 올라온 후에는 전교 1등을 해 본 적이 없지만 그래도 매번 석차를 확인할 때마다 설레기도 하고 긴장도 되었다. 그런데 이번에는 그 설렘이 이전보다 더 컸다.

영우는 웃으면서 영주 얼굴을 물끄러미 쳐다보더니 담임에게만 배부되는 성적 전표를 살펴보았다. 공식적으로 운영되는 NEIS 전산 프로그램에는 석차가 표시되지 않는다. 그래서 시험이 끝나면 성적처리 담당자가 석차까지 표시된 전표를 별도로 엑셀 파일로 정리해 학생 지도에 참고할 수 있도록 담임에게 배부해 준다. 그렇기 때문에 전교 석차가 궁금한 학생들은 담임에게 개별적으로 와서 본인의 석차를 확인하곤 한다.

영우는 3학년에 올라오면서 영주가 자신의 학급에 배정된 것을 알게 된 순간부터 영주의 지도에 관심을 가졌다. 물론 알아서 공부를 잘하는 학생이기 때문에 특별히 공부에 대해서는 조언해 줄 것은 없었다. 영주가 과학고등학교에서 전학 왔고 1학년 2학기부터 2학년까지 내내 전교 2등을 했다는 사실도 알았다. 물론 옆 반에 배정된 미선이도 영우가 가르치는 학생이며, 성실하고 열심히 공부하지만 아무래도 팔이 안으로 굽는다고 이왕이면 자기 반 새끼가 된 영주가 전교 1등이 되면 좋겠다고 생각했다. 어차피 미선이나 영주는 모두 학업 성적이 최상위권인만큼 공부에 대해 특별히 할 조언은 없지만 그래도 심리적으로나마 도움과 자극을 주기 위해 새 학기 첫날 민희 이야기를 특별히 꺼냈던 것이다.

성적 전표를 살펴보던 영우는 영주의 석차를 확인한 후 영주를 보면서 물었다.

"네 느낌은 어떠니? 이번 시험은 어떻게 본 것 같아?"

알려 달라는 석차를 알려주지는 않고 담임 선생님께서 오히려 자신에게 물어보자 '이번에도 역시 아니구나!' 라는 생각이 들어 영주는 살짝 기어들어가는 목소리로 말했다.

"특별히 잘 본 것 같지는 않지만 그렇다고 못 봤다고는 생각하지 않았어요."

어차피 선생님에게 전교 1등이니 2등이니 하는 소리는 별 의미가 없다는 것을 알기 때문에 영주는 그렇게 대답했다.

"글쎄, 이 결과를 영주가 어떻게 생각할지 모르겠지만 이번 중간고사는 전교 1등이 2명 나왔네!"

영우의 말을 들은 영주는 겉으로는 드러내지 않았지만 속으로 놀라면서 걱정했다.

'뭐야? 이번엔 성적이 전교 3등으로 떨어졌나?'

영주가 낙담하자 영우는 얼른 분위기를 바꿔야겠다고 생각했다. 짧은 시간이지만 혹시나 영주가 잘못 생각해서 서운해할까 봐 염려돼서이다.

"이번엔 미선이랑 영주가 성적이 같아서 동률 1위가 됐구나!"

살짝 풀이 죽었던 영주는 담임의 말에 고개를 들어 다시 한번 확인했다.

"네? 미선이랑 저랑 공동 1등이라고요?"

놀라서 묻는 영주 표정을 보고 영우는 웃으며 축하했다.

"그래, 축하한다! 영주야. 그리고 총점도 2학년 때 시험 점수보다 올라서 청소도 안 하게 됐어~."

영우의 말에 영주는 몸이 살짝 떨렸다. 전교 1등이라는 말에 마음이 꽂힌 영주는 선생님이 말씀하신 청소라는 소리는 귀에 들어오지도 않았다. 그러면서 담임 선생님에게 정말로 고마운 생각이 들어 자기도 모르게 감사 인사를 했다.

"선생님 고맙습니다. 이게 다 선생님 덕분이에요!"

"무슨 말을 그렇게 해? 열심히 노력한 건 영주 넌데 선생님에게 고마워할 게 뭐 있어?"

"아니에요. 정말로 선생님 덕분이에요. 감사합니다."

하면서 영주는 기쁜 표정을 주체하지 못하고 교무실을 빠져나갔다.

'저놈 이상한 놈일세. 자기가 열심히 해 놓고선 왜 나한테 고맙다고 하는지……'

영우는 이렇게 생각하면서 성적 전표를 다시 서랍에 집어넣었다.

영주에게 소식을 전해 들은 영주 엄마는 영주보다 더 기뻐했다. 전교 1등이라는 석차도 기뻤지만 그것보다도 오랜만에 영주가 밝은 모습을 보였기 때문이다. 어쩔 수 없는 사정으로 과학고등학교에서 일반고등학교로 전학한 이후 영주는 항상 미선이에게 뒤져서 기운이 없었다. 그리고 그런 모습을 1년 반 동안이나 옆에서 보아온 영주 엄마는 많이 안타깝고 마음이 아팠지만 도와줄 방법이 없어서 애만 태웠다.

비록 전교 1등이 아니더라도 전교 2등이라면 누구라도 부러워할 만한 성적이다. 하지만 중학교에서는 항상 전교 1등이었는데 고등학교에서는 해 보지 못했다는 사실에 겉으로는 표현하지 않지만 욕심 많은 영주가 속이 상했음을 영주 엄마는 충분히 알 수 있었다. 특히 과학고등학교에서의 아픈 기억으로 인해 전학 온 후 영주는 공부에 더 매진했고 영주 엄마는 그 모습을 볼 때마다 영주가 한 번이라도 전교 1등을 해서 상처 난 자존심을 회복할 수 있기를 바랐지만 그 바람은 좀처럼 이루어지지 않았다.

그런 영주가 이번에 공동이기는 하지만 전교 1등을 한 덕분에 자존심을 회복할 수 있어 영주 엄마는 기뻤다. 다음에는 1등을 놓칠 수도 있겠지만 어쨌든 이번 결과는 영주의 자존심을 회복시켜 주기에 충분했다.

영주가 3학년이 된 첫날 집에 와서는

"엄마, 나, 이제까지 했던 공부 방법이나 시간을 다시 한번 점검해 봐야겠어."

라고 하기에

"갑자기 무슨 소리야? 엄마가 봐도 넌 더할 나위 없이 최선을 다하고 있는데 뭘 또 점검해?"

영주 엄마는 놀라서 되물었다. 그러자 영주는

"아니야, 오늘 3학년 담임 선생님이 우리를 처음 보는 자리에서 '열심히 했다고 말하지 마라' 고 하시는 말씀을 듣고 뭔가 마음에 와닿는 것이 있었어!"

라고 말했다.

"뭐라고? '열심히 했다고 말하지 말라' 고 하셨다고? 그게 무슨 말이야?"

영주 엄마가 어리둥절해하며 영주에게 물었더니 영주는 선생님께서 하셨던 이야기를 엄마에게 자세히 들려주었다. 그리고 자신이 혹시 교만했던 건 아닌지 다시 한번 점검해 봐야겠다고 했다.

그러나 자신의 공부 방법과 시간을 점검해 보아도 특별히 개선할 만한 사항은 없었다. 그래서 하릴 없이 여태껏 했던 것처럼 공부하는 수밖에 없었다.

3학년 1학기가 시작된 지 일주일이 지난 어느 날 공부를 마치고 잠자기 전에 바람을 쐬고 싶어서 현관문을 열고 복도로 나가 하늘의 별을 바라보다가 무심코 앞 동으로 이사 온 미선이 방을 보았다. 그런데 미선이 방에는 불이 켜져 있었다. 아직 공부를 하는 모양이다.

'미선이는 언제쯤 잘까?'

영주는 갑자기 이런 호기심이 생겨서 미선이 방에 불이 꺼지는 것을 확인하기 위해 계속 바라보았는데 약 15분 정도 후에 불이 꺼졌다.

다음 날 영주는 공부를 마치고 잠을 자려다가 문득 '미선이는 아직도 공부하려나?' 라는 생각에 밖으로 나가서 미선이 방을 바라보았더니 역시 불이 켜져 있는 것이었다. 그래서 불이 꺼질 때까지 기다려보니 어제와 같이 15분 정도 후에 불이 꺼졌다. 그 순간에 담임 선생님 말씀이 머리를 스쳤다. 3학년 첫날 담임 선생님께서 '어디서 어느 누군가는 나보다 더 많은 시간을 공부하고 있기 때문에 열심히 했다라면서 자기 자신에 만족하는 것을 경계하라' 고 하신 그 이야기였다.

'그래서 그랬구나! 내가 아무리 노력해도 미선이를 따라잡을 수 없었던 이유가 바로 이거구나! 미선이가 나보다 공부하는 시간이 더 많았던 거야!'

영주는 아무리 수험생이라도 적당한 수면시간을 유지해야 다음 날 공부에 지장이 없다고 생각했다. 그래서 항상 1시 45분경까지 공부하고 이것저것 마무리한 후 새벽 2시에 잠을 잤다. 그런데 미선이는 공부를 새벽 2시까지 했던 것이다. 불과 15분의 차이일지 몰라도 그 15분이 매일 쌓이면 그 공부량은 무시할 수 없게 된다.

이 사실을 안 영주는 그 이후로 공부량을 조금 더 늘리기로 했다. 미선이가 2시까지 공부하는 것을 확인한 이상 미선이를 따라잡기 위해서는 최소한 미선이보다 조금이라도 더 공부를 해야겠다는 생각이 들어 공부시간을 30분 늘리기로 했다. 그러면서 그동안의 습관에 길들여져 부족해진 수면은 하루 중 틈틈이 매우기로 했다.

그날 이후로 영주는 2시 15분까지 공부하고 잠을 잤는데 가끔 자기 전에 미선이의 방을 보면 그 시간에는 불이 꺼진 것을 확인할 수 있었다. 이렇게 미선이보다 하루에 15분 정도 공부를 더 했기 때문에 1학기 중간고사의 결과가 더욱 기다려졌던 것이다. 그 결과 비록 단독 1위는 아니지만 공동으로라도 1위를 했다는 사실에 무척 고무되었고 그런 이유로 담임 선생님께 정말로 감사한 마음이 들어 몇 번이나 '고맙다!' 는 말을 반복했던 것이다.

앞으로 이렇게 계속해 나간다면 어쩌면 다음 시험에는 더 좋은 결과가 나올지도 모른다는 생각에 영주는 갑자기 더 공부하고 싶어져 조용히 책상에 앉았다.

엄친아는 싫어요! (3)

"이모 안녕하세요? 오랜만이에요!"

"그래, 오랜만이다 지희야! 대학 생활 재미있니?"

"네, 그동안 입시 준비로 공부만 해서인지 요즘은 정말 재밌게 지내고 있어요!"

지희는 오랜만에 이모 집을 방문했다.

"정희는 학교 갔지요?"

"그럼, 걔는 고등학생이라 너처럼 자유롭지 않잖아!"

"대학생이라고 자유롭나요? 오늘 오후 강의가 결강이 되서 오랜만에 이모를 뵈러 왔는데요, 뭘～."

"그래, 점심은 먹었니?"

"아니요? 오전 수업 끝나고 바로 오느라 점심 못 먹었어요. 저 밥 좀 주세요."

"그래, 알았다. 잠깐 소파에서 쉬고 있어."

점심 식사 후 정희 엄마는 커피와 함께 과일을 깎아 왔다. 둘이서 과일을 먹으며 이런저런 이야기를 하면서 오랜만에 회포를 풀었다.

"지희야, 네 엄마는 좋겠다, 얘! 딸이 공부 열심히 해서 이렇게 좋은 대학에 입학했으니까 말이야!"

정희 엄마는 진심으로 언니가 부러웠다. 어릴 때는 두각을 나타내지 못했던 조카가 학년이 올라가면서 공부를 열심히 하더니 재수도 하지 않고 명문대학에 바로 합격한 반면 자기 딸인 정희는 성적이 계속 떨어지고 있기 때문이다.

"에이, 뭘요~."

지희는 이모가 부러워하는 것을 살며시 비켜나갔다.

지희의 공부 이야기가 나오자 자연스럽게 정희 이야기로 대화가 흘러갔다.

"그런데 우리 정희는 공부를 안 해서 걱정이다. 중학교 3학년 때부터 공부를 안 하기 시작하더니 고등학생이 된 지금까지도 음악만 들으면서 전혀 공부를 안 해. 저렇게 해서는 대학 문턱에도 못 갈 거 같아!"

정희 엄마는 정희에 대한 걱정을 털어놓기 시작했다. 정희보다 3살밖에 많지 않은 조카이지만 이미 대학생이 되었다는 생각에 어른처럼 대접하게 된 것이다.

"정희는 대학에 갈 생각이 없나 봐!"

정희 엄마가 이렇게 말을 하자 지희는 이모에게 말했다.

"이모, 사실 며칠 전에 정희가 저를 찾아왔어요."

지희 말에 정희 엄마는 깜짝 놀랐다.

"정희가? 너를? 나한테는 아무런 말도 안 했는데……."

정희가 자기를 만났다는 사실을 엄마에게 말하지 않았다는 걸 알자 지희는 충분히 그럴 수도 있겠다는 생각이 들었다. 정희랑 만난 그날 정희가 대학에 가고 싶다며 도움을 청해서 나름대로 조언해 주었지만 정희가 엄마에게 마음을 아직 열지 못하고 있다는 걸 알기 때문이다. 정희가 엄마와의 관계를 회복하지 않으면 공부에 몰두하기 어려운 것은 너무나 자명한 일이라 지희는 이모를 만나서 이 문제에 대해 상의해야겠다고 생각했다.

"이모, 그날 정희가 와서 자기는 정말로 대학에 가고 싶다고 하더라구요."

"뭐라고? 정희가? 정말로?"

전혀 생각도 해 보지 못한 이야기를 들은 정희 엄마는 입가에 가져간 사과를 다시 내려 놓으며 물었다.

"아니, 대학에 가고 싶다는 애가 무슨 공부를 그렇게 안 하니? 그리고 그걸 왜 나한테는 이야기 안 한대?"

정희 엄마는 어이없어하면서도 자신에게 그 이야기를 하지 않는 정희가 이해되지 않았다. 이모의 반응을 지켜보던 지희는 조심스럽게 말을 꺼냈다.

"이모, 그날 정희가 저에게 많은 이야기를 했어요. 그리고 공부를 안 하게 된 이유도 말하더라고요."

"그래? 아니 도대체 왜 공부를 안 한다냐? 도대체 무슨 이유래?"

지희는 이모가 상처를 받지 않도록 조심스럽게 이야기했다. 정희가 엄마에게 상처를 많이 받은 것 같다는 이야기, 엄마가 어릴 때부터 다른 애들과 자기를 비교할 때마다 상처받고 열등감이 생긴 이야기며, 심지어 그 열등감이 미움으로 바뀌었다는 이야기와 그런 비교로 인해 엄마에게 반항했고 그 반항심에 공부를 일부러 하지 않았다는 이야기들을 조심스럽게 해 나갔다.

지희의 말을 들으면서 정희 엄마의 표정이 점점 굳어졌지만 지희는 지금이 아니면 기회가 없을 것 같다는 생각에 이모의 표정 변화를 보면서도 계속 이야기했다.

정희 엄마는 조카의 말을 다 듣고 자리에서 일어나 베란다 쪽으로 걸어갔다. 도저히 조카 얼굴을 볼 자신이 없었기 때문이다. 베란다 유리창 앞에 서서 넋을 놓은 채 유리창 밖을 바라보던 중 얼마 전 보았던 TV 프로그램에서 그 강사가 했던 이야기들이 떠올랐다.

'많은 부모들이 자녀를 엄친아와 비교하면서 자녀에게 상처를 주면서 정작 부모는 자신의 말에 의해 자녀가 상처받고 있다는 사실조차 모르는 것이 현실입니다.'

그 프로를 보는 순간에는 '그런 부모를 둔 애들은 힘들겠다!' 라는 생각을 했지만 정작 정희가 그럴 거라고는 생각하지 못했다. 그런데 오늘 조카를 통해 자기 딸이 받아왔던 상처를 알게 되자 어릴 때부터 정희를 다른 아이와 계속 비교했던 자신이 생각났다. 그리고 정희가 초등학교 때 선민이가 엄마와 같이 집에 놀러왔다가 돌아간 후 정희가 눈물을 터뜨렸던 이유를 이제야 알게 되었다.

정희의 상처를 알게 된 정희 엄마는 딸에게 미안해서 눈물이 솟구쳤다.

'우리 정희가 얼마나 상처를 받아 왔을까?'

'그 애가 얼마나 힘들었으면 공부를 안 하겠다고 했을까?'

'그동안 얼마나 엄마가 미웠을까?'

그런 생각을 하니 정희 엄마의 눈에서 눈물이 하염없이 흘러나왔다. 이모가 베란다 유리창 앞에서 우는 모습을 본 지희도 가슴이 울컥했다. 사실을 알게 된 이모가 얼마나 마음이 아플지 충분히 짐작할 수 있기 때문이다.

한동안 계속 선 상태로 울던 정희 엄마는 눈물을 닦고 다시 지희 앞에 와서 앉았다.

"지희야, 이제 이모가 어떻게 하면 좋을까? 우리 정희에게 미안해서 어떡하니?"

정희 엄마는 이제 조카에게 매달리고 싶은 심정이 되었다. 지금 상황에서 자기가 상의할 수 있는 사람이 지희밖에 없었고 왠지 지희라면 좋은 방법을 알려줄 것 같다는 막연한 믿음이 생겼기 때문이다.

"글쎄요. 제가 무슨 말씀을 드려야 할지 잘 모르겠어요. 다만,"

'다만' 이란 말에 정희 엄마는 지푸라기라도 잡는다는 심정으로 지희의 말을 반복했다.

"다만, 뭐?"

"제가 대학에서 심리학 강의를 듣는데 사람 사이에 좋은 상담이 이루어지기 위해서는 래포rapport를 먼저 형성해야 한대요."

"래포? 그래 나도 학교 때 들어본 것 같기는 한데, 그게 정확히 무슨 뜻이었지?"

"래포란 주로 상담에서 사용하는 용어인데, '상담자와 의뢰인 사이에 서로 믿고 존경하는 감정의 교류에서 이루어지는 조화적 인간관계' 를 말한대요. 상담을 할 때는 상담하고자 하는 주제에 바로 들어가는 것보다 그 사람에게 감정적으로 교류할 수 있는 공감의 시간이 먼저 필요하다는군요. 감정의 교류가 없는 상태에서 대화의 핵심에 접근하려고 하면 피상담자는 마음의 문을 열지 않았기 때문에 제대로 된 상담이 이루어질 수 없다는 거예요."

지희는 차분히 이모에게 설명했다.

"그럼, 내가 정희랑 어떻게 해야겠니? 네 말대로라면 지금 상태에서는 정희에게 공부 이야기는 하지 않는 것이 좋겠다는 말인데……."

정희 엄마는 왠지 급한 마음이 들어 조카의 이야기를 차분히 듣지 못하고 중간에 끼어들었다.

"제 생각에도 그래야 할 거 같아요. 제 생각에는 먼저 이모가 정희의 마음을 풀어 줘야 되지 않을까 해요!"

"마음을? 마음을 어떻게 풀어 주지?"

지희는 이 질문에 쉽게 답할 수 없었다. 이모의 질문에 뭐라고 답을 해야 할 텐데 경험이 많지 않은 데다 그렇다고 의례적인 말은 도움이 되지 않을 거라고 생각했기 때문이다.

"이모, 잠깐만요."

지희는 김이 올라오는 따뜻한 커피를 한 모금 마신 후 천천히 생각했다. 그리고 자기가 정희라면 엄마가 나에게 어떻게 해 주기를 바랄까를 생각해 보았다.

잠시 생각을 한 후 지희가 이모에게 다소 주저하면서 조심스럽게 말을 꺼냈다.

"이모, 제가 경험이 없어서 뭐라고 말씀드려야 할지 잘 모르겠어요. 그래서 그냥 정희 입장에서 생각해 본 건데, 이모가 어떻게 생각하실지 모르겠어요."

지희의 말에 정희 엄마는 조카를 빤히 쳐다보았다. 그러더니 지희에게 말했다.

"그래, 지희야. 너도 학생인데 어떻게 정답을 알겠니? 이모도 그건 기대하지 않으니까 네가 정희라면 엄마가 어떻게 해 주기를 바랄지 그걸 이야기해 주면 될 것 같아."

이모의 말에 다소 안심이 된 지희는 조심스럽게 말을 꺼내면서도 다시 한번 신중하게 말을 골랐다.

"이건 그냥 제가 정희라면 엄마가 나에게 어떻게 해 주는 게 좋을까 생각해서 말씀드리는 거니까 오해하지 마시구요."

"그래, 알았어. 그냥 편하게 말해."

"제가 정희라면 엄마가 그동안 어릴 때부터 다른 사람들이랑 비교했던 걸 먼저 사과해 주셨으면 좋겠어요. 그리고 그 비교 때문에 상처받았던 것에 대해 엄마의 잘못을 진심으로 인정하고 위로해 주셨으면 좋겠어요."

지희의 말에 정희 엄마는 당연히 그렇게 해야 된다는 듯이 고개를 끄덕이며 말했다.

"그럼, 그래야겠지!"

"제 생각엔 그거면 될 거 같아요!"

"진짜 그거면 될까?"

정희 엄마는 다소 염려가 되어 물었다.

"제가 생각할 때는 그래요. 만약에 정희가 공부할 생각이 없다면 좀 더 다른 게 필요하겠지만 다행히도 대학에 가고 싶다는 생각이 있기 때문에 엄마가 자기를 이해해 주기만 해도 충분할 것 같아요. 다만……,"

"다만, 뭐?"

지희가 또 '다만' 이라는 말을 쓰자 정희 엄마는 또다시 바로 지희의 말을 끊고 물어봤다.

"제 생각이긴 한데 정희가 오랫동안 상처받았기 때문에 이모의 말 한 번으로는 완전히 풀리지 않을 것 같아요. 그래서 정희랑 이야기가 잘 되더라도 이모는 공부에 대해 전혀 말씀하지 않으시는 것이 좋을 것 같아요."

"공부에 대해 전혀 말하지 말라고? 나는 정희가 공부하면 도와주고 싶은데……."

정희 엄마는 솔직하게 사과하고 어떻게든 정희를 도와주고 싶은데 도와주지 말라는 지희의 말이 다소 이해되지 않았다.

"이모 심정은 충분히 이해되는데 정희 입장에서 이모가 공부를 도와주기 위해 무슨 말씀을 하시면 엄마가 또 공부에 관여하려 한다고 오해를 할 것 같아서 그래요. 그래서 그냥 정희를 지켜보기만 하시는 게 어떨까라는 생각이 드네요."

지희가 이렇게 말하자 정희 엄마는 잠시 생각에 잠겼다. 그리고 지희에게 그러는 것이 좋겠다고 동의했다.

"생각해 보니 네 말이 맞는 것 같아. 그동안 정희가 계속 다른 애들과 비교당한 탓에 많이 상처받았는데 내가 또다시 공부에 대해 뭐라 하면 충분히 오해할 수도 있겠구나! 그러면 아무런 참견도 하지 말고 그냥 가만히 있어야겠네."

"제 생각엔 당분간 그렇게 하시는 게 좋을 것 같아요. 정희가 공부에 대해 먼저 말할 때까지요. 그러다 보면 정희도 엄마에게 닫혔던 마음을 열게 되지 않을까 생각해요."

"알았다. 그렇게 하마. 그러면 그 다음은?"

이모의 말에 지희는 잠시 생각하더니

“그 다음은 저도 잘 모르겠어요! 시간이 얼마나 걸릴지, 어떤 일이 또 다른 계기가 돼서 어떤 변화가 생길지는요. 다만 어느 정도 시간이 지나면 이모가 정희의 변화를 먼저 알아차리실 수 있지 않을까요?”

정희 엄마는 지희 말이 맞다고 생각했다. 아직 학생인 지희가 그 이후의 일까지 생각한다는 것이 무리이기 때문이다. 마음이 급하다 보니 어린 조카에게 너무 많은 것을 요구했다는 생각에 왠지 미안한 마음이 들었다. 그러면서 정희를 위해 무엇을 해 줄까를 생각해 보았다.

‘먼저 오늘 저녁 정희가 좋아하는 음식을 해 줘야겠다. 맛있게 해 줘야 할 텐데 뭘 해 줄까?’

왠지 정희 엄마는 마음이 바빠졌다.

여학생 때문에 힘들어요!

"민서야, 너 시험 잘 봤다면서 성적이 왜 이래?"

기말고사 성적표를 받아본 민서 엄마는 불만스러운 목소리로 물었다. 시험이 다 끝난 후에는 평균이 93점이라고 했는데 실제 성적표를 받아보니 평균이 89점에 불과했던 것이다.

엄마의 기분상한 듯한 목소리에 민서는 퉁명스럽게 대답했다.

"시험지 채점한 후 말한 점수는 그때 말한 대로 90점이 넘었어요. 하지만 성적표에는 시험 점수랑 수행평가 점수가 합쳐져서 나오기 때문에 그렇게 된 거예요."

"아니~, 이번에도 수행평가 때문에 점수가 또 깎였다고? 지난번 1학기 때도 그랬는데 이번에도 또 그랬단 말이야? 넌 왜 수행평가를 제대로 하지 않는 거야?"

민서 엄마는 속이 상해 민서를 나무랐다. 하지만 민서도 억울하다는 듯이 엄마에게 말했다.

"에이, 엄마는 또 그래요. 지난번에도 말했잖아요. 수행평가는 아무리 해도 여학생을 따라갈 수 없다구요! 엄마는 몰라서 그렇지 수행평가는 여자애들이 다 높은 점수를 받아요. 저 말고도 남자들은 다 수행평가에서 점수를 깎아먹는데요, 뭘…….”

민서는 입을 삐죽이며 투덜거렸다.

“그래도 이번 과학 수행평가에서는 A를 맞은 것도 있어요. 과학 수행평가 중 예상문제를 만드는 과제가 있었는데 우리 반에서 그거 A 맞은 남학생은 둘밖에 없는 걸요!”

그러면서 민서는 가방을 뒤지더니 A가 표시된 과학 예상 문제지를 꺼내 엄마에게 보여주었다. 그런데 그 시험지에는 C라는 표시가 하나 더 있었고 그 위에 두 줄이 그어져 있었으며 그 위쪽에 A가 표시되어 있었다.

“아니? 그런데 이 C표시는 뭐야? 네가 여기다 두 줄 긋고 A로 표시한 거 아니야?”

민서 엄마는 무심코 말을 뱉으면서 속으로 ‘아차, 실수했다!’ 라고 생각했다. 만약 민서가 고친 시험지였다면 그렇게 자신 있게 보여주지 않았을 것이기 때문이다. 아니나 다를까 엄마의 말에 민서는 발끈하면서 대들었다.

“엄마～, 그럼 제가 수행평가 성적을 고쳤단 말이에요?”

민서의 당연한 반응에 민서 엄마는 얼른 사과했다.

“미안해, 민서야! C라는 글자가 지워져 있고 그 위쪽에 A가 표시되어 있어서 엄마도 모르게 순식간에 나온 말이야. 미안! 우리 민서가 그런 애가 아니라는 것을 엄마가 제일 잘 아니까 기분 풀어.”

엄마가 진심으로 미안해하시는 것을 본 민서는 얼굴을 잠시 찡긋거리더니 화를 풀었다.

"아니에요. 어쩌면 순간적으로 그렇게 생각하실 수도 있을 거예요. 저도 처음에 이상했으니까요!"

민서가 화를 푼 것을 확인한 후 민서 엄마는 민서에게 물었다.

"얘, 그런데 왜 C표시 위에 두 줄이 그어지고 A가 표시되어 있는 거니? 그 이유를 알아?"

엄마의 질문에 민서는 고개를 끄덕이며 말했다.

"네, 저도 그 수행평가지를 받고 이상해서 담임 선생님께 여쭤봤더니 선생님께서 그러시더라구요. 처음 평가하실 때는 글씨가 너무 엉망이고 문제 사이에 여백도 없고 해서 무심코 C를 주셨대요. 그런데 다시 점검해 보니 내용에 아무 문제가 없다고 판단하셔서 A로 고쳐 주셨다는 거예요."

민서는 당시 상황을 자세하게 이야기하더니 자랑스럽게 말을 덧붙였다.

"그래도 남학생 가운데 A 받은 학생은 저 포함해서 둘밖에 없다니까요!"

"그럼 여학생들은?"

"여자애들은 A 받은 애들이 많아요. 아무래도 여자애들이 글씨도 잘 쓰고 정리도 잘하잖아요!"

민서는 당연하다는 듯이 말했다.

민서 엄마는 속상했다. 민서가 번번이 수행평가 때문에 성적이 낮게 나오기 때문이다. 남녀공학인 학교에서는 아무래도 여학생이 남학생보다 수행평가 점수를 잘 받기 때문에 남학생들이 불리했다. 그렇다고 남자와 여자 성적을 분리해서 각각 산출해 달라고 할 수도 없는 노릇이었다.

민서 엄마는 오래전 대학생 시절이 생각났다. 그 당시에도 남학생들은 수업한 내용을 필기하거나 정리하는 경우가 별로 없었고 보고서와 과제물을 제출할 때도 글씨를 알아보기 어려울 정도였지만 여학생들은 자기가 생각해도 정말로 깔끔하게 정리하고 글씨도 잘 써서 보고서 평가에서 항상 남학생들보다 높은 점수를 받았다.

민서 엄마는 걱정이 됐다. 지금은 중학생이기 때문에 성적이 조금 떨어지더라도 고등학교에 들어가는 데 문제가 없지만 고등학교에서는 상황이 달라지기 때문이다. 대학교 입시에는 내신 등급이 중요한데 여학생들과 같이 내신 경쟁을 한다면 아무래도 남학생이 불리할 수밖에 없다. 게다가 주변의 학부모들이 말하기를 고등학교에서도 수행평가 때문에 남학생들이 많이 어려워하는데 여학생들이 워낙 열심히 하기 때문에 그 차이가 더 크다는 것이다. 민서 엄마는 그런 이야기를 들을 때마다 고등학교를 선택할 때는 남자 고등학교를 선택해야겠다고 생각했다.

"참, 민서야. 그런데 이번에도 선생님께서 학급 등수나 전교 등수는 알려주지 않으시디?"

소파에 앉아서 TV를 켜려고 리모컨을 만지는 민서를 보면서 민서 엄마가 물었다. 엄마의 질문을 받은 민서는 TV를 켜려다 말고 엄마를 바라보며 불평했다.

"엄마, 진짜 우리 선생님 이상하지 않아요? 다른 반 선생님들은 애들한테 학급 등수와 전교 등수를 알려주시는데 우리 선생님만 안 알려줘요. 이번에도 제가 교무실로 가서 선생님께 등수 좀 알려주실 수 없냐고 했더니 웃으시면서 군밤만 주시더라니까요. '등수는 알려주지 못하게 되어 있다' 라고 하시면서요."

1학기에도 민서 담임인 지호는 학생들에게 시험 석차를 알려주지 않았다. 그래서 민서 엄마는 민서 석차를 정확히 알 수 없어서 답답해한 적이 있었다. 학생들이 등수를 알려 달라고 떼를 써도 나라의 방침이 그렇게 변했다고 하시면서 알려주시지 않았다고 한다. 그런데 나라의 방침이 바뀌었다면 모든 반에서 등수를 알려주지 않아야 할 텐데 다른 학급은 궁금해하는 학생들에게 등수를 모두 알려주고 자기네 반만 알려주지 않는다면서 민서가 투덜거렸다. 마침 옆 반 친구 중에 자기와 총점이 똑같은 학생이 있어서 자신이 전교에서 몇 등 정도 하는지 대충 감을 잡을 수 있었지만 이번에는 그 친구도 자기와 성적이 달라서 전교 등수를 알 수 없다고 했다.

"민서 어머니 안녕하세요? 잘 지내셨죠?"

지호는 상담하러 온 민서 엄마를 반갑게 맞이했다.

"선생님도 잘 지내시죠?"

서로의 인사가 끝난 후 지호는 민서 엄마에게 의자를 권했다.

"선생님, 요즘 애들 지도하시는 게 힘드시죠? 저희가 학생일 때랑 분위기가 많이 다른 것 같아요!"

민서 엄마는 의자에 앉으면서 지호에게 물었다. 요즘 중학생들 지도하기가 너무 힘들다는 소식을 TV나 신문을 통해 자주 접하기 때문에 중학생 자녀를 둔 민서 엄마로서는 신경을 쓰지 않을 수 없었다.

민서 엄마의 염려에 지호는 웃으면서 대답했다.

"예전보다 학생들 지도가 어려워진 것은 맞습니다! 학생들 체벌이 없어지고 학생들의 인권이 강조되면서 중학교에서는 학생들을 통제할 수 있는 방법이 없는 것이 현실입니다. 그래도 고등학교는 퇴학이라는 제도가 있어서 선생님의 지도에 불응하는 학생들은 퇴학을 활용해 지도할 수 있거든요. 하지만 의무교육인 중학교에서는 퇴학 자체가 없기 때문에 선생님의 지도에 불응하는 학생은 말할 것도 없고 심지어 선생님에게 대들거나 욕하는 학생들도 조치할 수 있는 방법이 없습니다."

지호는 민서 엄마의 말에 자기도 모르게 현재 학교 현실을 불만처럼 털어놓았다.

"얼마 전 학교 선생님들을 대상으로 학생들의 학력을 신장시킬 수 있는 방안에 대해 외부에서 강사를 초빙해 연수한 적이 있었는데 그분 말씀이 '갱년기 신도 중 2신을 이길 수 없다' 라고 하셔서 선생님들이 크게 웃은 적이 있었답니다."

지호의 말에 민서 엄마는 충분히 이해간다는 듯이 고개를 끄덕거렸다.

"그나마 우리 학교 학생들은 다른 학교에 비해 순한 편이기 때문에 학생 지도하는 데 큰 어려움이 없으니 너무 염려하지 않으셔도 됩니다."

지호는 이렇게 말을 마친 후 민서 엄마와 민서에 대해 이런저런 이야기를 나누었다. 민서 엄마는 민서가 수행평가에서 낮은 점수를 받기 때문에 여학생보다 성적이 낮게 나와 특히 속상하다고 넋두리했다.

민서 엄마의 넋두리를 들은 지호는 충분히 이해한다는 듯이 고개를 끄덕였다.

"이번 시험에서도 민서가 수행평가 때문에 성적이 많이 깎였더라고요! 아무래도 남학생들은 여학생들보다 수행평가에서 불리한데 이걸 해결할 수 있는 방법은 없나요?"

민서 엄마는 다소 억울하다는 표정으로 지호에게 불만을 표시했다. 아무래도 자식과 관계된 일이라 부모의 상황에서는 충분히 그럴 수 있을 것이라고 지호도 생각했다.

"저도 그 문제점을 알면서도 어떻게 해 볼 방법이 없는 것이 안타깝습니다. 아무래도 여학생보다 발산적 성향이 강한 남학생들은 실제로 수행평가에서 많은 손해를 보는 것이 현실이니까요. 그러다 보니 학교마다 여학생들이 남학생들보다 높은 성적을 내고 있어서 중학교는 전교 석차 상위 10위권 중에 남학생은 많아야 2～3명 정도고, 고등학교에서도 상위 10위권 중에 남학생은 3～4명 정도에 불과하다고 하네요! 어쨌든 남학생과 여학생을 구분하지 않고 같이 성적을 평가하는 상황에서는 어쩔 수 없다고 생각합니다."

민서 엄마의 염려를 충분히 이해할 뿐만 아니라 오히려 민서 엄마보다 현실을 더 잘 알고 있는 사람이 지호였다. 지호도 수행평가 할 때마다 그 점을 항상 느껴왔기 때문이다.

지호의 이야기가 끝나자 민서 엄마가 조심스럽게 말했다.

"그래서 지호가 고등학교를 선택할 때 남녀공학보다는 남자고등학교에 지원하는 게 낫지 않을까 생각하는 중이에요."

민서 엄마의 말에 지호는 고개를 끄덕였지만 이 부분에 대해서는 특별히 조언을 해 줄 수가 없었다.

"참, 그런데, 선생님……."

민서 엄마는 하던 말을 끊고 잠시 뜸을 들였다. 그런 모습을 보면서 지호는 민서 엄마가 무슨 이야기를 꺼내려는지 짐작할 수 있었다.

지호는 민서 엄마에게서 상담하러 오겠다는 연락을 받았을 때부터 상담 목적을 충분히 예상할 수 있었다. 지호네 학급은 성적표가 나간 후에 상담하러 오는 학부모가 다른 반보다 많은데 그 이유는 지호가 학생들에게 석차를 알려주지 않기 때문이다. 학생들이 아무리 졸라도 지호가 석차를 알려주지 않자 자녀의 석차를 알고 싶어 하는 학부모들이 학교로 찾아오는 것이다.

2006년 7월 4일 성적 하락을 두려워한 중학생이 고층 아파트에서 뛰어내려 스스로 목숨을 끊는 사고가 발생했다. 이 학생은 일주일 전 치른 기말고사에서 성적 하락을 두려워해 자살한 것으로 보였다. 지난 중간고사에서는 학급 5등을 했는데, 이 성적이 학부모의 기대에 못 미치자 꾸지람을 들을 것을 걱정해 성적표를 집에 가져가지 않았고, 어머니가 이 사실을 뒤늦게 안 후 학생을 꾸짖었다고 한다. 이 학생이 사고 현장에 남긴 유서에는

'엄마 이때까지 나 구박한 거 기억나. 형한테는 잘해줘'

라고 적혀 있었고 평소 자신이 사용하던 수학 공책의 여백에 이 같은 말을 남겨 죽기를 결심하고도 성적에 대한 부담감을 떨칠 수 없었던 것으로 추정되었다. 이 학생의 어머니는 경찰 조사에서 '아들이 그렇게 심각하게 받아들일 줄 꿈에도 몰랐다'며 '다 잘되라고 한 건데……'라며 오열했는데 죽음에 이르기까지 고민하며 좌절했을 학생을 생각하면 마음 아픈 일이지만 꽃다운 자식을 잃은 부모의 애끓는 심정도 이에 못지않기는 마찬가지다.

과거에도 간간히 학교 성적을 비관해 자살하는 사건이 발생했는데, 이 사고가 일어난 이후 나라에서는 성적으로 인한 학생들의 스트레스와 극단적인 선택을 없애기 위해 중학생의 경우 2008년부터 학생들에게 시험 등수를 알려주지 못하게 시험 성적 총점으로 등수를 매기는 대신 과목별 등수를 매김으로써 과목별로 자신의 실력을 알 수 있

게끔 제도가 변경되었다.

하지만 교과목별로 석차를 매기는 제도도 학생들에게 과도한 스트레스를 주고 급우들 간 배타적 경쟁심을 유발해 미래 사회에 필요한 협동 학습을 저해한다는 비판이 끊임없이 제기되어 이 역시 성취평가제의 도입으로 사라지게 되었다.

성취평가제는 학생의 학업성취 정도를 교과목별로 평가해 그 수준을 구분해 표시하는 것으로 2012년 중 · 고등학교에 입학한 1학년부터 시행되었고, 2014년에는 전 학년으로 전면 확대되었다.

성취평가제는 과거 상대평가 체제에서 과목별 석차를 매기던 방식과 달리 매 학기 말에 학생들이 받는 성적표에 과목별 석차를 없애

성취평가제 실시 전후의 중학교 학생기록부 기재방식

과거

과목	성취도	석차/수강자 수
영어	수	30/286

현행

과목	성취도 (수강자 수)	원점수/과목 평균 (표준편차)
영어	A (286)	95/78 (12)

성취평가제 실시 전후의 고등학교 학생기록부 기재방식 변경

과거

과목	단위 수	원점수/과목 평균 (표준편차)	석차등급 (수강자 수)
수학	3	95/70(10)	1 (532)

현행

과목	단위 수	원점수/과목 평균 (표준편차)	성취도 (수강자 수)
수학	3	95/70(10)	A (532)

고 학업성취도 표기도 과거 '수-우-미-양-가'에서 국제적으로 통용되는 방식인 'A-B-C-D-E'로 바꾸었다. 성적표에는 성취도 외에도 원점수(한 학기 동안 실시된 지필평가와 수행평가의 점수를 각각의 반영 비율을 고려해 합산한 점수를 소수 첫째 자리에서 반올림한 값)와 과목평균, 표준편차(평균을 중심으로 학생들의 점수가 얼마나 흩어져 있는지를 나타내는 값) 등의 정보가 기재된다.

이는 과거처럼 1~2점 차이로 석차를 매기며 '누가 더 잘했는지'를 따지지 않고 교육과정에 근거한 교과목별 성취 기준을 학생 개인이 어느 수준까지 성취했는지를 평가하겠다는 취지이다. 성취평가제 실시로 인해 실제 학교 현장에서는 과거의 '성적 줄 세우기'가 어느 정도 해소되었다는 평가도 나오는데, 지호의 경험으로 비추어 봐도 예전처럼 성적표 받기를 꺼려하는 분위기는 아니었다.

석차가 기재될 때는 성적이 처지는 아이들의 경우 자존감마저 낮아졌는데 석차가 없어지면서 이런 부담은 한결 줄어든 것이다. 이에 따라 그동안 학급 등수나 전체 등수로 학생을 상대 평가하던 관점에서 벗어나 학업성취 수준을 개인별로 얼마나 달성했는지를 평가하게 되었다.

그런데 성취평가제가 도입된 지 오랜 시간이 지난 지금도 성취평가제의 취지를 무색하게 만드는 석차 공개 사례들이 여전히 많은 학교에서 발생하고 있다. 학교의 모든 성적 처리가 이루어지는 전산시스템인 NEIS에서는 등수 자체가 제공되지 않음에도 불구하고 일부 교사들이 등수가 표시될 수 있도록 자료를 수정해 비공식적으로 공유하기도 한다. 그리고 거의 대부분의 고등학교에서는 학급 석차와 전교 석차가 기록된 담임용 일람표를 따로 만들어 배부한다.

하지만 지호는 이 제도의 의미를 충분히 이해하고 그 취지에 동의하기 때문에 학생들에게 석차를 공개하지 않는데 그럴 때마다 학생들의 불만이 제기되는 것이다.

"등수를 알려 달라고 하는 학생은 성적이 우수한 학생들인데 그냥 알려주지 그래요?"

라고 말하는 동료 교사도 있지만 성적으로 극단적인 선택을 한 학생들 모두 성적이 상위권이었다가 성적이 떨어진 학생이라는 사실을 감안하면 석차를 알려주는 것을 금지하는 것이 옳다고 지호는 생각했다.

하지만 많은 교사들이 새롭게 바뀐 제도보다는 자신이 경험해 왔던 제도에 익숙하기 때문에 큰 고민 없이 석차를 알려주고 있으며, 학부모들 또한 자녀의 석차를 알고 싶어해 매번 지호를 힘들게 하곤 한다. 그런 상황으로 인해 오늘 민서 엄마가 찾아오겠다고 한 이유가 민서의 석차를 알고 싶어서라는 것을 알 수 있었던 것이다.

성적표가 나간 이후로 벌써 4명의 학부모가 다녀갔는데 모두 자녀의 석차를 알고 싶어서 찾아왔다. 그때마다 지호는 석차를 알려주지 못하게 된 이유를 설명하면서 학부모를 설득했는데 그중 2명은 그 취지를 이해하고 돌아갔지만 다른 2명의 학부모는 여러 가지 이유를 대면서 꼭 알고 싶다며 부탁했다.

지호가 아무리 석차 공개 금지라는 교육정책을 지키고자 해도 학부모가 직접 학교까지 방문해 그렇게까지 부탁하는데 자녀의 석차를 알려주지 않을 수 없었다. 다만 그 학부모들에게 석차를 알려주면서 학생에게는 석차를 절대로 알려주지 말라고 신신당부하는데, 그럴 때마다 학부모는 '꼭 그 약속을 지키겠다' 고 하지만 정말로 학생에게 석차를 알려주지 않는지는 지호로서도 알 수는 없는 노릇이었다.

"선생님, 이번 시험에서 민서 성적이 90점에서 조금 모자라는데 이 정도면 학교에서 몇 등 정도에 해당하나요? 민서에게 물었더니 선생님께서 알려주지 않으셔서 모르겠다고 하는데 궁금해서 견딜 수가 있어야지요!"

지호는 민서 엄마에게도 똑같은 이야기를 반복했지만 민서 엄마는 꼭 좀 알려 달라고 계속 부탁했다.

민서 엄마의 부탁을 들으면서 지호는 난감한 표정으로 고개를 들어 창 밖에 보이는 아파트 옥상을 응시했다.

메타인지

“너희들에게 숙제를 하나 내주겠다.”

9월 어느 날 영우는 자기 반 학생들에게 말했다. 학생들은 고 3 수험생인 자기들에게 담임 선생님이 숙제를 내주신다고 하자 투덜대기 시작했다.

“숙제요? 저희들에게요?”

“에이~ 선생님, 저희들 입시 공부하는데도 시간이 부족한데 숙제까지 내주시면 저희더러 죽으라는 말씀 아니신지요?”

명호가 담임의 말에 장난기 있는 투로 이야기하자 성호가 맞장구쳤다.

“야, 뭔 소리야! 죽고 싶어도 시간이 없어서 못 죽는데…….”

학생들은 성호의 재치 있는 말에 소리 내며 웃었다.

“그래, 맞아. 우린 죽을 시간도 없는데, 수능 공부하랴, 내신 준비하랴, 게다가 또 담임 선생님 숙제까지?”

철진이가 성호의 장난을 받아서 대꾸했다. 학생들은 웃으면서도 선생님이 말하는 숙제가 뭔지 궁금해서 영우를 바라보고 있었다.

"부담들 갖지 않아도 돼! 전혀 시간 뺏는 것도 아니고 오히려 너희들 공부하는 데 도움이 되는 숙제니까 염려하지 마라."

영우의 말에 몇 명의 학생이 동시에 물어봤다.

"숙제가 뭔데요?"

"어떤 거예요?"

학생들이 조용해지기를 기다린 후 영우는 학생들에게 설명하기 시작했다.

"너희들 중 메타인지Meta-cognition라는 단어를 아는 친구 있니?"

영우의 질문에 학생들은 웅성거리며 서로의 얼굴을 쳐다보았다.

"메타인지? 난 처음 듣는 단어인데, 영주 너는 아니?"

정민이가 공부를 가장 잘하는 영주에게 물었다.

"메타인지? 글쎄 나도 처음 들어 보는 단어인데?"

영주도 잘 모르겠다는 듯이 고개를 저었다.

그 단어를 아는 학생이 없다는 걸 확인하고 영우는 말을 이어갔다.

"아는 친구가 아무도 없나 보군! 메타인지는 조금 어려운 용어인데 스스로가 얼마만큼 아는지를 인식하는 능력이다. 쉽게 이야기해서 내가 어떤 것을 아느냐가 아니고 그것을 아는지 모르는지를 아는 능력이다. 예를 들어 너희가 공부를 하면 공부한 내용을 다 안다고 생각할 거다. 그런데 그것을 정말로 아는지를 확인해 보려면 어떻게 하는 것이 좋겠니?"

선생님의 질문에 아무도 답을 하지 못하고 있는데 영주가 조그만 목소리로 말했다.

"다른 사람에게 그 내용을 설명해 보면 되는 거 아닌가요?"

영주의 대답에 영우는 '역시 영주네!' 라는 생각이 들었다.

"맞아! 지금 영주가 이야기한 것처럼 다른 사람에게 내가 안다고 생각하는 것을 가르쳐 보는 거다. 만약 내가 안다고 생각하는 것을 다른 사람에게 가르칠 수 있다면 그건 정확히 아는 것이지만 다른 사람에게 가르칠 수 없다면 자신이 확실히 아는 것이 아니라 '안다고 착각' 하는 거다. 아마 영주는 친구들이 물어보는 것을 알려준 경험이 많아서 스스로 알게 된 것 같구나!"

영우의 말에 여러 학생들이 고개를 끄덕거렸다. 영우네 반 학생들은 공부하다 모르는 내용이 있으면 주로 영주에게 물어보았는데 그때마다 영주는 알기 쉽게 알려줘서 학생들은 선생님들보다 영주에게 더 많이 물어보곤 했다.

사실 영주는 어려운 내용을 공부한 후에는 엄마 앞에서 그 내용을 설명하곤 했다. 설명을 하다 막히는 부분이 있으면 그 부분을 정확히 알지 못했다면서 그 부분만 다시 공부한 후 엄마에게 또 설명했다. 언젠가 미선이와 공부 방법에 대해 이야기하다 이런 이야기를 했더니 미선이는 엄마 대신 인형을 갖다 놓고 그 인형을 학생으로 생각하면서 가르친다고 했다.

이런 사실을 모르는 영우는 영주가 학교에서 친구들이 모르는 것을 가르쳐 주기 때문이라고만 생각했다. 그런 생각을 잠시 한 후 영우는 설명을 이어갔다.

"유대인들은 '남에게 말할 수 없는 지식은 지식이 아니다' 라고 한다. 수험생인 너희들이 시험을 잘 치르기 위해서는 배운 내용을 정확하게 아는 것이 중요한데, 공부한 것을 정확하게 알기 위해서는 배운 내용을 자기화하는 과정이 필요하다. 그리고 이 과정은 스스로 공부하는 시간을 통해 이루어지지! 학교나 학원에서 듣기 위주로 이루어지는 공부는 그 순간은 이해한 것 같아도 자기화가 덜 되어 있기 때문에 금방 잊어버린다. 따라서 배운 지식이 머리에 오래 남아 있게 하려면 배운 내용에 대해 스스로 공부하는 시간을 반드시 가져야 하는 거다."

영우의 이야기에 학생들 중 몇 명이 고개를 끄덕였다.

"그런데 그것이 숙제랑 관계있나요?"

영우가 잠깐 이야기를 멈추자 명호가 그 순간을 이용해 질문했다. 명호의 질문에 영우는 어제의 일이 떠올랐다.

오랜만에 보는 대학 동기들이었다. 대학을 졸업한 후 1년에 몇 번씩 만나기는 했지만 그동안은 일부 남학생들만 나왔고 유학을 간 친구들은 얼굴 볼 기회가 없었다. 또 여학생 동기들은 결혼을 해 직장 생활과 살림을 같이하느라 바빠서인지 동창회에 얼굴을 비치지 않다가 5년 전부터 미성이가 여학생 대표를 맡으면서 한두 명씩 늘어나기 시작했다.

졸업 후 초창기부터 동창회에 꾸준히 참여하던 영우는 최근에는 이런저런 사정으로 참여하지 못했다. 그런데 세월이 흘러가면서 외국으로 유학 갔던 친구들도 귀국하기 시작했고 양육의 부담에서 벗어나기 시작한 여학생들도 하나둘 동창회에 참여했다. 이번에는 외국 대학에서 교수로 활동하는 재명이가 오랜만에 들어왔다는 소식에 동창들이 다시 모이기로 했고 이번에는 꼭 참여하라는 지호의 계속된 성화에 영우도 오랜만에 동창회에 참여했다.

오랜만에 많은 친구들이 모여서 그런지 이런저런 이야기들이 많이 오고갔는데 역시 큰 주제는 대학 생활의 추억과 현재 근무하고 있는 학교 이야기였다.

동창들 중에는 대학에서 학생들을 가르치는 친구도 있고 교육과정평가원에 근무하는 친구도 있었다. 또한 한의사인 친구도 있었으며 심지어 사업을 크게 해 상장기업의 CEO인 친구도 있었지만 그래도 역시 중·고등학교에서 학생을 가르치는 교사들이 제일 많았다.

고등학교에 근무하는 친구들은 주로 대학 입시 제도의 복잡한 변화와 진학지도에 대한 고충을 이야기했고 중학교에 근무하는 친구들은 생활지도에서 힘든 점을 주로 이야기했다.

이런 이야기를 하던 중 지호가 친구들에게 질문을 하나 던졌다.

"애들아, 너희들은 학창 시절에 매일 공부했던 시간이 어느 정도 됐어? 학원 다니는 시간 말고 혼자서 공부한 시간 말이야."

지호의 질문에 친구들 시선이 지호에게 몰리면서 '왜 갑자기 엉뚱한 질문을 하느냐' 는 식의 표정을 보였고 역시 중학교에 근무하는 주성이가 반문했다.

"지호야, 갑자기 웬 엉뚱한 질문이야? 공부한 시간을 왜 묻는데?"

주성이의 질문에 다른 친구들도 같은 질문을 하고 싶었다는 듯이 여기저기서 말이 나오기 시작했다.

"글쎄 말이야, 웬 뜬금없이 공부시간?"

"왜? 지호 너, 다시 공부하게?"

성조의 질문에 친구들이 웃음을 터뜨렸다. 친구들에게서 이런 반응이 나오자 지호는 질문한 배경 설명을 먼저 하는 게 순서였겠다고 생각했다.

"2년 전에 겪은 일이 있어서 그래. 나는 학급을 운영하면서 학생들 스스로 공부하는 정도를 파악하기 위해 학습점검표라는 것을 작성하게 하거든. 학생들이 스스로 공부한 시간을 파악할 수 있도록 집에서 공부한 시간을 기록하게 하는 거야. 학원이나 개인지도에서 공부한 시간은 제외하고."

지호의 말에 학생을 가르치는 교사들이 모인 자리라 그런지 모두 관심을 보였다.

지호는 잠시 맥주 한 모금을 마신 후 이야기를 계속했다.

"그런데 그 당시 학급에서 1등 하는 민지라는 학생이 있었는데, 걔는 매일 4시간 이상을 스스로 공부한다는 거야. 어떻게 중학교 2학년이 매일 4시간씩이나 혼자 공부하는지 어이가 없더라니까! 그래서 중학교 때나 고등학교 때 그렇게 공부했던 경험이 있는지 궁금해서 물어본 거야."

"하루에 4시간? 매일? 그것도 혼자 공부하는 시간이?"

영우가 이렇게 물었다.

"걔 학원에서 공부하는 시간까지 포함해서 말한 것 아니야?

주성이가 묻자 지호는

"아니야, 학습점검표에는 학원 시간이나 숙제한 시간도 빼고 순전히 혼자 공부하는 시간만을 적게 했거든?"

이라고 답했다.

"뭐? 숙제하는 시간도 뺀 거라고?"

친구들은 놀라며 수군거렸다.

"입시 부담이 고등학생만큼 크지 않은 중학생 중 이렇게 공부하는 학생이 있는데 혹시 고등학생들 중에도 이런 학생들이 많을까?"

지호의 말에 고등학교에 근무하는 친구들이 고개를 갸우뚱거리며 말했다.

"글쎄~, 그런 건 조사해 보지 않아서 잘은 모르겠지만 학원 시간을 포함하지 않은 순수한 공부시간이라……."

"고등학교 3학년에서는 그런 학생들이 많이 있겠지만 1·2학년 중에는 별로 없을 것 같은데……."

이런 말들이 나오자 지호는 그럴 줄 알았다는 듯이 이야기를 이어갔다.

"그래서 너희가 학생일 때의 경험을 물어본 거야. 너희 중에는 그렇게 공부했던 애들이 있었는지 말이야."

"하루에 공부 4시간이라……. 그거 진짜 어렵지 않니? 그것도 학원 시간이나 숙제 시간을 포함하지 않고 4시간이라니……."

주성이가 이렇게 이야기하자 미성이가 듣기만 하다 친구들을 둘러보며 말했다.

"고등학교 3학년 때는 당연히 그 이상 하기도 했지만 고등학교 1 · 2학년 때에도 그렇게 공부했던 친구는 많지 않을 것 같은데……."

친구들이 생각하는 시간을 가져서인지 잠시 대화가 끊겼다. 그러자 상용이가 술을 한 잔 마신 후 말을 꺼냈다.

"야~, 난 고 3 때도 그렇게 해 본 적이 없어. 다만 술 마시고도 공부한답시고 책상에 앉아 있던 적은 있었지만 말이야……."

상용이의 말에 친구들이 어이없다는 듯이 쳐다봤다.

"뭐? 고 3 때 술을 마셨다고?"

경호의 어이없어 하는 말에 상용이가

"자주 마셨다는 말이 아니고 학력고사 100일 전에 백일주 마신 거 말하는 거야. 친구들이 백일주 마시자고 해서 마시게 됐는데 너무 많이 마셨는지 취했더라구. 그래도 공부한답시고 책상에 앉아서 공부했다니까."

라고 변명했다.

대학 입시를 수학능력시험으로 보지 않고 학력고사로 보았던 세대의 친구들이라 오랜만에 학력고사라는 말을 들으니 친구들 모두 기억이 새롭다는 표정이었다.

“그래서 술 마시고 공부한 것이 기억에 남았냐?”

성조가 짓궂게 질문하자 상용이의 대답이 걸작이었다.

“그걸 잘 모르겠어! 아마 학력고사에서 틀린 문제는 모두 그때 술 마시고 공부했던 부분일거야. 틀림없이.”

상용이의 말에 친구들이 배꼽을 잡고 웃었다. 그러자 성조는 한 술 더 떴다.

“그럼 상용이 너 거짓말 하는 거네!”

“무슨 거짓말?”

갑자기 무슨 말을 하냐는 듯이 상용이가 되물었다.

”너 매일 술 마셨잖아.”

“아니라니까. 그때 한 번 마셨다니까.”

성조의 말에 상용이가 무슨 말도 안 되는 소리냐는 듯이 강하게 부정하자 성조가 결정타를 먹였다.

“학력고사에서 틀린 내용은 다 술 마시고 공부했을 거라고 했잖아! 그런데 너 학력고사에서 맞은 게 거의 없으니까 매일 술 마신 상태로 공부했다는 거 아니야?”

성조의 재치 있는 농담에 친구들은 깔깔대며 웃어댔다. 역시 오래된 친구들이라 그런지 농담을 하는 것도 부담이 없었다.

영우는 친구들의 얘기를 들으면서 지호가 말한 방법이 궁금해졌다.

‘학습점검표라……, 어떻게 하는 거지?’

이런 생각이 들자 모임이 끝난 후 지호에게 따로 물어보기로 했다.

동창회가 끝나고 귀가할 사람은 귀가하고 2차 할 사람은 다른 장소를 찾기로 했다. 여자들은 대부분 1차만 하고 돌아갔지만 남자들은 오랜만에 만난 김에 끝까지 가자며 모두 2차를 하기로 했다.

“난 2차에 잠시 후에 합류할게. 지호랑 잠깐 이야기할 게 있어서. 간단히 얘기만 하고 합류할 테니 먼저들 가 있어. 2차 장소 정하면 연락 주고.”

영우가 이렇게 이야기하자 지호는 눈을 크게 뜨고 손가락으로 자기를 가리키면서 물었다.

“나?”

“응. 뭣 좀 물어볼 게 있어서 그래. 잠깐만 있다가 합류하자.”

영우의 말에 친구들은 알았다면서 2차 장소를 찾으러 우르르 몰려나갔고 영우는 지호 옆자리로 가서 앉았다.

“무슨 얘긴데?”

“응, 아까 네가 말했던 학습점검표에 대해 좀 물어볼 게 있어서 그래.”

“학습점검표?”

“응. 그거 어떤 식으로 만들고 어떻게 확인하는지 좀 알려줘.”

“아~, 고 3 담임이라 애들 공부에 신경이 많이 가서 그러는구나! 어쩌면 고 3 학생들에게도 도움이 될 수 있겠다.”

지호는 영우에게 자신이 하고 있는 학습점검표에 대해 자세하게 설명해 주었다.

잠시 어제 일을 떠올리던 영우는 메타인지라는 것이 선생님 숙제와 관련 있냐는 명호의 질문에 대답했다.

"그래서 선생님이 너희들에게 숙제를 내줄 건데 우선 연습장을 꺼내서 선생님이 지금 칠판에 적는 표를 그려 주기 바란다."

그렇게 이야기한 후 영우는 칠판에다 표를 하나 그렸다.

날짜	요일	공부 시작 시각	공부 종료 시각	공부한 시간	공부한 과목	공부한 내용	학부모 확인	담임 확인
예시) 4. 10	토	10:00	11:00	1시간	수학	교과서 문제 풀이		
4. 10	토	16:00	17:15	1시간 15분	영어	단어 암기		
	계			2시간 15분				
4. 11	일	없음						
4. 12	월							

학생들은 담임 선생님이 적어 주는 표를 연습장에다 따라 그렸다.

학생들이 표를 다 그렸는지 확인한 후 영우는 표에 대해 설명하기 시작했다.

"이 표는 너희들이 스스로 공부한 시간을 확인할 수 있게 하는 '학습점검표' 다. 여기에 너희들이 스스로 공부한 시간을 기록하는 거야. 학원에서 공부한 시간이나 숙제를 한 시간은 적지 말고 순수하게 혼자 공부한 시간만 적는 거다. 이렇게 하면 자신이 공부하는 시간을 지속적으로 점검하면서 자기의 공부 상태를 조절할 수 있을 거다. 그리고 아침 자습시간마다 선생님이 학습점검표를 확인하겠지만 선생님은 너희들이 공부를 많이 했건 적게 했건 아니면 공부를 하지 않았더라도 전혀 관여하지 않을 거야. 하지만 이 표를 작성하지 않은 놈들은 각오하는 게 좋을 거야. 그리고 이 내용을 거짓으로 적었는지는 선생님이 확인할 수 없지만 이런 걸 거짓말로 적는 바보는 없을 거라고 본다. 수험생인 너희들의 공부 상태를 스스로 확인할 수 있도록 하는 데 필요한 거니까……."

영우의 설명이 끝나자 학생들은 이해가 간다는 듯이 고개를 끄덕였다.

수험생 (3)

이제 수능이 100일밖에 남지 않았다. 승현이는 5개월여를 정신없이 달려왔다. 2학년 때 흐트러진 공부 습관을 바로 잡아가며 공부했던 고 3 초기부터 그 습관이 정착된 후 안정적으로 몸에 익은 지금까지의 생활에 스스로 만족하고 있었다.

비록 2학년의 내신 성적이 좋지 않아 대학 입시에 많이 불리하겠지만 3학년 성적만 따진다면 학급에서 2 ~ 3등을 유지했고 매번 실시하는 모의평가에서도 성적이 점점 향상되어 지금은 학급에서 5위권 이내에 들 정도가 되었다. 2학년의 공백기 때문에 모의고사 성적이 내신보다 낮지만 모의평가 성적도 계속 상승하고 있는 추세에다가 아직도 100일 정도가 남아 있기 때문에 그 기간에 열심히 하면 모의평가 성적도 더 상승할 수 있을 것이라는 자신감이 들었다.

게다가 다행히도 승현이는 대학 입시로 스트레스를 별로 받지 않았다. 지나간 2학년의 공백은 이미 지나간 일이기 때문에 어쩔 수 없는 것이며, 이는 승현이가 아무리 후회해도 돌이킬 수 없기 때문에 그 점에 대해서는 마음을 내려놓은 상태였다. 지금은 자신이 할 수 있는 최선을 다하고 있기 때문에 수능에서 큰 실수를 하지 않는 이상은 수능 점수는 자기가 받을 수 있는 최고의 점수가 되리라고 생각했다. 그렇기 때문에 자기 능력 이상의 것을 욕심 내지 말고 지금 이 순간에만 최선을 다하자고 결심했다. 그리고 수능 시험 결과를 보고 자신에게 맞는 대학교를 선택해서 가면 된다고 생각했기 때문에 대학 입시 스트레스는 별로 없었다. 승현이의 이런 마음가짐은 공부에 집중하는 데 큰 도움이 되었다. 그리고 이렇게 생각할 수 있는 것은 아마도 지금 자신이 할 수 있는 최선의 노력을 하고 있다는 믿음이 있기 때문일 것이다.

승현이는 3학년에 올라와 공부에 집중해야겠다고 마음먹은 이후 시간을 최대한 활용했다. 공부 습관이 잡힌 후에는 하교 후 집에서 5시간 정도 공부했다. 도서실에서 공부를 1～2시간 정도 할 때도 있었지만 학교 야간 자율학습에는 참여하지 않고 집에서 공부했다. 야간 자율학습에 참여하면 아무래도 다른 학생들을 의식할 가능성이 있다고 판단했기 때문이다. 어차피 지금에 와서는 다른 친구들과 자신을 비교할 필요가 전혀 없었기에 자기가 정한 스케줄대로 공부하기만 하면 된다고 생각했다.

그동안 승현이가 집에서 해 왔던 공부 패턴은 단순했다. 집에 도착하면 대략 6시가 되었는데, 씻고 저녁 식사를 한 후 잠시 쉬었다가 7시부터 공부를 시작했다. 초기에는 1시간 공부하고 10분 쉬는 패턴으로 공부하다가 점점 집중력이 높아져서 1시간 반 공부에 15분 휴식, 2시간 공부에 20분 휴식하는 식으로 진행했다. 그러던 것이 지금은 한

번 공부하기 시작하면 2시간 반 정도 집중할 수 있게 되어 2시간 30분 공부 후 30분 휴식하는 것으로 공부 방법이 고정되었다. 그 결과 저녁에 딱 두 타임만 공부하는 꼴이 되기 때문에 공부에 대한 부담도 적게 느껴졌다.

오후 7시에 공부를 시작하면 9시 반까지 1차 공부를 마치고 30분 정도 휴식. 다시 10시부터 12시 반까지 공부. 이런 패턴이었다. 그리고 12시 30분이 되면 졸리지 않아도 자려고 노력했고, 아침 5시에 기상해 7시까지 공부하는 패턴이었다.

수면시간은 4시간 30분 정도 되었는데 수면 시간을 더 줄이려고는 하지 않았다. 어차피 장기전으로 가야 하니까 기본적인 수면시간은 지켜주어야 한다는 생각 때문이었다.

4당5락!

4시간 자면 합격이고 5시간 자면 떨어진다는 수험생 사이에 유명한 말이다. 위인들이나 성공한 사람들 중에는 하루에 서너 시간밖에 잠을 자지 않았다는 사람들도 많지만 승현이는 그런 말에 신경 쓰지 않았다. 사람마다 다양한 생활방식이 있고 학교에서도 공부에 집중하기 위해서는 그 정도의 수면시간은 있어야 된다고 판단했기 때문이다.

그 대신 자투리 시간을 최대한 활용했다. 약 30분이 소요되는 등 · 하교 시간에는 버스에서나 걸어 다닐 때나 영어 단어를 외웠으며, 학교에 도착한 후에는 친구들과 잠깐의 대화를 한 후 바로 열공 모드에 들어갔다. 쉬는 시간이나 점심식사 후 남는 시간에는 수학 문제를 푸는 방식으로 공부했고 수업이 끝난 후에는 1시간 정도의 마무리 공부. 이런 식이었다.

그러면서 수업시간은 무엇보다 중요하다고 생각했기 때문에 초집중했다. 학교 선생님들은 그 과목의 최고 실력자로 오랜 경험을 통해 수능에 출제되는 문제의 유형을 누구보다도 잘 알고 있는 분들이므로 불필요한 시행착오를 거치지 않고 해당 과목의 엑기스를 전수받을 수 있기 때문이다.

"승현아, 진규 좀 봐라, 또 잔다!"

승현이와 단짝인 광식이가 쉬는 시간에도 자는 진규를 가리키며 말했다.

"진규는 수업시간에도 자고, 쉬는 시간에도 자고. 어떻게 재는 아침 1교시부터 7교시까지 잠만 자는지 모르겠어!"

광식이는 학교에서 내내 잠만 자는 진규를 이해할 수 없다면서 놀라워했다.

실제로 진규는 학교에 와서 하루 종일 잠만 잤다. 어떻게 1교시부터 7교시까지 잠을 잘 수 있는지 신기하기도 했고 저러면서 공부는 언제 하는지 걱정되기도 했다. 그렇다고 진규가 대학을 포기한 것도 아니었으며 성적도 중상위권은 유지했다.

하루는 걱정이 돼서 진규가 잠깐 깨어 있을 때 승현이가 이렇게 물어본 적이 있다.

"진규야, 왜 그렇게 하루 종일 자니? 어떻게 그렇게 오랫동안 잘 수 있고 또 그렇게 잠만 자면서 공부는 언제 할 건데? 너 혹시 집에서 밤새우니?"

진규는 게슴츠레한 눈으로 승현이를 보면서

"응, 나는 매일 집에서 밤새워 공부해. 그리고 그렇게 같이하는 그룹이 있어."

라고 대답했다.

진규의 대답을 들은 승현이는 그렇다면 진규가 그렇게 잠을 잘 수도 있을 거라고 생각했다. 밤을 새워 공부하니 잠이 올 수밖에 없고, 또 잠을 자야 밤에 공부를 하고…….

그 이유를 알게 된 후부터는 그것이 진규가 선택한 공부 방법이려니 하면서 자기가 신경 쓸 일이 아니라고 생각했지만 그래도 이해가지 않는 부분이 있었다.

'밤에 아무리 공부를 열심히 한다고 해도 저렇게 수업을 듣지 않으면 선생님한테서만 얻을 수 있는 정보는 어떻게 얻지? 아무리 모든 시험이 고등학교 교육과정 내에서 출제된다고 하지만 교과서의 그 많은 내용 중에서 핵심 내용을 어떻게 추려 내나? 핵심 내용에 대해서는 어차피 선생님만한 전문가가 없을 텐데 말이야…….'

이런 생각을 하면서 진규가 걱정이 되기도 하고 하루 종일 잠을 잘 수 있다는 것이 신기하기도 했지만 어쨌든 그것은 진규가 선택했던 공부 방법이기 때문에 승현이가 관여할 일은 아니었다. 훗날 대학생 시절 고등학교 반창회에서 진규를 만나서 당시의 상황을 추억한 적이 있었는데,

"진규야, 너 그때 어떻게 그렇게 잠만 잤냐?"

라고 물었더니

"글쎄 말이야! 나도 그때 왜 그렇게 했는지 잘 모르겠어!"

라며 진규는 씩 웃었다.

"승현아, 이제 오늘부로 수능이 딱 100일 남았다. 오늘 백일주 마신다는 놈들이 몇 놈 있는데 너도 마시지 않을래?"

광식이가 웃으면서 물었다.

"백일주? 그거 구미가 당기는데? 우리도 백일주 마실까?"

"웬일이냐? 네가 술을 마시겠다니?"

승현이의 맞장구에 광식이가 놀라자 승현이는 웃으면서 말했다.

"농담이야! 농담! 내가 지금 그럴 시간이 어디 있냐?"

승현이 말에 광식이는 "그럼 그렇지!" 하면서 등짝을 한 대 쳤다.

'아~, 이제 100일 남았구나!'

승현이는 달력을 보면서 중얼거렸다.

'100일 동안 얼마나 집중을 할 수 있을까?'

이런 생각이 들자 문득 엉뚱한 생각이 떠올랐다. 자기 나름대로는

하루하루 최선을 다한다고 생각하지만 정말로 꾸준히 최선을 다하는지를 확인해 보고 싶은 생각이 들었던 것이다. 그래서 A4 용지에 100칸의 표를 만들고 처음 칸부터 100, 99, 98, …, 2, 1이라고 숫자를 쓴 후 책상 위쪽 벽에 붙여놓았다. 그리고 남은 100일 동안 자신이 하루하루 공부에 집중한 정도를 잠자기 전에 표시하기로 했다.

그날 공부한 내용이나 정도가 자신이 생각해도 더 이상 할 수 없을 만큼 최선을 다한 날에는 숫자 위에 ○표시를 하고, 공부에 대한 만족도가 80% 이상일 때에는 △, 만족도가 절반에서 80% 정도에 불과하면 아무 표시를 하지 않고, 만족도가 50% 미만일 때는 ×표시를 하기로 했다.

'과연 ○표시가 몇 개나 될까?'

승현이는 100일 후에 표를 보는 모습을 상상했다.

4부

새로운 시작

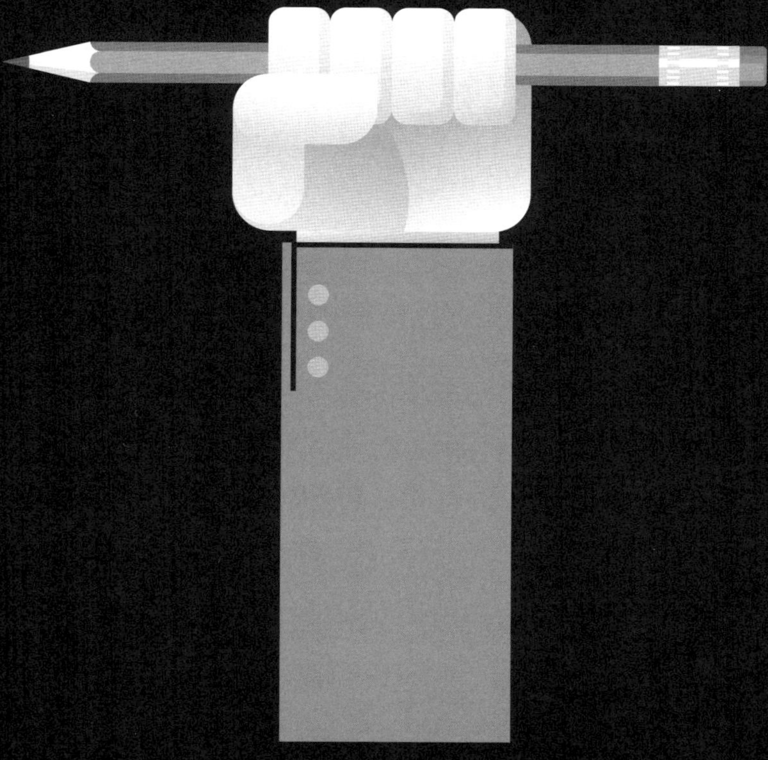

깊은 마음

"너무 멀리 돌아다니지 말고 시간이 되면 반드시 집합 장소에 모여라."

선생님의 전달 사항을 듣는 둥 마는 둥 백일장과 사생대회를 위해 야외로 나온 학생들은 모처럼 공부에서 벗어나 해방된 기분을 만끽했다. 친한 친구들끼리 짝을 지어 돌아다니면서 적당한 장소가 있는지 찾아보는 학생이 있는가 하면 일부 남학생들은 뛰어다니며 정신없이 장난치기도 했다.

백일장과 사생대회는 학생들의 문학적 소질과 예술 교육을 강화하기 위해 매년 실시하는 행사지만 학생들에게 모처럼 야외 바람을 쐬어 준다는 취지도 갖고 있다. 대부분의 학교에서는 보통 5월에 실시하지만 지호네 학교는 학생들이 너무 많이 몰린다는 이유로 올해 처음 가을에 실시하기로 했다.

학생들에게 전달 사항을 전달한 담임들은 본부에 모여 편안한 마음으로 회의를 해 일단 학생들이 자리를 제대로 잡았는지 돌아본 후 12시까지 본부에 다시 모이기로 했다. 일부 선생님들은 짝을 지어서 같이 다니기로 했고 또 일부는 본부에 남아서 짐을 지키겠다고 했다.

나무와 풀을 좋아하는 지호는 식물들을 감상하면서 공원 전체를 돌아보기로 했다.

국화, 코스모스, 쑥부쟁이, 벌개미취 등이 흐드러지게 피어 있는가 하면, 참나리, 달개비, 꽃창포 등 가을을 대표하는 꽃들이 여기저기 피어 있었다.

사실 지호가 꽃 이름에 관심을 가지게 된 것은 불과 몇 년 되지 않았다. 생물을 전공하기는 했지만 학창 시절에는 꽃 이름에는 관심이 전혀 없었기 때문이다.

대학교 때 꽃 이름과 함께 꽃의 특징을 배우는 강의가 있었는데 지호를 비롯한 일부 남학생들은 수업에 충실하지 않았고 실습을 나갈 때마다 친구들과 함께 투덜대기도 했었다.

"야, 도대체 이런 꽃 이름은 왜 배우지?"

"글쎄 말이야. 우리가 이런 꽃 이름이나 배우려고 생물을 전공하는 건 아니잖아."

지호의 투덜거림에 성조도 같이 합류했다.

"우리는 DNA, RNA 같은 첨단 생물을 배우고 싶은데 고리타분하게 이런 꽃 이름이나 배우고 있다니……."

옆에 있던 효관이도 같이 거들었다.

그 소리를 들은 주성이는 친구들 마음을 돌려보려고 했다.

"에이, 왜들 그래? 꽃 이름 배우는 것 재미있잖아! 그러지들 말고 같이하자구."

그러자 다른 친구들은 주성이를 향해 일제히

"야, 너나 열심히 하세요!"

"아저씨나 열심히 배운 후 나중에 우리에게 알려주세요!"

라면서 주성이의 권유를 무시하곤 했다.

이런 지호였기에 교직에 나온 후에도 식물에 대해 별로 관심이 없었고 야외 수업시간에 학생들이 꽃 이름을 물어보면

"좋은 질문인데! 그런데 선생님이 세상의 꽃 이름을 다 알고 있지만 그 꽃 이름만 모르니 네가 한 번 알아봐라. 숙제로 내줄 테니까……."

이렇게 농담으로 넘기곤 했다.

그런데 산을 좋아하는 지호는 몇 년 전부터 '100대 산행' 이라고 하는 우리나라 100대 명산을 다니는 산행을 시작했는데 산에 다니다 보니 계절마다 사방에 피는 다양한 꽃들이 점점 눈에 들어오는 것이었다.

그러다 '산행을 하면 여러 시간 걷게 되는데 이왕이면 이런저런 꽃이나 나무 이름을 알면 산행이 더 재미있지 않을까?' 라는 생각을 했고 그때부터 꽃에 관심을 가졌다. 그리고 꽃 이름을 외울 때 단순히 이름만 외우면 별로 재미없을 것 같아 이왕이면 꽃 이름의 유래를 같이 알아보고자 했다. 그 일을 계기로 식물도감을 비롯하여 인터넷의 여러 동호인 사이트를 드나들면서 많은 꽃 이름과 이름의 유래를 공부했다.

애기똥풀은 줄기를 꺾었을 때 애기 똥과 같은 노란 진액이 나온다

고 해서 붙여진 이름이고, 흔히 달개비라고 하는 식물은 본 이름이 '닭의장풀' 인데 닭장 주변에 많이 자라는 풀이라고 붙여진 이름이다. 그리고 초여름부터 가을까지 주변에서 흔히 볼 수 있는 개망초는 망초라는 풀보다 우리나라에 늦게 들어와서 '개' 자라는 이름이 붙여졌으며, 두 꽃 다 개화기, 즉 나라가 망할 무렵부터 들어왔다고 하여 '망국초' 라는 이름으로 불리다가 '망초' 가 된 것이며, 특히 개망초는 계란 프라이를 해놓은 것과 같다 하여 '계란꽃' 이라고 부르기도 한다는 등의 이야기와 함께 꽃 이름을 학생들에게 알려주면 재미있어하며 잊어버리지 않는다.

지호는 고등학교 동창들과 한 달에 한 번씩 등산하는 모임이 있다. 친구들과 산행을 하면 꽃 이름을 물어보는 친구들이 있는데 그럴 때마다 이름을 알려주곤 한다.

"이 선생, 저 꽃 이름이 뭐냐?"

"애기똥풀이야! 줄기를 꺾으면 애기 똥 같은 노란 진액이 나와서 붙여진 이름이야!"

"저 꽃은 이름이 뭔데?"

"저 꽃이 진짜 철쭉꽃이야. 우리가 도시에서 흔히 보는 철쭉은 철쭉이 아니라 '산철쭉' 이고 저 꽃이 '철쭉' 꽃이야. 그런데 산철쭉은 도시에서 흔히 보이고 오히려 철쭉이 산에서 주로 관찰되기 때문에 사람들이 반대로 알아."

이런 식으로 친구들에게 알려주곤 했다. 그런데 지호가 이렇게 이름을 알려줄 때는 꼭 하는 소리가 있다.

"지금 알려준 꽃 이름 지금은 기억할 테지만 시간이 지나면 잊어버리니까 다 기억할 생각하지 말고 3개만이라도 외워 둬!"

"……."

"이따가 하산할 때 시험 볼 꺼다. 그때 꽃 이름 3개 못 대는 놈들은 한 소리 들을 줄 알아! 3개야, 3개!"

이렇게 말하면 친구들은 혀를 내두르곤 한다.

"좀 봐 줘라, 누가 선생님 아니랄까 봐 그러냐!"

이처럼 식물의 이름을 배워 가다 보니 산행은 산행대로 재미있고 친구들도 꽃 이름을 하나씩 알아가는 재미를 붙이게 되었다.

학생들에게 꽃 이름을 재미있게 알려주다 보니 학생들은 모르는 꽃이 있으면 항상 지호에게 가져와서 묻곤 했다. 그날도 지호가 이 꽃 저 꽃을 관찰하면서 학생들도 살펴보고 있는데 저쪽에서 희영이가 지호를 보자 소리쳤다.

"선생님, 선생니임~, 여기 좀 와보세요!"

지호가 보니 희영이는 풀이 많이 있는 화단에서 지호에게 손짓을 하는 것이다. 지호는 희영이가 꽃 이름을 물어보기 위해 자기를 부른다는 것을 알고 즐겁게 희영이 쪽으로 다가갔다.

"선생님, 이 꽃은 처음 보는 꽃인데 이 꽃 이름이 뭐예요?"

희영이가 가리키는 방향을 살펴보았더니 꽃이 한 송이 피어 있는데 그 꽃은 지호도 처음 보는 꽃이었다.

한참을 생각하던 지호는 미안하다는 듯이 말했다.

"희영아, 이 꽃 이름은 선생님도 잘 모르겠네!"

지호의 대답에 희영이는 실망한 표정을 지었다.

"대신 선생님이 알아본 다음에 알려줄게."

지호는 그 꽃의 사진을 찍으면서 희영이에게 말했다. 희영이는 선생님이 꽃 이름을 모른다고 하니까 할 수 없다는 듯이

"네~."

라고 대답했다.

지호가 그 자리를 떠나자 희영이도 스마트폰을 꺼내서 그 꽃을 찍으면서 중얼거렸다.

"아빠한테 가서 물어봐야지……."

"아빠 다녀오셨어요?"

희영이는 아버지가 학교에서 퇴근하자 반갑게 인사했다.

"아니, 오늘은 우리 따님이 평소보다 반갑게 인사를 하시네? 무슨 일이 있으신가?"

희영이 아버지는 인사하는 희영이를 보고 웃으면서 물었다.

"아빠 잠깐 여기 좀 앉아보세요."

희영이는 아버지의 팔을 잡아당기며 소파로 와서 앉게 했다.

"아니, 아빠가 옷도 벗지 않으셨는데 이게 무슨 버릇이야?"

희영이 엄마가 희영이를 꾸짖자 아버지는 괜찮다는 듯이 손짓을 하면서 희영이에게 물었다.

"왜? 무슨 일인데?"

"네, 오늘 학교에서 백일장을 갔는데 거기서 예쁘게 생긴 꽃을 하나 발견했어요. 그런데 그 꽃 이름을 몰라서 우리 과학 선생님께 물어봤더니 과학 선생님도 모르시겠다면서 다음에 알려주신다고 하시더라구요. 아니 어떻게 과학 선생님이 꽃 이름도 모르시는지 모르겠어요. 우리 과학 선생님 실력이 없는 것 같아요!"

희영이가 오늘 있던 일을 설명하면서 스마트폰에서 사진을 찾아 아버지에게 보여주었다.

"이놈아, 선생님을 그렇게 얘기하는 놈이 어디 있어? 버릇없게. 더군다나 아빠도 학생을 가르치는 선생님인데……."

희영이 아버지는 희영를 꾸짖으면서 사진을 보았다.

"피~, 아빠가 대학교수지 무슨 선생님인가?"

희영이가 입을 삐죽 내밀며 말하자 희영이 아버지는 사진을 보다 말고 희영이를 다독거렸다.

"대학교수도 학생들을 가르치기 때문에 선생님 맞아! 다만 대학교에서 학생을 가르치는 선생님을 교수라고 할 뿐이지 다 똑같은 거야!"

아버지가 자기의 머리를 쓰다듬으면서 말하자 희영이는 알았다는 듯이 고개를 끄덕이고는 다시 사진을 아버지에게 보여주었다.

"네! 그건 그렇고 이 꽃 이름이 뭐예요? 이름을 알아가지고 내일 과학 선생님한테 알려드려야지……."

희영이가 말하는 걸 들으면서 희영이 아버지는 사진 속의 꽃을 계속 쳐다보았다. 사진을 한참 쳐다본 아버지는 고개를 들어 미안하다는 표정으로 말했다.

"이 꽃 이름은 아빠도 잘 모르겠는데! 흔한 꽃이 아닌 것 같다."

아버지의 입에서 꽃 이름을 모른다는 소리가 나오자 희영이는 다소 놀란 표정을 지었다. 대학에서 식물학을 가르치는 아버지가 모르는 꽃이 있다는 사실에 놀랄 수밖에 없었던 것이다.

사실 희영이가 꽃 이름에 관심을 갖게 된 것도 모두 아버지의 영향이었다. 아버지는 희영이가 어릴 때부터 꽃 이름을 알려주셨기 때문이다. 희영이는 이름 모르는 꽃을 볼 때마다 아버지에게 물어보았고 그럴 때마다 항상 아버지는 그 꽃의 이름을 재미있는 유래와 함께 알려주셨다. 그렇기 때문에 희영이는 세상 모든 식물의 이름을 아버지가 알 거라고 생각했다. 그런 희영이였기에 아버지가 모르는 꽃이 있다고 하자 놀란 것이다. 그래서 놀란 토끼눈을 하고

"식물 박사인 아빠가 모르는 꽃도 있어요?"

라고 물었더니 희영이 아버지는

"식물학 교수라도 모든 식물의 이름을 어떻게 다 알 수 있겠니? 아빠도 어떤 식물인지 알아볼게! 근데 이 꽃은 쉽게 보지 못한 꽃이라 알아보는 데 시간이 걸릴지도 모르겠다."

라고 했다.

다음 날 수업이 끝난 후 지호는 희영이를 교무실로 불렀다.

"희영아, 어제 네가 물어봤던 꽃이 무슨 꽃인지를 알았다."

지호는 희영이에게 어제 찍은 꽃 사진을 보여주면서 그 꽃의 이름과 특징을 간단하게 설명해 주었다.

"그런데 그 꽃은 흔한 꽃이 아닌데 어제 희영이가 어떻게 그 꽃을 찾아냈니? 희영이 관찰력이 대단하네! 그리고 다른 학생이라면 그 꽃을 봤더라도 별로 알아보려고 하지 않았을 텐데 희영이는 그 꽃에 관심을 가진 것을 보니 호기심도 많은 것 같구나! 호기심이 많고 관찰력도 좋은 걸 보니 나중에 과학자 되겠다!"

칭찬을 받은 희영이는 웃으면서 좋아했다.

"아니에요. 그냥 무슨 그림을 그릴까 생각하면서 여기저기 보다가 발견하게 된 건데요 뭘~."

희영이가 순수하게 쑥스러워하자 지호는 그 모습이 참 예쁘게 보였다.

"선생님. 알려주셔서 고맙습니다. 안녕히 계세요~."

희영이는 지호에게 인사한 후 교무실을 빠져나왔다. 그러면서 식물학 박사인 아빠도 그 꽃에 대해 알아보는 데 시간이 걸릴 수 있다고 하셨는데 과학 선생님이 하루 만에 알아 오셨다는 사실에 놀라워했다.

"아빠, 우리 과학 선생님 정말 대단하세요! 어제 물어봤던 그 꽃 있잖아요? 식물학자인 아빠도 잘 모른다는 식물을 그 선생님이 바로 알아 오셔서 제게 알려주셨어요."

희영이는 그날 저녁 집에서 아버지에게 선생님 자랑을 했다.

"그래? 너희 선생님 정말 대단하시네! 아빠도 그 꽃에 대해서 알아보았지만 아직 못 찾았는데 너희 선생님은 어떻게 찾으셨다니?"

희영이 아버지는 놀라워했다.

"그건 물어보지 않아서 잘 모르겠어요. 하지만 우리 과학 선생님 진짜 대단하신 것 같아요! 그렇지 않아요?"

희영이는 다시 한번 선생님 자랑을 하면서 방으로 들어갔다.

그 일이 있은 이후로 희영이는 지호를 절대적으로 믿고 따랐다. 그리고 그렇게 대단한 선생님에게 배운다는 자부심에 과학 과목을 더욱 열심히 공부했다.

지호는 백일장에서 희영이가 물어본 꽃 사진을 보면서 여기저기 자료를 찾아보았지만 도무지 그 이름을 알 수 없었다. 흔한 꽃이 아니라는 건 알 수 있었지만 웬만한 도감에도 나와 있지 않아서 난처했다.

'희영이에게 그 꽃 이름을 알려준다고 했는데, 어떡하지?'

이런 고민을 하다

'어쩔 수 없지 뭐, 솔직히 말하는 수밖에. 찾아봐도 모르겠다고……'

라는 결론을 내릴 수밖에 없었다.

다음 날 학교에 출근한 지호는 아침 일찍 전화 한 통을 받았다.

“혹시 이지호 선생님이신가요?”

“네. 그런데 누구시지요?”

처음 듣는 남자 목소리였다.

“저는 한국 대학교에서 식물학을 가르치는 교수 정남길입니다.”

“네, 그런데 어쩐 일이신지…….”

지호는 전혀 알지 못하는 사람으로부터 온 전화라 다소 호기심이 생겼다. 대학교수라고 하니까 나쁜 일 같지는 않지만 무슨 일인지 전혀 예상할 수 없었다.

“저는 2학년 3반 정희영 학생의 아버지입니다.”

“아, 그러시군요! 안녕하세요? 그런데 어쩐 일로…….”

지호가 궁금해 한다는 것을 느꼈는지 정교수는 바로 본론으로 들어갔다.

전날 희영이가 자기에게 꽃 이름을 물어봤던 이야기며, 선생님이 꽃 이름을 모르셔서 다소 실망했다는 이야기들을 솔직하게 말했다.

“희영이가 아직 철이 없어서 그런 것 같으니 선생님께서 이해해 주시면 고맙겠습니다.”

희영이 아버지의 말에 지호는 미안한 마음으로 답했다.

“사실인걸요 뭐! 저도 꽃 이름은 어느 정도 안다고 생각했는데 그 꽃은 잘 모르겠더라고요. 그리고 희영이 입장에서는 당연히 실망할 수도 있는 일이니까 미안하게 생각하지 않으셔도 됩니다.”

지호가 솔직하게 이야기하자 희영이 아버지는 전화한 목적을 털어놨다.

"어제 희영이가 물어본 꽃은 '왜솜다리'라는 꽃으로 보통 높은 산 풀밭에서 자라는 풀인데 어떻게 그런 곳에서 피게 되었는지 모르겠습니다."

희영이 아버지의 말에 지호는 속으로 꽃 이름을 되뇌었다.

'왜솜다리? 그놈 이름도 특이하네!'

이런 생각을 하고 있는데 희영이 아버지가 계속 말했다.

"그런데 그 꽃 이름을 제가 알려주는 것보다 선생님께서 알려주시는 것이 더 좋을 같다는 생각에 희영이에게는 저도 모르는 꽃이라고 이야기했습니다. 희영이는 아빠가 모르는 꽃도 있냐면서 실망하더라고요."

이렇게 말한 다음 희영이 아버지는 잠시 말을 끊었다가 조심스럽게 제안했다.

"혹시 선생님께 실례가 아니라면 그 꽃 이름을 선생님께서 알아봐 주신 것으로 해서 희영이에게 알려주시면 안 될까요? 그렇게 하는 게 희영이에게 교육적으로 더 큰 도움이 될 것 같아서 외람되지만 전화 드렸습니다."

"그러시군요. 잠시만 생각할 시간을 주시겠습니까?"

이렇게 말한 후 지호는 잠시 생각에 빠졌다.

'희영이 아버지가 왜 이렇게 하려고 하실까?'

잠깐의 생각을 마친 후 지호는 희영이 아버지에게 대답했다.

"희영이 아버님께서 왜 그렇게 말씀하시는지 알 것 같습니다. 그렇게 깊게 생각해 주셔서 감사드립니다. 희영이는 참 훌륭한 아버지를 두었군요!"

"아닙니다. 그렇게 말씀해 주시니 외려 제가 부끄럽습니다."

희영이 아버지는 지호의 감사와 칭찬에 겸손하게 답했다.

"알겠습니다. 희영이에게는 제가 알아내었다고 해서 알려주겠습니다."

지호는 희영이 아버지의 깊은 마음에 진심으로 놀랐으며, 이렇게 깊은 마음을 가진 학부모가 있다는 사실에 왠지 기운이 솟았다.

희영이 아버지는 선생님을 높임으로써 자식의 교육에 도움을 주고자 했고 희영이 아버지의 깊은 배려는 결국 희영이가 선생님을 믿고 신뢰하도록 만들었다. 그리고 그렇게 함으로써 희영이가 선생님의 가르침을 더욱 열심히 따르는 효과를 보게 된 것이다.

엄친아는 싫어요! (4)

'그렇지, 공부가 쉬울 리가 없지!'

정희는 책을 읽으며 고개를 끄덕였다.

대학에 가고 싶다는 생각에 공부를 다시 하기로 마음먹은 정희였다. 공부를 다시 하려고 보니 원래도 공부가 쉽다고 생각하지는 않았지만 근 1년 동안 공부에서 손을 놓은 상태라 그런지 공부가 생각보다 더 어려웠다. 그때 문득 어릴 때부터 엄마가 몇 번이나 말했던 『공부가 가장 쉬웠어요!』라는 책이 떠올랐다. 그리고 '그 책을 쓴 사람은 왜 공부가 쉽다고 생각했을까?' 라는 궁금증이 들어 그 책을 한 번 읽어 보기로 했다.

그 책을 읽고 정희는 책의 제목 때문에 그 사람이 말하고자 하는 의도가 잘못 해석되고 있다는 것을 알게 되었다. 그 책의 저자는 '원래부터 공부가 쉬웠다' 라는 의미가 아니라 '공부를 하다 보니 공부가 쉬워졌다' 는 의미로 말했던 것이다.

'그래, 공부 자체가 쉬운 게 아니라 공부를 계속하다 보니까 익숙해져서 공부가 쉽다고 말한 거야!'

이렇게 혼잣말을 한 후 왠지 기분이 나아졌다. 공부가 쉽지 않다고 느꼈던 자신의 생각이 틀리지 않았다는 것을 알았기 때문이다. 그러면서 자기도 그 책의 저자처럼 공부에 매달리다 보면 공부가 쉽다고 느낄 수도 있을 거라는 막연한 기대가 생겨 왠지 희망이 보이는 것 같았다.

'그래 한 번 해 보자. 어차피 공부는 어려운 거야! 하지만 그렇다고 나만 어렵다고 느끼는 건 아니겠지! 다른 애들도 분명히 공부가 힘들지만 그래도 해야 되니까 하는 걸 거야! 그러면 걔네들이랑 나랑 다를 게 없잖아! 나도 열심히 하다 보면 지희 언니가 다니는 대학은 아니더라도 분명히 좋은 대학에 갈 수 있을지도 몰라! 이제 겨우 고등학교 1학년인걸…….'

엄마에게서 지희 언니가 다녀갔다는 말을 들은 이후로 엄마와의 관계는 많이 좋아졌다.

'혹시 공부를 다시 해 보겠다고 하면 엄마가 참견하지 않을까?'
라는 걱정도 했지만 엄마는 그날 이후로 공부에 대해 전혀 말씀하지 않으시고 그냥 친구 얘기나 일상적인 대화만 하셨다.

'언제까지 공부에 대해 말하지 않으실까?'
라는 생각도 들었지만 여름 방학이 다 지나도록 공부에 대해 전혀 말씀하지 않으셨다. 그런 엄마의 변화에 정희는 마음이 편해지면서 그날 엄마가 눈물을 보이시면서 하던 말씀이 진심이라는 것을 느꼈다.

"정희야, 엄마가 정말 미안해! 지희 언니가 이야기해 줘서 알게 됐는데 우리 정희가 그동안 엄마 때문에 상처를 많이 받았구나! 엄마는 몰랐어. 엄마는 정희가 잘되기를 바라는 마음에서 한 말인데 그런 말이 오히려 너에게 상처를 주었구나. 정말 미안하다, 정희야!"

엄마의 말에 정희는 어느 정도 위로를 받았지만 그동안 닫혀 왔던 마음을 완전히 열 수는 없었다. 그래도 엄마가 자신의 마음을 알아주셨다는 것은 어느 정도 느낄 수 있었다.

여름 방학이 시작된 후부터 정희는 공부하기 시작했다. 고등학교에 입학한 지 한 학기가 지났기 때문에 이번 여름 방학 동안 1학기 과정을 어떻게든 따라가야 했다. 일단은 학원을 다니지 않고 혼자 해 보기로 했다.

그런데 공부를 하다 보니 가장 문제가 되는 과목이 역시 수학과 영어였다. 중학교 때 공부를 잘하지는 못했어도 2학년 때까지는 그래도 어떻게든 하려고 했었기 때문에 '마음먹고 열심히 하면 금방 따라갈 수 있겠지' 라고 생각했지만 실제 해 보니 그렇게 쉽지 않았다. 그래서 학원을 다닐까도 생각해 봤지만 아직 공부에 대한 문제를 엄마에게 이야기하고 싶은 생각이 없어서 일단 EBS 교육방송을 이용하기로 했다.

영어는 교육방송으로 공부하면서 어느 정도 따라갈 수 있게 됐지만 문제는 수학이었다. 중학생 때에도 수학을 어려워한 편이었는데 교육방송에서 모든 문제를 설명해 주지 않기 때문에 나머지 문제는 혼자 풀어야 했고 설명을 해 주는 문제에서도 들어도 이해가 되지 않는 부분이 있었다. 그래서 고민하다 지희 언니에게 상의해 보기로 했다.

지희는 정희의 이야기를 듣고 잠시 생각에 잠겼다. 자신도 대학에 들어가서 맞이하는 첫 번째 방학이라 방학을 즐기고 싶었고 아르바이트로 개인지도도 하고 있어서 시간을 내기가 쉽지 않았기 때문이다. 그렇다고 마음잡고 공부해 보겠다는 동생의 어려움을 나 몰라라 할 수 없어서 고민이 되었다.

한참을 생각하던 지희가 마침내 결정을 내렸다.

"정희야. 실은 언니가 방학 때 생각보다 시간이 많지 않아. 나도 공부해야 하고 아르바이트도 있고 또 남은 시간을 즐기고도 싶기 때문에 그래. 그래도 네가 이렇게 공부를 하고 싶어하니까 생각한 건데……."

지희가 이렇게 이야기하면서 정희를 보니까 정희는 무엇인가 방법을 찾고 싶어하는 눈빛으로 자신을 바라보고 있었다.

"이렇게 하자. 이번 여름방학 동안만 1주일에 한 번씩 네 공부를 봐줄게. 네가 제일 힘들어하는 수학을 도와줄 테니까 공부하다가 모르는 것이 있으면 모아 둬. 그러면 내가 1주일에 한 번씩 너희 집에 가서 그 문제들을 가르쳐 줄게."

"언니! 정말이야?"

정희는 기대도 하지 않았던 언니의 말에 화들짝 놀랐다.

"정말 언니가 나 공부하는 거 도와줄 거야?"

"그래. 그렇지만 조금 전에 말했듯이 이번 여름방학만이고 1주일에 한 번이니까 그래봤자 너덧 번밖에 되지 않을 거야. 그러니까 너무 큰 기대는 하지 않는 게 좋을 거야."

지희의 말에 정희는 반색하며 말했다.

"아니야, 언니. 나 그건 생각도 못했어, 언니가 공부를 봐 준다는 거. 그리고 계속 봐 달라고도 하지 않을게. 일단 급한 대로 1학기 수학만 조금 도와주면 그 다음부터는 내가 지지고 볶든 어떻게든 할 테니까 그건 걱정하지 않아도 돼!"

정희의 목소리는 들떠 있었다.

"그런데 정희야, 내가 봐 주는 짧은 시간을 효율적으로 사용하기 위해서는 네가 해야 될 것이 있어."

"응? 뭔데?"

지희의 말에 정희는 들떴던 기분을 가라앉혔다.

"수학문제를 풀다가 풀리지 않는 문제가 있으면 해설을 보면서 네가 이해하려고 노력해야 돼. 문제를 풀 수 없더라도 해설을 보고 이해된다면 그런 문제는 너 혼자서도 풀 수 있을 때까지 계속 반복하는 거야. 해설을 봐도 이해가 되지 않으면 해설의 어느 부분이 이해되지 않는지 표시해 놓고 그 부분을 나에게 물어봐. 내가 도와준다고 모든 걸 나에게 의존하면 절대로 혼자 공부할 수 없게 돼. 반드시 네가 혼자 이해하려고 노력하는 과정을 먼저 거쳐야 한다는 말이야! 무슨 말인지 알겠니?"

지희의 말을 들으면서 정희는 알겠다며 고개를 끄덕였다.

"그리고 또 하나는 새로운 단원의 개념을 익힐 때는 반드시 교과서로 공부하고 이해가 될 때까지 몇 번이라도 봐야 해. 개념을 모른 상태에서 푸는 문제는 절대로 네 것이 될 수 없거든."

지희는 여기까지 이야기한 후 잠시 쉬었다. 너무 많은 이야기를 한꺼번에 하면 아직 어린 정희가 이해하지 못할 수도 있다는 걱정 때문이었다. 정희는 언니의 이야기를 입으로 되새기는 중이었다.

"그리고 또 하나, 수학문제 풀 때 네가 생각한 답이나 정답을 책에 표시하지 않도록 해야 해. 왜냐하면 틀린 문제는 다시 풀어 봐야 하는데 다시 풀 때 문제지에 답이 표시되어 있으면 방해가 되기 때문이야."

이 대목에서 지희는 중학교 시절 과학 선생님이던 이지호 선생님께서 공부를 효율적으로 하는 방법이라면서 알려주신 ○× 공부법을 생각했다. 지희는 고등학교 때 그 방법을 이용하면서 효과를 크게 보았기 때문에 정희에게도 그 방법을 꼭 알려주고 싶었다. 다만 지금은 그 내용을 자세하게 알려줄 수 없었기에 그 방법은 공부를 도와줄 때 자세히 알려주기로 하고 우선 ○× 공부법의 기초가 되는 한 가지만 먼저 하라고 한 것이다.

"어~, 무슨 말인지 알겠어!"

정희는 언니가 말하는 게 무슨 뜻인지도 모른 채 언니가 하라니까 그냥 알겠다고 답했다.

"그리고 마지막으로 수학 문제집 세 권을 준비해 놔."

"세 권? 그걸 다 풀게? 시간도 많지 않은데 세 권씩이나?"

정희가 놀라면서 말했다.

"세 권을 다 풀 거는 아니야. 어쨌든 그건 나중에 알려줄 테니 일단은 그렇게 준비해 둬."

지희의 말에 정희는 이해가 안 된다는 듯이 고개를 갸웃거리면서도 알았다고 말했다.

"먼저 모르는 문제는 해설을 보면서 혼자 공부하고 해설을 봐도 모르는 부분이 있으면 그 부분만 언니에게 물어봐라. 다음은 개념을 익힐 때는 반드시 교과서로 익혀라. 문제를 풀 때 문제지에 아무 것도 표시하지 마라. 그리고 마지막으로 수학 문제집 세 권 준비해 둬라."

정희는 지희가 한 말을 다시 반복하면서 지희에게 물었다.

"맞지? 언니?"

지희는 그런 동생을 보면서 왠지 모를 희망의 빛을 느낄 수 있었다.

어느덧 여름방학이 다 지나갔다. 여태껏 이렇게 공부를 열심히 했던 적은 없었다. 엄마가 여전히 공부에 대해 아무런 말씀도 안 하시고 그냥 편안하게 대해 주셨기 때문에 닫혔던 마음의 문도 많이 열렸다.

지희 언니는 약속대로 1주일에 한 번씩 와서 공부를 도와줬는데 생각보다 많은 도움이 됐다.

우선 언니가 처음에 말했던 것처럼 잘 풀리지 않는 문제는 해설을 차분히 읽었다. 그러다 보니 의외로 많은 문제들을 이해할 수 있었다. 그리고 그 문제들을 계속 반복해서 풀었더니 이제는 혼자서도 풀 수 있게 되었다.

해설을 보아도 이해가 되지 않는 문제는 그 부분에 대해서만 언니가 도움을 줬고 그 부분이 이해되면 해설의 나머지 부분은 정희가 직접 보고 이해했다. 지희는 어차피 자기가 계속 정희의 공부를 도와줄 수 없기 때문에 어떻게든 정희가 스스로 공부할 수 있는 방법을 익혀야 한다면서 그런 방법을 사용했다.

처음에는 모르는 부분을 속 시원하게 다 알려주지 않는 언니가 서운했지만 몇 번 그렇게 하다 보니 스스로 이해해 나가는 과정에 재미를 붙일 수 있었다.

'개념을 익힐 때는 반드시 교과서로 개념을 익혀라' 는 언니의 말을 처음 들었을 때 '참고서나 문제집에도 개념 설명이 있는데 굳이 그럴 필요가 있을까?' 라는 의문이 들었지만 그래도 공부를 잘하는 언니의 말이기 때문에 그냥 그렇게 해 보기로 했다.

그런데 교과서로 개념을 공부하다 보니 참고서와 다른 점을 알 수 있었다. 교과서에는 그 개념이 나오게 된 배경부터 시작하여 과정 하나하나에 대해 자세하게 설명이 되어 있다. 그렇기 때문에 웬만한 부분은 정희 혼자서도 충분히 이해할 수 있었고 교과서에 나와 있는 예제들을 바로바로 풀다 보니 개념이 머리에 쏙쏙 들어오는 것이었다.

'아하! 언니가 이래서 개념을 교과서로 공부하라고 그랬구나!'

정희는 언니가 왜 그렇게 공부하라고 했는지 완전히 이해했다.

교과서로 개념을 공부한 후 참고서의 개념 설명과 비교해 봤더니 확실히 차이가 있음을 알 수 있었다. 참고서에도 개념에 대한 설명이 잘 나와 있지만 참고서에는 개념 설명이 핵심만 간추려져 있기 때문에 처음 접하는 경우 다소 어렵게 느껴질 때도 있었다.

교과서로 개념을 익힌 정희가 참고서의 개념 부분을 보니 간결하게 정리가 되어 있어서 복습하는 데는 좋았지만 만약 처음부터 참고서로 개념을 익혔더라면 교과서로 공부하는 것만큼 쉽게 이해되지는 않았을 거라는 생각이 들었다.

언니가 알려준 ○× 공부법의 설명을 들을 때는 기존에 풀던 방법과 반대로 하라고 해서 당황스러웠지만 설명을 모두 듣고 난 후에는 그 이유를 충분히 이해할 수 있었다. 그리고 무엇보다 언니가 중학생 때 그 방법을 배운 이후로 성적이 쭉쭉 향상됐다는 말에 신뢰가 가서 정희도 그렇게 공부했다.

마지막으로 세 권의 문제집 활용법은 이랬다.

정희는 안 풀리는 문제를 언니가 알려준 ○× 방법으로 표시했는데 언니는 다른 두 권의 문제집에서 정희가 풀지 못한 문제와 같은 유형의 문제를 찾아 풀게 했다. 그렇게 같은 유형의 문제를 계속 반복하다 보니 막혔던 부분을 확실히 알게 되었고 그런 과정을 반복하면서 그 유형을 완전히 이해할 수 있었다.

비록 짧은 시간이었지만 언니의 지도는 정희가 어려워하던 수학을 공부하는 데 많은 도움을 주었다.

공부와 씨름을 하고 있던 더운 여름 어느 날 서정이와 수현이로부터 연락이 와서 오랜만에 만나 같이 분식집에 갔다.

"아줌마~ , 여기 떡볶이 2인분과 순대 1인분 주세요!"

서정이가 큰 목소리로 주문했다.

"애, 너 죽었니 살았니? 아니, 어디 해외에 나갔다 왔어? 왜 이렇게 연락이 없어?"

주문한 음식이 나온 후 수현이가 예의 습관대로 정희의 어깨를 툭 치면서 물었다. 수현이가 어깨를 치는 바람에 먹으려고 집었던 떡볶이가 떨어지면서 떡볶이 국물이 정희의 옷에 묻을 뻔 했다.

"아이코, 수현아. 넌 여전하구나! 떡볶이 국물이 옷에 묻을 뻔 했잖아!"

정희의 말에 수현이는 미안해하며 말했다.

"미안, 미안! 하도 오랜만이라 너무 반가워서 나도 모르게 그만……."

두 사람의 대화를 듣고 있던 서정이가 정희에게 물었다.

"아니, 너 정말 공부하느라 그동안 꼼짝하지 않았던 거야?"

서정이의 물음에 정희는 떡볶이를 입에 넣고 씹으면서 고개를 끄덕거렸다.

"정말? 너 정말 마음잡고 공부 시작한 거니?"

수현이도 놀라면서 다시 물었다.

정희는 떡을 천천히 씹어 넘긴 후 말했다.

"나, 대학에 들어가려고……."

"진짜?"

서정와 수현이는 정희의 말에 놀랐다.

정희는 떡볶이 떡을 입에 하나 더 넣으면서 고개를 끄덕거렸다.

"얘, 왜 갑자기 대학에 가겠다는 생각이 든 거야? 엄마 때문에 일부러 공부도 안 한다고 그러지 않았어?"

수현이가 정희에게 묻자 정희는 수현이를 보고 웃으며 말했다.

"얘, 질문을 하나씩 해야지 두 가지를 동시에 하고 그러니?"

정희의 말에 수현이는 빨리 대답이나 하라며 재촉했다.

"쓸데없는 소리 하지 말고, 빨리 말이나 해 봐. 어떻게 된 건지?

정희는 수현이와 서정이를 번갈아 보더니 지난 과정을 설명하기 시작했다.

"지난번 우리가 얘기했던 거 기억나니? 서정이 너는 고등학교 졸업하고 아빠에게 장사하는 거 배워서 장사하겠다고 한 거랑 수현이 너는 2학년부터 미용 배우기 위해 직업학교에 다니겠다고 했던 거."

서정이가 눈을 껌뻑이면서 잠시 생각하더니 말했다.

"응, 그랬었지. 그게 아마 몇 달 전 아니야?

"맞아! 담임이 바뀌기 바로 전쯤이었으니까 2～3개월 전쯤일 거야!"

"그런데 그 이야기는 갑자기 왜?"

수현이가 포크로 순대를 하나 집어 입에 넣고 오물대면서 물었다.

"응, 그때 너희들은 앞으로 뭐 할지 정해 놓았는데 나는 곰곰이 생각해 보니까 할 줄 아는 게 아무것도 없더라고. 서정이 너처럼 집안에 장사하는 사람도 없고 수현이처럼 미용을 배워 보겠다는 생각을 해 본 적도 없고."

정희가 잠시 그때를 회상하면서 초점 없는 시선을 유리창 밖으로 멀리 향했다.

"그때 내가 할 수 있는 게 뭔가를 생각해 보니까 갑자기 대학에 가고 싶은 생각이 들더라구. 그런데 며칠 후 새로 바뀐 담임 선생님이 하셨던 이야기가 가슴에 확 와닿는 거야."

서정이는 담임이 했던 얘기가 무엇이었는지 곰곰이 생각해 보더니 알겠다는 듯이 말했다.

"아하! 그 1년 전 선배 이야기?"

"아~, 나도 기억나! 서울대학교에 가겠다고 아침 일찍 학교에 와서 공부했다는 그 선배 이야기?"

수현이도 맞장구치며 물었다.

"응, 그 이야기를 들으면서 지금부터라도 열심히 하면 어쩌면 나도 대학에 들어갈 수 있겠다는 생각이 들더라구. 서울대학교는 아니더래두……."

두 사람은 정희의 마음이 다소 이해된다는 듯 동시에 머리를 끄덕였다. 그러던 중 수현이가 다시 생각났다는 듯이 물었다.

"엄마는? 너, 엄마가 하두 다른 사람이랑 너를 비교해서 일부러 공부를 안 한다고 했잖아!"

수현이가 묻자 정희는 잠시 생각하더니 두 사람에게 물었다.

"너희 내 사촌 언니 알지? 연세대학교에 들어갔다는 언니."

"응, 우리가 그 언니 한 번 만나 보는 게 어떠냐고 그랬잖아. 그런데 그 언니 얘긴 왜?"

서정이가 이해가 되지 않는다는 듯이 수현이를 봤다가 다시 정희를 보며 물었다.

"응, 실은 그때 너희 말대로 언니를 만나서 사정을 다 이야기했어. 대학에 들어가고 싶다는 이야기와 엄마 얘기를. 근데 그 언니가 엄마를 만나서 뭐라고 이야기했는지 몰라도 엄마가 언니를 만나고 난 후에 나한테 '그동안 미안했다. 엄마는 네가 엄마 때문에 상처받은 줄 몰랐어' 라면서 우시더라구."

"엄마가?"

서정이가 떡볶이를 집다 말고 물었다.

"응, 그리고 그날 이후로 엄마는 공부에 대한 이야기를 일절 하지 않으셔. 그냥 친구들 이야기랑 일상적인 이야기만 하셔."

정희 말에 수현이는 궁금증을 감출 수 없어서 혼자 넋두리하듯이 말했다.

"언니가 뭐라고 말했기에 너네 엄마가 갑자기 바뀌셨을까?"

"글쎄, 그건 모르지만 어쨌든 요즘은 엄마가 공부 이야기나 다른 사람과의 비교를 전혀 하지 않으니까 엄마 대하기가 편해졌어. 그러니까 공부도 잘되는 것 같아."

정희는 여기까지 이야기하고 이번에는 순대를 하나 찍어서 입에 가져갔다. 이야기하면서 먹느라 언제 먹었는지도 모르게 순대와 떡볶이 접시가 비어지고 있었다.

"야, 그럼 우리 중에 대학생도 나오시겠네! 장사꾼, 미용사, 대학생. 아주 환상의 조합이구나. 호호호~."

서정이가 이렇게 말하면서 웃자 수현이가 서정이 팔 윗부분을 '탁' 치면서 말했다.

"얘~, 무슨 환상적인 조합이니? 전혀 궁합이 맞지 않는 조합이구만……."

수현이의 말에 셋은 모두 '까르르' 소리 내며 웃었다.

"그런데 너희들은 요즘 뭐하고 지내니?"

이번에는 정희가 두 친구들을 보며 물었다.

"난 아빠가 운영하는 가게에서 아르바이트 하고 있어. 어차피 학교 졸업하면 장사할 거니까 미리미리 해 보는 거야. 용돈도 벌 겸 해서."

서정이가 말하자 정희가 다시 물었다.

"공부 안 하고 그러는데도 부모님이 뭐라고 안 하시니?"

"이미 말했잖아. 나는 공부에 소질도 없고 취미도 없고 무엇보다 공부라는 걸 하기 싫어! 그리고 엄마, 아빠도 이미 중학교 때부터 그런 걸 아시기 때문에 전혀 뭐라고 안 하셔. 오히려 이젠 고등학생이니까 아르바이트 해도 된다고 하셔서 그렇게 하는 거야."

"응, 그렇구나! 수현이, 넌?"

자신을 향해 정희가 묻자 수현이는 떡을 씹다가 대답했다.

"잠깐만~ , 이 떡 먹고 말할게!"

수현이는 떡을 다 씹고 물을 한 모금 마신 후 정희를 보며 말했다.

"나 미용학원 다니고 있어. 어차피 2학년 되면 직업학교에 가겠지만 미리미리 배워두면 좋을 것 같아서."

"힘들지 않아?"

정희가 다시 묻자 수현이는

"글쎄, 힘이 들 때도 있지만 내가 좋아서 하는 거라 재미있어! 어차피 내가 갈 길인데 그 정도 힘든 거야 충분히 참을 수 있어."
라며 진지하게 답했다.

"얘들아, 너희들 그 열성으로 공부를 하면 잘하겠다."

정희의 말에 수현이와 서정이는 기겁하며 손사래를 쳤다.

"뭐? 공부? 얘, 얘, 끔찍한 소리 하지도 마! 너도 알다시피 우린 공부라면 질색이야, 질색!"

정희는 두 사람의 반응을 재미있게 보면서 생각했다.

'그래, 공부하기로 결정한 거 잘했어! 얘들처럼 확실히 정한 것도 없고 그렇다고 내가 특별히 좋아하거나 잘하는 것도 없는데. 그리고 그냥 있다가는 아무것도 할 수 없을지도 모르니까. 일단 공부를 하면서 나도 하고 싶은 걸 결정해야겠어!'

그런 생각을 하면서 정희는 대학에 다니는 자신의 모습을 상상했다.

'얼른 먹고 가서 공부해야지…….'

상전벽해 (5)

"여보~, 이리 좀 와서 이것 좀 보세요."

미정은 다소 호들갑스럽게 안방에서 TV를 보는 남편을 불렀다.

"왜 그래? 무슨 난리가 난 사람처럼."

영철 아버지는 좋아하는 축구 시합을 계속 보면서 건성으로 대꾸했다.

"아이, 이이는 이리 좀 와 보라는데도……."

이렇게 말을 하면서도 미정은 기다릴 수가 없어서 자기가 안방으로 가서 TV를 꺼버렸다.

"아니, TV는 왜 끄고 그래? 재미있게 보는데……."

한창 재미있게 축구 시합을 보던 영철 아버지는 아내가 TV를 끄자 기분 나쁘다는 표정으로 바라봤다.

"지금 축구가 중요한 게 아니에요. 축구는 조금 있다가 봐요."

미정은 그렇게 말하면서 영철이의 성적표를 남편의 얼굴에다 들이밀었다. 영철 아버지는 머리를 약간 뒤로 빼면서 손으로 성적표를 받아서 살펴보기 시작했다.

"아니, 이게 뭐야? 영철이 성적이 이렇게 잘 나왔어?"

이렇게 말하면서 아내를 보다가 옆에 있는 영철이를 바라보았다. 영철이는 아버지가 놀라는 표정으로 자기를 바라보자 자랑스러운 마음이 들었지만 쑥스럽기도 해서 오른손으로 자기 뒤통수를 긁었다.

'불과 1년 만에 이렇게 성적이 오를 수 있다니……'

영철 아버지는 눈으로 보면서도 믿을 수 없었다.

지난 겨울방학 때 영철이 공부에 대해 상담을 해 준 지호가 돌아간 후 미정은 남편과 거실 TV 문제를 상의했다. 영철 아버지는 다소 머뭇거리다가 그래도 아들 공부를 위해서라는 이유로 TV를 옮겼으면 하는 아내의 표정을 보고 하릴없이 TV를 옮기게 되었다. 그리고 공부를 할 때 옆에 같이 있어 주는 것은 아무래도 영철이가 부담스러워할 것 같아서 이야기하지 않았는데 오히려 영철이가 먼저 말을 꺼냈다.

"엄마, 삼촌이 얘기했던 거 있잖아요, 공부할 때 엄마가 옆에 있어 주는 거……."

"알아, 알아. 아무래도 그건 네가 부담스러워할 것 같아서 안 하려고. 그러니까 걱정하지 마."

미정은 당연히 안다는 듯이 영철이에게 손사래를 치며 말했다.

"아니, 그게 아니고. 제가 생각해 봤는데요, 엄마만 귀찮지 않다면 그것도 해 볼 만할 것 같아요."

전혀 예상치 못한 영철의 말에 미정은 깜짝 놀랐다.

"뭐라고? 그게 괜찮다고?"

엄마의 놀라는 표정을 본 영철이는 잠깐 생각한 후 다시 말했다.

"그렇다고 제가 공부할 때 계속 계셔 달라는 건 아니에요. 다만 제가 그동안 하지 않던 공부를 하다 보니 아직 공부하는 게 익숙하지 않아서요. 공부하다 집중력이 떨어지거나 잠이 올 때 그럴 때만 옆에 계셔 주면 어떨까 해서요."

영철이는 그 말을 하면서 엄마의 얼굴을 살폈다.

"그래서 그러는 건데 한동안만, 그러니까 제가 공부에 익숙해질 때까지만 엄마가 옆에 계시는 것도 괜찮을 것 같아요. 그리고 그럴 때 엄마가 옆에 계시면 제가 모르는 걸 물어볼 수도 있구요."

"네 말은 알겠는데 네가 집중력이 떨어지거나 잠이 오는 시간을 내가 어떻게 알아?"

생각지도 않은 영철이의 말을 듣자 미정은 다소 놀라면서 영철이에게 물었다.

"그럴 때 제가 엄마에게 말씀드릴게요."

이렇게 말하는 아들을 보면서 미정은 생각했다.

'얘가 정말로 마음을 단단히 먹었나 보네……'

이렇게 공부를 시작하게 된 영철이는 가장 취약한 수학 공부에 시간을 많이 투자했다. 삼촌 말대로 중학교 1·2학년 수학을 개념 위주로 공부하면서 교과서의 기초문제만 풀고 어렵다고 생각되는 부분은 그냥 넘기는 식으로 공부했다. 이런 식으로 공부하다 보니 1학년 수학은 2월에, 2학년 수학은 3월 달 안에 어느 정도 마칠 수 있었다. 그리고 수학을 공부할 때는 엄마에게 옆에 있어 달라고 부탁했고 이해가 되지 않는 부분은 엄마에게 물어 그때그때 해결했다.

그렇게 2학년 수학을 마친 후 1학기 중간고사 기간까지는 3학년 수학 진도를 어느 정도 따라갈 수 있었다. 1학기 중간고사 결과 수학에서 70점대가 나오자 영철이는 이 점수를 보면서 놀랐다.

'와~, 내가 수학 시험을 이렇게 잘 보다니! 중학교 1·2학년 때는 수학 시험을 아예 포기했는데……'

남들이 보면 못한다면서 걱정할 점수였지만 영철이에게는 전혀 그렇지 않았다. 불과 몇 개월 전만 해도 초등학교 수학문제도 다 풀지 못했는데 중학교 3학년 수학을 70점이나 맞을 수 있게 되었다는 사실에 엄청 놀랐다.

그런 결과에 한껏 고무되자 수학 공부에 점점 재미가 느껴져 수학에 투자하는 시간을 더욱 늘려갔다.

영어 공부는 삼촌이 알려준 대로 원서로 된 동화책을 꾸준히 읽었다. 동화책을 읽으면서 모르는 단어는 따로 정리했지만 어린이용 동화책이라 그런지 모르는 단어가 계속 반복해서 나와 책을 읽다 보면 그 단어의 의미를 저절로 이해할 수 있을 때가 많았다. 어차피 영철이는 책 읽기에 익숙하기 때문에 동화책을 읽는 게 싫증나지는 않았다.

영철이가 학교에서 영어 동화책을 보면 친구들이 신기한 것을 구경한다는 듯 반응하기도 했지만 별로 신경 쓰지 않았다. 그리고 동화책을 항상 가지고 다니면서 어디서나 시간이 날 때마다 읽었다. 그동안 친구들에 비해 영어 공부에 투자한 시간이 적었기 때문에 그 시간을 보충하기 위해서는 틈틈이라도 영어에 시간을 투자해야 한다고 생각했다. 자기가 천재나 수재가 아닌 이상 친구들과 같은 시간을 투자하기 전까지는 영어를 따라갈 수 없다고 생각했기 때문이다.

그렇게 영어 동화책을 읽으면서 책의 단계를 한 단계씩 높여가다 보니 영어 자체에 많이 익숙해졌다. 문법적인 면에서는 아는 것이 별로 없지만 어쨌든 책을 읽으면서 문장의 의미를 이해할 수 있었기 때문에 계속 그렇게 했다. 전혀 해석이 되지 않는 부분이 나오면 영어를 잘하는 친구에게 도움을 청했고 그때마다 친구가 알려주는 영문법을 하나씩 익혀갔다. 그렇게 하다 보니 자기도 모르는 사이에 영어 실력이 점점 붙어 1학기가 지나면서는 3학년 교과서도 어느 정도 이해할 수 있을 정도까지 실력이 올라왔다. 그럼에도 영철이는 영어 동화책이나 소설책을 계속 읽었고 앞으로도 쭉 그렇게 하기로 했다.

국어는 책을 많이 읽었기 때문에 축구를 했을 때에도 큰 어려움은 느끼지 않았던 과목이었다. 수학과 영어를 제외한 다른 과목들은 수업 시간을 집중 활용했다.

단계별로 학습이 이루어져야 하는 수학이나 영어와 달리 다른 과목들은 3학년에 배우는 내용이 1 · 2 학년 내용과 큰 연관성이 없었으며, 이는 다른 애들도 같은 조건이었다. 그렇기 때문에 다른 과목의 성적은 지금 자기가 얼마나 열심히 하느냐에 달려 있다고 생각해서 수업 시간에 최대한 집중했다. 집에서는 주로 수학과 영어에 시간을 투자하기 때문이었다. 다만 과학이 생각보다 어려워서 과학을 공부하는 데에도 시간을 제법 많이 투자해야 했다. 과학에서 모르는 내용이 나오면 수업이 끝난 후 바로 선생님께 질문해 확인했고 그것만 가지고 부족하다는 생각이 들 때면 반드시 집에서 보충했다.

이런 식으로 공부하다 보니 처음에는 어렵게 느껴졌던 공부가 점점 익숙해졌다. 공부가 잘되지 않을 때는 엄마에게 부탁해 옆에 있어 달라고 했지만 1학기 중간고사 이후에는 그냥 혼자서 공부해도 괜찮을 만큼 공부에 익숙해졌다.

이렇게 공부한 결과 1학기 기말고사 성적에서는 A등급이 나온 과목이 국어를 포함해 여러 개 있었고 수학과 영어, 과학은 B등급이 나와서 공부에 대한 자신감이 점점 붙게 되었다.

수학은 겨우 턱걸이해서 B등급이 되기는 했지만 어쨌든 영철이에게는 대단한 진전이었다. 중간고사에서 수학이 70점대가 나왔을 때도 매우 만족했지만 기말고사에서는 성적이 더 잘 나와 1학기 전체적으로 턱걸이기는 해도 80점대에 들어섰기 때문이다.

1학기 성적표를 받아 본 미정은 놀라지 않을 수 없었다. 어떻게 한 학기 만에 이런 결과가 나올 수 있는지 자기도 눈으로 보면서 믿을 수 없었던 것이다.

"영철아, 영철아, 이게 지금 사실이니? 네 성적이 사실이냔 말이야…….”

너무 좋아서 눈에 눈물이 고이는 것도 모를 만큼 미정은 좋아했다.

“정말 잘했어! 엄마는 네가 축구를 포기하고 공부한다고 했을 때 많이 걱정했었는데……. 이 소식을 아빠와 삼촌에게도 얼른 알려드려야겠다.”

80점 맞은 성적을 보면서도 저렇게 좋아하시는 엄마를 보고 영철이는 가슴이 뭉클해졌다.

‘엄마가 정말로 염려를 많이 하셨구나!’

“영철아, 엄마는 더 바라지도 않을 테니까 이 성적만이라도 그대로 유지해 주었으면 정말 좋겠어!”

그런 엄마의 모습을 보면서 영철이는 그동안 노력했던 것이 보람 있었다고 생각했다.

정훈이는 영철이가 축구를 그만두고 공부를 한다고 했을 때 걱정이 되기는 했지만 영철이가 공부에 집중하는 것을 보고 다행이라는 생각이 들었다. 축구를 같이할 때도 항상 느꼈지만 마음먹은 것은 어떻게든 해 보려고 노력했던 영철이었기 때문에 마음 한구석에는 혹시나 하는 기대감이 들기도 했다.

‘영철이 재가 축구를 그만두고 공부하기로 한 것이 잘한 일일지도 몰라.’

여름방학 기간 전지훈련을 가기 전 선수들에게 휴식을 주려고 훈련을 실시하지 않던 날 정훈이는 오랜만에 영철이를 만났다.

"영철아, 공부할 만해? 내가 듣기로 너 아주 열심히 한다던데……."

정훈이의 물음에 영철이는 정훈이를 보면서 씩 웃었다.

"웃기는 왜 웃어? 묻는 말에는 대답하지 않고……."

정훈이의 말에 영철이는 되물었다.

"누가 그래?"

"누가 그러긴, 친구들이 다 그러던데, 네가 완전히 달라졌다고."

그 말에 영철이가 또 웃자 정훈이는 같은 말을 반복했다.

"어떠냐니까? 할 만하냐니까?"

정훈이가 재차 묻자 영철이는 그제야 말했다.

"지금은 좀 할 만해."

"지금은?"

"응, 처음에는 익숙하지 않아서 많이 힘들었거든!"

그러면서 영철이는 그동안 있었던 일을 정훈이에게 쭉 설명했다. 정훈이는 제법 오랜 시간 영철이의 이야기를 듣고 나서는 영철이를 보면서 감탄했다.

"영철아, 너 정말 대단하다. 난 네가 내 친구라는 게 자랑스러워!"

정훈이의 진심어린 칭찬에 영철이는 쑥스러워졌다.

"야, 뭘 그래? 아직도 갈 길이 먼데! 그나저나 너 고등학교는 결정했니?"

아직 3학년 1학기도 끝나지 않은 상황이지만 워낙 축구를 잘하는 정훈이에게는 벌써부터 여러 고등학교에서 연락이 왔다.

"글쎄, 아직도 고민이야. 지금 두 학교를 놓고 고민 중인데 아직 결정하지 못했어! 그래서 아버지가 일단 이번 여름방학 때까지 좀 더 시간을 갖고 천천히 생각하자고 하셔서 그렇게 하려고 해."

정훈이의 대답을 듣고 영철이는 한순간 정훈이가 부러웠다. 자기는 어쩔 수 없이 그렇게 좋아하는 축구를 그만두었지만 정훈이는 여전히 잘 나가고 있기 때문이다. 영철이는 정훈이가 분명 축구로 성공할 수 있을 거라고 생각했다.

잠시 그런 생각을 하던 영철이는 고개를 저었다.

'지금 무슨 생각을 하는 거야? 어차피 그만둔 거 이제 생각해 봐도 소용없잖아. 어차피 난 공부로 방향을 잡았으니까 정훈이에게 당당할 수 있을 만큼 잘하면 돼!'

이렇게 생각하면서 영철이는 마음을 다시 다잡았다.

여름방학 동안 수학과 영어 공부를 꾸준히 했고 어느 정도 자신이 생기자 공부에 한껏 재미가 붙었다. 물론 공부하는 중간중간 힘들게 느껴지는 시기도 있었지만 그럴 때마다 지호 삼촌을 찾아가 상담하면서 다시 동기부여 받았고, 공부가 안 될 때는 친구들이랑 축구를 하거나 게임을 하면서 분위기를 바꾸었다.

영철이는 2학기가 되면서 새로운 목표를 세웠다. 2학기 말 시험

전 과목에서 A를 받아보자는 것이었다. 지금 자기 상황에서는 그 목표가 무리일 수도 있겠지만 그래도 목표를 잡고 어떻게든 해 보고자 한다면 더 열심히 하게 될 것이다. 1학기에도 A를 받은 과목이 몇 과목 있었고 그렇게 어렵다고 생각했던 수학과 영어, 과학도 B등급을 받았기 때문에 조금만 더 노력하면 A를 받을 수 있을 거라고 생각했다.

사실 공부로 방향을 전환한 2학년 2학기부터 지금까지 영철이는 성적에 대한 목표를 갖고 있지 않았다. 수학은 그냥 뒤쳐진 3학년 수업을 따라잡기 위해 정신없이 공부했을 뿐이고 영어도 성적에 신경 쓰기보다는 영어 동화책과 소설을 계속해서 읽는 것뿐이었다. 그런데 이제는 성적에 대해서도 도전해 보고 싶었다.

그렇게 하기 위해서는 지금까지 해 왔던 공부 방법을 꾸준히 유지하는 것이 중요했다. 처음에는 다른 친구들처럼 학원을 다니지 않는 것에 대해 불안한 마음이 생겼지만 삼촌이 했던 말을 믿고 혼자 공부했던 것이 오히려 영철이에게 도움이 되었던 것이다.

"영철아, 공부는 어차피 스스로 하는 거야. 학교나 학원에서 선생님들이 가르쳐 주시는 것도 자기가 직접 다시 하지 않으면 그건 네 것이 될 수 없어! 그래서 하는 말인데 영철이가 학원을 다니는 것이 도움이 될 수 있지만 그래도 공부에서 무엇보다 중요한 것은 네 스스로 공부하는 시간을 많이 가져야 하는 거야. 그런데 학원을 다니게 되면 그만큼 스스로 공부하는 시간이 줄어들기 때문에 그런 손해를 감수해야 돼. 다만 공부를 스스로 하기 위해서는 공부하겠다는 의지가 확고해야 돼. 의지가 확고하지 못하다면 차라리 학원을 다니면서 다른 사람의 도움을 받는 것이 더 나을 거야."

그러면서 삼촌은 이렇게 마무리했다.

"그러니까 중요한 것은 결국 공부를 해야겠다는 네 의지가 얼마나 강한가 하는 것이야."

삼촌의 이 말을 듣고 고민하던 영철이는 혼자서 공부하기로 결정했다. 어쨌든 지금은 공부해야겠다는 자기의 의지가 확고했기 때문이다. 따라서 그런 생각이 있는 동안은 혼자서 공부해 보자고 했는데 지금까지는 결과가 좋게 나왔다. 따라서 학년 말에 더 좋은 결과를 얻기 위해서는 공부해야겠다는 자신의 의지를 늦추지 않는 것이 중요했다.

그렇게 2학기를 보내고 성적표를 받는 날이었다. 담임 선생님은 종례 시간에 친구들에게 영철이 이야기를 하셨다.

"애들아, 성적표를 나누어 주기 전에 너희들에게 할 이야기가 있다. 영철이가 음악과 미술 두 과목만 빼놓고 모든 과목에서 A등급을 받았다."

선생님의 말씀에 친구들이 놀라워하면서 환호성과 함께 영철이에게 박수를 보냈다.

"영철아. 축하해! 너 정말 대단해!"

"아니 축구를 그만둔 지 1년 만에 어떻게 이렇게 할 수가 있니? 너 혹시 족집게 과외라도 받은 거 아니야?"

"너 타임머신 타고 미래로 갔다가 다시 와서 시험 본 거 아니야?"

친구들은 놀라면서 이런저런 이야기를 했지만 한편으로 그동안 영철이가 정말 열심히 노력하는 모습을 보았기 때문에 진심으로 감탄했다.

학생들이 너무 소란해지자 선생님께서 주의를 집중시켰다.

"애들아, 너무 소란하니까 좀 조용히들 하자. 다른 반에서 뭐라고 하겠다."

선생님의 말씀에 학생들의 웅성거리는 소리가 줄어들더니 잠시 후 다시 조용해졌다. 학생들이 조용해지자 담임 선생님이 다시 말하기 시작했다.

"선생님이 몇 년 전 신문에서 영철이와 비슷한 예를 본 적이 있었다. 그 학생도 영철이처럼 축구를 하다 그만두고 공부했는데 1년 만에 전교 10위권 안에 들었다는 얘기다. 그 당시 선생님은 '정말로 그게 가능할까?' 라고 생각했지만 이번에 영철이를 보면서 정말 가능하다는 것을 알게 되었다."

그러면서 선생님은 학생들을 둘러보았다.

"사실 그 이후로 운동을 하다 그만 둔 학생들을 여럿 보아왔는데 그 학생들 중에서 공부에 집중해서 좋은 성적을 낸 학생을 한 명도 볼 수 없었다. 그래서 선생님은 운동을 하다 그만두고 공부하겠다는 학생들을 볼 때마다 그동안의 습관 때문에 다시 공부하기 어려울 것이라 생각했다. 그리고 운동을 그만두었는데 공부까지 못한다면 재네들이 어떻게 될지 염려를 많이 했다. 그런데 영철이가 선생님의 이런 편견을 깨주었다. 신문기사에 나왔던 일이 정말 가능하다는 것을 보여줘서 정말 고맙다! 앞으로 혹시 운동을 그만두고 공부하겠다는 학생이 있을 때 선생님은 꼭 영철이 네 이야기를 해 줄 거다."

선생님은 영철이에게 박수를 보냈다. 이를 본 친구들도 모두 영철이에게 진심으로 축하의 박수를 보냈다.

대학수학능력시험

'생각보다 공부에 집중하지 못한 날이 많았구나!'

승현이는 100일 점검표를 보면서 다소 씁쓸했다. 자기는 최선을 다했다고 생각했지만 수능 전날 100일간의 점검표를 확인해 보니 생각보다 ○표가 적었던 것이다.

수능 100일 전부터 시작해서 하루의 공부에 만족했던 날은 절반이 조금 넘을 뿐이었고 △표시는 30여 개 정도였다. 그리고 공부에 대한 만족도가 50% 미만일 때 표시하기로 했던 ×표시가 10개나 되었는데 특히 수능 일주일 전부터는 모두 ×표시가 되어 있었다. 수능 시험일이 1주일 앞으로 다가오면서부터는 긴장감이 커져서인지 오히려 공부에 대한 집중도가 떨어졌다. 점검표의 결과를 보지 않더라도 수능 일주일 전부터는 거의 공부하지 못했다는 것은 자각하고 있었다.

'최선을 다한다고 했는데도 이렇다니…….'

이미 지나간 일이기 때문에 아쉬워해도 소용없다는 것을 알기에 더 이상 생각하지 않기로 했다. 그래도 100일 점검표를 작성한 것이 그 기간 동안 마음을 다잡는 데 큰 도움이 되었기 때문에 그것에 만족하기로 했다. 이제 내일이면 지난 8개월 반 동안 쏟아왔던 노력이 평가받게 된다.

수험생 입실 시간 30분 전에 시험장에 도착한 승현이는 자기 자리에 앉았다. 교실 안은 이른 아침부터 난방기를 가동해서인지 다소 더운 느낌이었다. 금년에도 작년과 마찬가지로 수능 한파는 없었다. 불과 몇 년 전까지만 해도 수능일만 되면 한파가 왔었다. 수능은 보통 11월 중순에 실시되기 때문에 한파라고 불릴 만한 추위가 올 만한 시기는 아니다. 하지만 희한하게도 수능일 당일에 추운 경우가 많아서 '수능 한파' 또는 '입시 한파' 라는 이름이 생길 정도였는데 최근 2 ~ 3년 동안은 '수능 한파' 가 나타나지 않았다. 아무래도 지구 온난화의 영향을 받은 게 아니냐는 이야기도 있었지만 날씨는 한갓 뉴스거리에 불과할 뿐이다. 어차피 기온과 관계없이 수능 시험장 내부는 난방기를 틀기 때문에 추울 이유가 없다.

승현이는 그동안 공부하면서 정리했던 수첩을 꺼내서 살펴보기 시작했다. 이미 여러 번 살펴보았기에 특별히 기억이 나지 않는 내용은 없었다. 하지만 아무것도 하지 않고 가만히 있으면 오히려 긴장될 것 같아 평상시 하던 습관을 반복한다는 마음으로 요약 수첩을 넘겼다. 머리에 새로 들어오는 것은 없었지만 그냥 그 동작을 반복했다.

1 · 2교시 시험을 치른 후 점심을 먹으면서 시험에 대해 생각했다.

국어와 수학은 어느 정도 만족할 만큼 보았다. 국어는 아침마다 매일 2시간씩 공부한 것이 효과를 본 것 같고 수학은 원래부터 어느 정도 자신이 있었기 때문에 점수도 괜찮게 나올 것이라 생각했다. 하지만 4교시에 칠 영어가 문제였다. 8개월 동안 집중해서 공부하기는 했지만 아무래도 2학년 1년 동안의 공백이 가장 크게 영향을 준 과목은 영어였다. 영어야말로 시간을 투자하면서 꾸준히 공부해야 하는 과목인데 1년간의 공백이 컸던 것이다. 영어도 8개월 동안 기를 쓰고 달려들면 만족할 만한 점수를 얻을 수 있을 거라 생각했지만 그 짧은 기간 동안 영어에만 많은 시간을 투자할 수 없었기 때문에 상대적으로 공부량이 적었다.

'아, 큰일이네, 시간 내에 문제를 다 풀지 못하겠네!'

35번까지 문제를 푼 후 남은 문제를 보니 10문제나 되었는데 시간은 10분이 채 남지 않은 상태였다. 영어문제를 풀던 승현이는 마음이 조급해졌다. 영어는 모의평가를 볼 때도 항상 시간이 부족했는데 수능에서도 마찬가지였다. 어쨌든 남은 시간 동안 최대한 빨리 푸는 수밖에 없었다.

"띠, 띠, 띠~ ~ ~."

시험 종료령이 울리는데 풀지 못한 문제가 4문제나 되었다. 그렇다고 답안지를 빈 칸으로 제출할 수는 없기 때문에 운에 맡기고 4문제 답을 모두 같은 번호로 적기로 했다. 그러면 한 문제라도 맞을 가능성이 있기 때문이다. 종료령이 울림과 동시에 풀지 못한 42번부터 45번까지의 문제 답을 답안지에 적는데 ②번과 ③번 중 어느 번호를 찍을까 고민하다 42번부터 44번까지는 ②번을 답으로 적었지만 혹시나 하면서 마지막 문제는 ③번을 적었다.

답안지를 제출한 후에는 4문제 중 한 문제만이라도 맞기를 기도했지만 어차피 답은 수능이 완전히 끝난 후에야 알 수 있기에 찍은 게 맞았는지 바로 확인할 방법은 없었다.

모의평가를 볼 때는 시험에서 모르는 문제는 찍지 않고 아예 빈칸으로 제출했던 승현이다. 모의평가는 자신의 현재 수준을 알아보기 위한 것이기에 모르는 문제를 찍은 게 맞아서 점수가 잘 나온들 의미가 없었기 때문이다. 하지만 수능에서는 점수가 1점이라도 높게 나오는 것이 중요하기 때문에 모르는 문제는 찍어서라도 답을 적어 제출해야 했다. 모의평가를 볼 때마다 영어에서 시간이 부족했기 때문에 수능에서도 시간이 부족할 거라고 생각해 수능 전날 문제를 찍을 때 어떻게 찍을까에 대해 승현이 나름대로 생각을 해 둔 것이 있었다.

시간이 부족하거나 모르는 내용이라 문제를 찍을 수밖에 없을 때 어떤 번호를 선택할 것인지에 대해 친구들과 재미삼아 이야기한 적이 있었다.

민주는

"아무래도 ②번이나 ③, ④번 중에 정답이 많이 있지 않을까? 우리

삼촌이 선생님인데 그러시더라구. 사실 선생님들이 선택지를 배치할 때 정답을 ①번에 배치하는 걸 다소 주저하는 경향이 있대. 도둑이 제 발 저린다고나 할까? 문제를 출제하고 답을 ①번에 배치하면 왠지 학생들이 바로 알아차릴 것 같다는 본능적인 주저감이 든다는 거야. 그리고 제일 마지막 번호에 배치하는 것도 왠지 꺼려진대. 그래서 난 ②번이나 ③ 아니면 ④번을 번갈아가며 찍을 거야."

그러자 병룡이는 그 논리를 반박했다.

"그런데 그렇게 본능적인 느낌으로 정답을 배치하면 문제의 정답이 ①번에 있을 수 없는데 수능 기출문제 답을 보면 ①번이 답인 경우도 많잖아."

병룡이가 이렇게 말하자 민주는 이미 결정했다며 말했다.

"어차피 운에 맡기는 건데 뭘~. 난 이미 결정했어. ②번이나 ③번, ④번 중에 기분 내키는 대로 찍을 거야! 그럼 병룡이 넌 어떻게 찍을 건데?"

민주가 병룡이에게 묻자 병룡이는 잠시 주저하다가 말했다.

"난 선택지 번호마다 정답 개수가 비슷할 거라는 생각이 들어! 그래서 내가 푼 문제의 선택지별 번호 개수를 통계 낸 다음 개수가 적은 번호를 찍으려구."

그러자 민주는 병룡이 생각도 괜찮은 생각이라며 동의했다.

"그것도 좋은 방법인 것 같다. 다만 내가 푼 문제의 답이 맞았는지 틀렸는지를 확실히 알 수 없잖아! 병룡이 넌 공부를 잘하니까 그렇게 해도 되겠지만.”

민주의 말을 듣기 전에 승현이도 이미 비슷한 생각을 했다.

‘역시 공부를 잘하는 병룡이답다. 자기가 푼 것을 맞은 것으로 생각하고 통계를 내겠다는 거잖아…….’

이런 생각을 하고 있는데 광식이가 소리를 높였다.

“이놈아, 시간이 없어서 문제를 풀지 못하는데 이미 푼 문제들의 답을 세어 볼 시간이 어디 있어? 어차피 찍는 건데 난 그냥 한 번호만 선택해서 찍을 거야. 어느 번호를 선택하느냐는 것은 그냥 그날 땡기는 번호로 할 거구…….”

광식이 말에 친구들이 웃으면서 말했다.

“그거 제일 확실하다. 한 번호만 찍다 보면 그중 한 문제라도 맞을 가능성이 있을 거 아냐!”

친구들이 자기 말에 동의하자 광식이는 거 보라는 듯이 어깨에 힘을 주며 말했다.

“짜식들, 내 말이 맞으니까 내 말대로 하라구.”

이런 얘기들을 듣고 승현이는 자기라면 ‘어떤 방법을 선택할까?’라는 생각을 했지만 그때는 결정을 하지 못하고 그냥 넘어갔다. 그렇지만 막상 수능 전날이 되자 자기도 마음을 정해야겠다고 생각했다. 시간이 없어서 문제를 풀지 못하면 종료령이 울리자마자 번호를 결정해야 하는데 그때 결정하기에는 시간이 없을 것 같아서였다. 그래서 이런저런 생각을 하다가 ②번이나 ③번 중에 한 번호만 선택해서 찍기로 결정했다.

수능 영어 시간에 마지막 4문제를 찍을 때 앞에 풀었던 문제를 생각해 보니 느낌상 ②번이 상대적으로 적은 것 같아서 ②번을 찍었다. 그러던 중 혹시나 하는 마음에 마지막 문제는 ③번으로 바꾸어서 적은 것이다.

그런데 수능이 다 끝난 후 집에서 답을 맞춰 본 순간 승현이는 허탈했다. 결과가 대실패였기 때문이다. 42번부터 44번까지는 ②번을 찍었고 마지막 45번은 ③번을 찍었는데, 4문제 모두 틀린 것이다. 42번부터 44번에서는 ③번 답이 2개 있었고 마지막 45번 문제의 답은 ②번이었다. 만약에 승현이가 모두 ②번을 찍었다면 25번 문제를 맞힐 수 있었는데 갑자기 마음이 변해 ③번으로 바꾸는 바람에 한 문제도 맞히지 못했던 것이다. 그리고 반대로 42～44번의 답을 ③번으로 하고 45번 답을 ②번으로 했다면 3문제나 맞힐 수 있었다고 생각하니 더 허탈했다. 각 문제의 배점을 계산해 보았더니 맞힐 뻔 했던 3문제는 7점에 해당했다. 어차피 4문제는 시간이 없어서 풀지 못했기 때문에 다 틀린 걸로 생각하려 했지만 사람 마음이 어디 그런가?

'휴우～. 어차피 문제를 찍는다는 것은 운에 맡기는 것이니까 어느 번호를 찍는다는 것이 큰 의미는 없지만 그래도 한 문제라도 맞기를 바랐는데…….'

재현이는 수능이 끝나자 맥이 빠지면서 화가 났다. 그룹 지도를 받으면서 모의평가 결과도 계속 잘 나와 내심 모든 과목에서 1등급을 받을 수 있을 것으로 기대했는데 아무래도 국어에서 1등급을 받지 못할 수도 있다는 생각이 들어서였다. 그룹 지도를 받기 전에는 국어는 항상 2등급을 받았지만 그룹 지도를 받으면서는 모의평가를 볼 때 1등급이 몇 번 나왔었다. 그리고 3학년에 올라와서는 1번을 제외하고 나머지 모의평가에서 모두 1등급이 나와 큰 걱정을 하지 않았는데 수능에서는 여러 문제를 틀린 것이다. 국어문제가 너무 어려운 것 같다는 생각이 들었다. 그날 밤에 과외를 같이 했던 주혁이, 병룡이, 주영이와 만났을 때 모두 국어문제가 어렵다면서 모의평가보다 점수가 낮게 나올 것 같다고 말하기에 전체적으로 학생들 점수가 떨어질 것으로 예상했지만 재현이는 왠지 마음이 찜찜했다. 국어가 어렵게 출제되었더라도 다른 친구들이 떨어졌다고 말하는 점수보다 자기 점수 하락폭이 더 커서 왠지 불안했기 때문이다. 오히려 취약 과목이었던 수학은 그룹 과외 이후 확실히 실력이 향상되었고 친구들과 비교해 본 결과 1등급을 맞을 것 같다는 느낌이 들었는데 수학보다 항상 점수가 잘 나왔던 국어에서는 왠지 자신이 없어졌다. 게다가 재현이는 문과 계열을 지원할 계획이라 국어를 잘 보는 것이 더 중요하기 때문에 걱정이 더 컸다.

"재현아, 수고했어!"

미현은 수능을 끝낸 아들을 보자 안아주며 말했다. 그룹 과외를 한 후 성적이 향상된 아들이기에 수능도 잘 치렀을 것이라는 기대가 작용했고 아들이 대견하다는 생각도 들었다.

"수고했다!"

윤호도 재현이의 어깨를 툭툭 치면서 아들의 수고를 격려했다.

"우리 어디 좋은 데 가서 외식이라도 하자!"

아버지의 말에 재현이도 그러자는 의미로 고개를 끄덕거렸다. 국어 과목 때문에 마음이 편치 않지만 결과가 나오기 전까지는 굳이 내색할 필요가 없었다. 그런데 부모님의 반응이 다소 이상했다. '시험을 잘 봤니?', '어떨 거 같아? 기대했던 것만큼 나올 것 같아?' 라는 등의 말씀이 있을 법도 한데 두 분 모두 시험에 대해서는 물어보시지 않으셨기 때문이다.

"형, 재현이가 드디어 모래 시험이네?"

수능일이 이틀 앞으로 다가오자 윤호는 긴장이 되어 겸사겸사 해서 영우를 만났다. 둘이 만날 때마다 가는 단골집에 가서 술을 시킨 후 영우가 윤호의 잔을 채우며 물은 것이다.

"글쎄 말이다. 벌써 모레다!"

"재현이는 어떤 거 같아?"

"글쎄, 겉으로 표현하지 않아서 잘 모르겠지만 제 놈도 긴장하고 있겠지!"

윤호는 별로 신경 쓰지 않는다는 듯 무심하게 대답했다.

"형, 무슨 남의 일인 것처럼 말하네! 형은 걱정이 안 돼?"

"걱정은 무슨 걱정. 제 놈이 한 만큼 나오지 않겠어?"

이 말을 하면서 윤호는 술 한 잔을 한 모금에 마셨다.

재현이 성적 향상을 위해서 고액 과외까지 시킨 형인데 겉으로 태연한 척하는 모습을 보면서 영우는 웃었다.

"형, 내 앞에서까지 태연한 척할 필요 없잖아!"

영우의 말에 빈 술잔에 다시 술을 가득 채우던 윤호는 영우를 물끄러미 쳐다보다 안 되겠다는 듯이 사실을 토해냈다.

"네 말이 맞아! 사실은 나도 긴장 돼. 그런데 아버지 체면에 티 낼 수도 없고 해서 아닌 척했는데, 네 말마따나 영우 네 앞에서까지 굳이 그럴 필요는 없겠다."

윤호는 이 말을 하더니 술잔을 다시 비웠다.

"천천히 마셔. 그러다 탈 날라……."

이렇게 말하면서 영우도 술잔을 비웠다.

"어떻게 걱정이 안 돼. 아버진데……."

이렇게 이런저런 이야기를 하면서 술을 마시던 중 영우가 윤호에게 슬쩍 말을 던졌다.

"그런데 형, 수능이 끝나고 나서 재현이를 만나면 시험에 대해서는 묻지 말고 그냥 수고했다는 말만 해 주는 게 좋을 것 같아."

안주로 과일을 한 입 베어 물던 윤호는 영우를 바라보면서 눈썹을 위로 올리고 입 안의 과일을 우물거리면서 왜냐고 물었다.

"수험생들은 시험이 끝나면 자기가 시험을 어떻게 보았는지 대충 알 수 있어! 그렇기 때문에 수험생의 반응만 봐도 어느 정도 예상할 수 있거든. 만일 시험을 잘 보았으면 자기가 알아서 이야기할 거고 시험을 못 봤다면 얘기하고 싶지 않을 거 아냐! 그런데 시험을 못 봐서 별로 얘기하고 싶지 않은데 부모가 물어본다면 부담만 갖게 될 거야."

영우의 말이 이해는 되지만 윤호는 어떻게 그렇게 할 수 있냐는 표정으로 말했다.

"야, 그래도 어떻게 그걸 물어보지 않을 수 있니? 어쩌면 수험생보다 더 염려하고 궁금해하는 것이 부모일 텐데……."

윤호의 말에 영우는 당연하다는 듯이 고개를 끄덕이며 웃었다.

"알아! 그게 말이 안 되는 소리라는 거."

잠시 말을 끊고 술을 한 모금 마신 영우는 다시 말을 이어갔다.

"그래도 내 생각에는 그렇게 하는 게 재현이를 위한 것 같아서 말한 거야. 그리고 수능이 끝났다고 시험이 다 끝난 것이 아니잖아! 아직 논술도 남았고 기말고사도 있잖아! 다시 말해 아직은 공부가 끝나지 않았기 때문에 부담을 주지 않는 것이 좋을 것 같아서 얘기한 거니까 형이 알아서 판단해."

집에 돌아와서 영우의 이야기를 다시 곰곰이 생각해 본 윤호는 영우의 말처럼 하는 게 좋겠다는 생각이 들었다. 그래서 아내에게 영우의 이야기를 하면서 당부했다. 재현이에게 시험을 잘 치렀는지에 대해서는 묻지 말자고.

영주는 수능 시험이 끝난 후 마음이 홀가분했다. 시험을 기대했던 것 이상으로 잘 본 것 같았기 때문이다. 답을 맞춰 본 결과 모든 과목에서 1등급은 물론이고 어쩌면 만점까지도 가능하지 않을까 기대했다. 그뿐만 아니라 자기가 지원한 의과대학에 진학할 수 있겠다는 생각도 들었다. 이미 지난 9월에 수시 모집에서 학생부교과전형으로 연세대학교 의과대학에 원서를 냈다. 생각 같아서는 서울대학교 의과대학에 원서를 내고 싶었지만 아무래도 과학고등학교에서 보냈던 1학년 1학기가 다소 신경 쓰여 왠지 서울대학교는 자신이 없어서 연세대를 지원한 것이다. 그리고 혹시 수시에서 떨어질 경우를 대비해 정시 모집에서도 의대를 지원하기 위해 수능에 신경을 많이 썼는데 결과가 만족스럽게 나왔다.

3학년 1학기 중간고사에서 미선이와 동률 1위를 기록했던 영주는 미선이보다 15분 정도 더 공부하는 것을 계속 유지했고 그래서인지 1학기 기말고사에서는 영주가 전교 1등을 차지했다. 그때의 기분은 이루 말할 수 없었다. 대학교에 합격해도 이 정도로 기분이 좋을 수는 없다고 생각했을 만큼 기분이 좋았다. 하지만 2학기 중간고사에서는 다시 미선이에게 전교 1등을 양보(?)하게 되어 현재까지의 결과는 1승 1무 1패였다. 이제 2학기 기말고사의 결과에 따라 학교장 상이 결정되기 때문에 수능이 끝난 지금도 아직은 마음을 놓을 수 없었다.

영주는 수시에서 학생부교과전형으로 지원했다. 전교 1등을 해서 학교장 상을 받으면 학교장 추천을 받을 수 있는데 이것이 수시 합격에 큰 도움이 되기 때문에 신경을 쓰지 않을 수 없다. 또한 정시 모집에 지원해야 할 경우 소위 일류대학이라고 하는 대학교는 수능 반영 비율이 크고 수능과 면접 점수가 동점일 때는 내신으로 결정되는 경우가 많기 때문에 남은 2학기 기말고사도 최선을 다해야 했다.

선배들 말로는 고 3 2학기 기말고사는 선생님들이 입시생들의 편의를 생각해서 문제도 그다지 어렵지 않게 출제한다고 했다. 그리고 이미 수능을 준비하면서 훑었던 내용 위주로 출제된다고 하니까 수능을 위해 공부했던 내용을 되살리면 어렵지 않게 볼 수 있을 것이다. 하지만 이 점은 영주뿐만 아니라 미선이에게도 해당되기 때문에 긴장을 놓을 수가 없었다. 따라서 기말고사에서는 실수를 하지 않는 것이 무엇보다 중요하다고 생각했다.

'이제 기말고사만 남았네! 미선이는 지금 어떤 생각을 하고 있을까?'

영주의 머릿속에는 책상에 앉아 공부하고 있을 미선이의 모습이 스쳐 지나갔다.

영우는 마음이 아파서 학생을 더 이상 볼 수 없었다.

1년, 아니, 어쩌면 수년이라고도 할 수 있는 기간의 노력이 한순간에 물거품이 됐기 때문이다. 수능 감독과 본부 요원을 20여 년 해오면서 안타까운 상황을 많이 봐 왔던 영우지만 이번 경우는 그 어떤 경우보다 안타깝다는 생각에 더 이상 그 학생을 볼 수 없어서 고사 본부를 빠져나왔다.

영우네 학교는 올해도 수능 시험장으로 지정되었다. 고등학교들은 특별한 경우를 제외하고는 매년 시험장으로 사용되기 때문에 수능 한 달 전부터 학교는 많은 준비를 해야 했고 수능 당일 학교 선생님들은 본부 요원의 역할을 담당했다. 본부 요원은 매시간 종료 후 학생들의 답안지에 이상이 있는지 여부를 검토하는 것이 주 업무이다.

그런데 2교시 시험 중 고사 본부가 다소 소란해졌다. 한 시험실에서 휴대폰 진동 소리 같은 소리가 여러 번 들렸다는 복도 감독관의 신고가 있었기 때문이다. 그 시험실에서 난 진동 소리를 시험실 감독관뿐 아니라 많은 학생들도 들었다며 시험실 감독관이 복도 감독관에게 말했고 복도 감독관이 고사 본부에 그 사실을 알린 것이다.

고사 본부의 중앙 테이블에 있던 교장, 교감과 교육청에서 파견된 시험장 감독관은 이 문제를 접하고 그 상황을 어떻게 처리해야 할까 하는 고민에 싸였다. 세 사람은 교장실로 자리를 이동해 한동안 회의를 한 다음 다시 고사 본부에 왔고 교장은 다음과 같은 지시를 내렸다.

"2교시 끝나면 점심시간인데 교감 선생님은 시험장 감독관님과 경찰을 대동하시고 종료령이 울리자마자 그 교실 학생들에게 상황을 알려주시기 바랍니다. 그리고 지침에 따라 휴대폰 탐색기로 학생 개개인의 몸을 검사한 후 경찰의 입회하에 가방의 소지품을 검사하여 휴대폰이 있는지 여부를 확인해 주시기 바랍니다. 복도 감독관 여섯 분은 그 교실 앞에 대기하시다가 교감 선생님의 설명이 끝나면 신속히 학생들을 검사해 주십시오."

대학수학능력시험 지침에 따르면 전자 제품을 1교시 전에 감독관에게 제출하지 않고 소지하거나 가방 등에 보관하다 적발되면 부정행위로 처리한다. 그래서 각 학교에서는 수능 전날 이 지침을 학생들에게 강조해서 안내한다. 또한 수능 당일 시험장에서도 1교시 전에 수험생들에게 여러 번 안내하고 휴대폰을 포함한 모든 전자 제품을 수거했다가 시험이 종료된 후 다시 돌려준다. 영우네 학교에서도 그 지침을 수험생들에게 여러 번 안내한 후 휴대폰을 수거했는데 그런 신고가 접수된 것이다.

교장, 즉 시험장 책임관의 지시에 따라 2교시 종료 후 해당 교실 학생들의 몸을 탐색기로 검색했고 가방을 확인했는데 휴대폰 1개가 발견되었다. 교감은 휴대폰 주인을 시험 본부로 데려왔다. 그 여학생은 안색이 파래져서 그 진동 소리는 자기 휴대폰이 아니라고 강력하게 주장했다. 자신은 휴대폰을 제출하라고 했을 때 가방에 넣어 교실 앞쪽으로 제출하라는 것으로 알고 그렇게 했다는 것이다. 그리고 휴대폰에서 소리가 나지 않도록 무음 상태로 변경했다고 했다.

그런데 그 학생의 휴대폰을 확인한 결과 실제로 휴대폰이 무음 처리되어 있었다. 그렇다면 교실에서 울렸다는 진동 소리는 이 여학생의 휴대폰이 아닌 다른 휴대폰에서 나온 소리라는 이야기다. 하지만 그 휴대폰은 발견되지 않았고 무음 처리되었던 이 학생의 휴대폰이 발견된 것이다.

그러나 이 여학생의 휴대폰 소리가 아니었다는 것이 밝혀졌음에도 휴대폰을 제출하지 않은 것이 밝혀진 이상 이 학생은 본인의 의도와 전혀 관계없이 부정행위를 한 것으로 인정되어 그 이후의 시험을 치르지 못하고 퇴실 처리당할 수밖에 없었다. 너무나 어이없는 상황이었다. 그 여학생은 사색이 되어 엄마와 통화하고 싶다고 했다. 고사 본부에서 엄마와 통화하던 그 여학생은 울먹이기 시작하더니 통곡했다.

영우는 그 모습을 더 이상 볼 수 없었다. 이 시험을 위해서 얼마나 노력했을지 눈에 선한데 정말 어처구니없는 일로 그동안의 노력이 물거품이 되어 다시 1년을 기다려야 한다니 그 지침이 너무 가혹하다는 생각이 들었다.

전자 제품을 제출하지 않고 몸에 휴대하다가 발견되는 경우 부정행위 처리하는 것에 대해서는 영우도 동의한다. 하지만 이번 경우처럼 '가방에 보관하다가 발견되는 경우는 일정 점수를 감점하는 것으로 처리할 수 있을 텐데' 라는 생각이 머릿속을 계속 맴돌았다.

달인達人들의 대화

영우는 학교 선생님들과 모처럼 모임을 가졌다. 수능이 끝나고 다소 여유가 생기면서 몇몇 선생님들과 함께 저녁을 먹게 된 것이다. 역시 이야기의 가장 큰 주제는 이번 수능이었다.

"이번 수능에서 국어가 많이 어려웠다는데 김 선생님이 보기는 어떠세요?"

국어를 가르치는 김상준 선생에게 영우가 물었다.

"제가 보기에도 이번 국어는 많이 어려웠던 것 같아요! 한국교육과정평가원에서는 지난 9월 모의평가와 비슷한 난이도로 출제한다고 했었는데 예상과 많이 차이 나는 것 같아요. 어쩌면 정시 모집에서 국어 점수가 변수가 되지 않을까 하는 생각이 드네요!"

"그렇게 되면 평가원은 좀 힘들어지겠는데요!"

상준의 말에 영어를 가르치는 민준이 걱정했다.

"아무래도 그럴 것 같아요! 수능 난이도 조절에 실패했다는 학부모의 민원이 많겠죠!"

수학을 가르치는 김영석 선생이 이렇게 대답하자

"평가원 사람들은 참 힘들겠어요! 수능이 어려우면 어려운대로, 쉬우면 쉬운 대로 말들이 많으니까……."

또 다른 국어 교사인 박지영 선생이 말을 받았다.

"영어랑 수학은 그냥 무난했다고들 하는데 선생님 생각은 어떠세요?"

이번에는 영우가 영어 교사인 민준에게 물었다.

"제가 볼 때 영어는 오히려 좀 쉬웠다는 생각이 드는데 결과가 나와 봐야 알죠! 하지만 지난 모의평가보다 어렵지는 않은 것 같아요!"

"수학도 전반적으로 무난했는데 두 문항 정도는 상위권 학생들도 많이 어려워했을 것 같아요!"

수학 교사인 영석이 말했다. 영석은 아주 잘 나가고 있는 수학 문제집 저자여서 그런지 다른 교사들보다 학생들에게 인정받았다.

"그나저나 이영우 선생님은 기분이 어때요?"

박지영 선생의 뜬금없는 질문에 영우가 어리둥절했고 그런 모습을 보자 지영은 구체적으로 설명했다.

"과학은 학생들이 주로 화학과 생물을 선택하고 물리와 지학은 어렵다는 이유로 기피하잖아요. 생물을 가르치는 선생님으로서는 기분 나쁘지는 않겠지만 다른 과목 선생님들의 기분도 생각해야 할 것 같아서 하는 말이에요."

지영의 말을 들은 영우는 무슨 말인 줄 알겠다며 고개를 끄덕였다. 과학 탐구의 물리, 화학, 생명과학, 지구과학 중에서 대부분의 학생들이 화학과 생명과학을 선택하고 물리와 지구과학은 어렵다는 이유로 잘 선택하지 않기 때문에 과목 간 교사 수급에도 어려움이 많았다.

"글쎄요. 생물을 가르치는 교사로서는 큰 걱정이 없지만 문제는 우리나라 과학 교육 전체를 놓고 생각해 봐야 할 것 같아요. 이미 오래전부터 과탐이나 사탐 중 희망하는 과목을 선택하게끔 대입 제도가 개편된 이후로 우리나라의 기초 과학이 많이 약해지는 것이 걱정이라면 걱정이죠. 심지어……."

영우가 잠시 말을 멈추자 박지영 선생은 말을 이어가고자 영우의 말을 받았다.

"왜요. 더 걱정되는 것이 있나요?"

지영의 질문에 영우는 다소 어두운 표정으로 대답했다.

"네, 이미 오래전부터 나온 이야기이지만 학생들이 물리 II를 선택하지 않아 물리 공부를 많이 하지 않은 상태로 대학에 들어가기 때문에 신입생들이 대학 교육과정을 따라가지 못한다면서 대학교에서 고등학교 물리 과정을 다시 가르친다고 하더라고요! 그런 식이면 우리나라 기초 과학의 발전이 계속 쳐질 수밖에 없잖아요!"

영우의 염려에 다른 사람들도 고개를 끄덕이면서 동의했다.

"저도 그게 걱정이에요. 과학뿐만 아니라 수학도 마찬가지예요. 대학생들의 기초 실력이 부족해서 수학 교수들도 고등학교 교육과정을 다시 가르친다잖아요!"

김영석 선생도 이렇게 걱정했다.

이야기가 잠시 다른 곳으로 흘러가자 영우는 분위기를 전환하려고 주제를 바꾸었다.

"그런데 국어 공부는 어떻게 해야 잘할 수 있죠? 제가 이과라 그런지 국어 공부 잘하는 방법을 누가 물어보면 뭐라고 정확하게 말해 줄 수가 없더라고요."

영우가 국어를 가르치는 김상준 선생과 박지영 선생을 번갈아보며 묻자 김상준 선생이 다소 묘한 표정을 지으면서 말했다.

"국어 공부요? 제가 국어를 가르치다 보니 주변에서 많이들 물어보더라고요. 국어 공부를 어떻게 하면 잘할 수 있느냐고. 국어가 생각보다 어렵다면서요."

상준이 다소 씁쓸하다는 표정을 짓기에 영우가 물었다.

"아니, 김 선생님 표정이 좀 이상하네요!"

영우가 의아해하자 상준이 표정을 바꾸며 말했다.

"저는 그래서 그런 질문을 하는 학생이나 학부모에게 오히려 되물어봐요."

"뭐라고요?"

"국어 공부에 투자하는 시간이 얼마나 되냐고요. 수학이나 영어에 투자하는 시간만큼 투자하냐고. 아니 그것의 절반만큼이라도 투자하냐고 말이에요. 그러면 그렇다라고 대답하는 학생을 거의 못 봤어요. 아니, 자기들은 시간을 투자하지 않으면서 어떻게 국어를 잘할 수 있냐고 물어보는지 저는 그 자체가 이해되지 않아요. 모든 것이 투자한

만큼 돌아오는 건데 '국어는 우리말이니까 적당히 공부하면 되겠지!' 라고 생각하는 사람들이 너무 많은 것 같아요!"

"김 선생님, 꼭 화난 사람 같아요!"

상준이 다소 흥분하는 듯하자 영우가 진정시키면서 유민준 선생과 김영석 선생의 표정을 살폈다. 두 사람은 자신이 가르치는 과목과 비교하는 이야기를 들으면서 뭐라고 말할 수 없기 때문에 그냥 고개만 끄덕거리고 있었다.

영우가 진정시키자 상준은 자기가 너무 과민반응을 보였다는 것을 느꼈는지 머쓱해하며 말했다.

"내가 괜히 오버했네요! 하도 그런 질문들을 많이 들어서 저도 모르게 그만……. 괜히 유 선생님과 김 선생님이 불편하셨겠어요!"

상준이 사과하자 영어를 가르치는 민준이 전혀 아니라며 상준을 위로했다.

"아니에요. 사실 저도 김 선생님 말씀에 동의해요. 국어나 영어 모두 어학이라 비슷한 점이 많잖아요. 그런데 제가 봐도 국어는 우리가 사용하는 말이기 때문에 다소 쉽게 보는 경향이 있기는 한 것 같아요!"

민준이 동의하자 상준은 바로 생기가 돌았다.

"그렇죠? 유 선생님도 그렇게 생각하시죠?"

상준의 반응에 다른 사람들이 모두 웃었다.

"그런데 박 선생님은 국어 공부를 어떻게 하셨어요? 국어 선생님이 국어 공부했던 것을 직접 들어 보는 것도 재미있을 것 같은데……."

영우의 질문에 지영은 잠깐 생각하더니 말하기 시작했다.

"글쎄, 제 얘기가 선생님들에게 어떻게 들릴지 잘 모르겠어요. 저는 특별히 국어공부를 많이 한 것 같지 않거든요!"

지영의 말에 영우는 다소 흥미가 생겼다.

'둘 다 국어를 가르치는데 말이 다르네!'

김상준 선생은 학생들이 국어에 시간 투자를 하지 않으면서 국어가 어렵다고 하는 것에 화가 난다는데, 같은 국어 선생인 박 선생은 특별히 국어 공부를 하지 않았다고 말하는 게 흥미로웠다.

"저는 어릴 때부터 책 읽는 것을 좋아했어요. 그래서 책을 정말 많이 읽었거든요. 참, 그런데 제가 영어를 전공했다는 거 모르시죠?"

"네? 선생님이 영어를 전공하셨다고요?"

지영의 말에 나머지 사람들은 일제히 소리 높였다.

"네, 사실은 저 영문학과를 졸업했어요. 그런데 영어를 공부하다 보니 영어보다는 국어가 더 잘 맞겠다는 생각에 국어과로 편입했던 거예요."

다른 사람들은 처음 듣는 이야기라 놀란 눈으로 지영의 입을 보면서 무슨 이야기가 나올지 궁금해 했다.

"조금 전에도 말했지만 저는 어릴 때부터 책 읽는 것을 참 좋아했어요! 그런데 책을 많이 읽어서 그런지 학창 시절에도 특별히 국어 공부를 하지 않아도 국어 시험이 전혀 부담스럽지 않았고 결과도 잘 나오더라고요. 그리고 다른 사람들에게는 좀 미안한 이야기이지만 그래서 그런지 저는 국어 교사 임용시험 준비도 정말 쉽게 했어요! 선생님들도 아시겠지만 임용고사에 합격하는 것이 정말 어렵잖아요. 그래서 준비하는 사람들이 스트레스를 많이 받고요……."

"그야 그렇죠. 요즘 임용은 정말 하늘의 별따기라고 해야 될 정도로 경쟁이 치열해서 먼저 교직에 들어온 우리들이 미안할 정도라니까요!"

김영석 선생이 지영의 말을 받으면서 동의했다.

"그렇죠? 전 그런데 임용 준비하면서 교육학 때문에 스트레스를 받았으면 받았지 국어 때문에 스트레스를 받지는 않았어요."

박지영 선생이 이렇게 이야기하자 듣고 있던 김상준 선생이 말을 받았다.

"바로 그거예요! 내가 말했던 국어 공부에 시간을 투자한다는 게 꼭 학교 공부를 위해서 자습서를 본다거나 문제집을 풀어 봐야 한다는 것이 아니에요. 박 선생님처럼 책을 읽는 것이 바로 국어에 시간을 투자하는 건데 학부모와 학생들은 그걸 모른단 말이에요!"

상준은 지영의 말에 100% 동의한다는 반응을 보였다. 이런 상준을 보면서 영우는 생각했다.

'그러면 그렇지! 같은 과목을 가르치는 선생님의 생각이 전혀 다를 수는 없지! 역시 국어는 책을 많이 읽어야 해.'

이렇게 생각하는데 지영이 더 자세하게 설명하기 시작했다.

"게다가 좀 정확하게 이야기하자면 단순히 책 읽는 행위만으로는 국어 능력이 빨리 향상되기 어렵다고 생각해요. 특히 나이가 어린 학생일수록 그래요. 잘못하면 단순히 글자만 읽는 경우가 생기거든요. 그래서 어휘를 익혀야 해요. 특히 우리말은 한자를 모르면 그 뜻을 정확하게 이해하지 못하는 경우가 많잖아요."

"맞아! 정말 우리말에는 한자가 많아요!"

영석이 지영의 말에 동의했다.

"그래서 글을 읽다가 앞뒤 문맥을 통해 단어 뜻을 유추하는 것이 어렵다면 사전을 찾아서라도 그 뜻을 알고 넘어가야 하는데 학생들은 그걸 귀찮아하더라고요!"

박지영 선생은 이렇게 이야기하면서 동의를 구하는 표정으로 김상준 선생을 바라보았다.

"맞아요! 박 선생님. 학생들이 영어 독해 공부하다 모르는 단어가 나오면 그 단어를 찾아보잖아요. 그에 반면 우리글을 읽다가 모르는 단어가 나오면 대충 넘어가려고 하는데 그건 정말 문제 있는 거 같아요."

김상준 선생이 지영과 민준을 번갈아 보며 동의하자 지영은 든든한 후원자가 생긴 덕분에 자신감을 갖고 말했다.

"하지만 고입과 대입을 앞둔 학생들은 당장의 시험 점수가 급하기 때문에 그럴 만한 여유가 없다고 생각하는 거 같아요!"

이렇게 국어 공부의 기본을 이야기하던 박 선생은 수험생의 국어 공부 방법을 예를 들어가며 설명했다.

"수험생들이 수능을 잘 보기 위해서는 현대소설의 고전과 같은 유명한 단편소설, 예를 들어 김동인, 김유정, 현진건, 황순원 등 유명한 작가들의 단편소설을 읽으면 좋을 거예요. 단편소설은 한 호흡이 짧아 금방 읽을 수 있을 뿐 아니라 사건이 비교적 단순해 내용을 쉽게 파악하고 재미있게 읽을 수 있다는 장점이 있거든요."

"맞아요. 우리도 고등학생일 때 그 책들을 많이 읽은 것 같아요."

영우가 지영의 말을 받았다.

"그런데 그때 기억으로는 신문 사설도 많이 읽으라고 했던 거 같은데……."

영석이 기억을 더듬으며 말했다.

"맞아요! 신문의 사설과 같은 실용적인 글을 읽으면서 요약하는 건 아주 좋은 국어 공부 방법이에요. 신문의 사설은 하루 중 가장 생각할 만한 가치가 있다고 판단한 것을 명확하게 전달해서 시사적인 내용을 담고 있을 뿐 아니라 그 문단 구조도 명확하잖아요!"

이렇게 이야기하자 시사에 관심이 많은 영우가 끄덕였다.

"그리고 학생들이 논술을 준비한다고 학원과 같은 사교육을 많이 받는데 그런 것도 평소에 연습해 두면 별도로 준비하지 않아도 되거든요."

"그래요? 우리 조카가 이번에 고등학교에 입학하는데……. 잘됐다! 평소에 어떻게 연습하면 돼요?"

조용히 이야기를 듣던 유민준 선생이 갑자기 관심을 보이며 물었다.

"그리 어렵지 않아요! 하루에 한두 편 정도의 사설을 읽고 요약한 다음 거기에 자신의 생각이나 반론을 덧붙이는 연습을 하는 거예요. 그리고 그것들을 노트에 정리하는 거죠. 그 다음으로 시간이 지난 후 이전의 사설에 자신이 반론한 것을 보면서 그 당시 생각했던 것과 지금 생각을 비교하는 연습을 한다면 이것이 그 자체로 논술 준비가 되는 거예요."

박지영 선생이 이야기를 마치자 김상준 선생은 박수를 쳤다.

"야~, 우리 박 선생님이 국어 공부의 핵심을 이야기해 주셨네! 내가 더 이상 첨부할 것이 없을 정도로 깔끔하게……."

김 선생의 칭찬을 받자 지영은 쑥스러워서인지 아니면 말을 많이 해서인지 손사래를 치며 맥주를 한 모금 마셨다.

영우는 이렇게 이야기 나온 김에 수학과 영어 선생님이 말하는 공부 방법도 들어 보고 싶었다.

"이렇게 이야기 나온 김에 김 선생님과 유 선생님도 수학이랑 영어 공부하는 법에 대해서도 한 번 이야기해 주시죠."

영우의 제안에 사람들은 재미있겠다는 듯이 서로를 바라보았다. 이미 교직에서 10 ~ 20년 이상을 가르쳐 왔기 때문에 모두들 그 과목에서는 최고의 전문가라고 할 수 있는 사람들이었지만 이제까지는 자기 과목의 공부에 대해서만 생각했다. 그러나 이번 기회에 다른 과목 선생님들의 이야기를 들어 보는 것도 학생 지도에 도움이 될 것이라는 생각에 모두 동의했다.

"그럼, 이번엔 유명 저자이신 김 선생님께서 말씀해 보시겠습니다～."

영우의 장난기 어린 멘트에 영석은 손가락으로 V자를 만들며 흔들었다.

"수학에 대해 고민하는 학생과 학부모는 한결같이 얼마나 선행학습을 해야 하는가에 대한 고민을 하더라고요!"

"맞아, 맞아! 공부 좀 한다고 하는 학생들은 대부분이 선행학습을 하는 것 같던데요?"

상준이 영석의 말에 동의했다.

"그런데 제가 경험해 본 바로는 선행학습을 한 학생들의 대부분은 성취 수준이 한마디로 초급 수준이더라고요! 얼마나 많은 양을 선행학습했느냐에 관계없이 선행한 내용을 대부분 잊어버리고 겨우 기본 문제를 풀 정도의 수준만 유지할 정도예요."

"으응～? 그런가요?"

이번에는 몰랐다는 듯이 영우가 반응했다.

"문제는 그 학생들은 선행학습을 했다고 학교 수업을 소홀히 하는 경우가 많다는 거예요! 그러다 보니 깊이 있는 문제는 풀지 못해서 시험 점수는 잘 안 나오는 거죠! 그러면 부모님들은 '비싼 돈 주고 학원에서 미리 선행학습을 시켰는데 점수가 왜 이 모양이냐?' 며 자녀를 꾸짖고요!"

"꼭 우리 집 이야기하는 것 같네!"

영석의 말에 상준이 이렇게 반응하자 사람들이 모두 웃었다.

"따라서 선행학습이 안 되어 있는 학생들은 1년 정도 앞서 선행학습한 학생들을 보면서 너무 부러워하거나 '나는 이미 늦었다'는 생각을 할 필요가 전혀 없다고 봐요! 다만 수학의 학습과정을 '기본 수준-발전 수준-심화 수준'으로 구분할 때, 각 과정을 차례로 거쳐야 하는데 선행학습을 했다는 것은 기본 수준을 달성했다는 것과 같으니까 다음 수준으로 넘어갈 수 있는 시간을 확보한 정도의 장점은 있겠죠!"

김영석 선생이 선행학습에 대해 이야기하자 여기저기서 그런 예를 많이 들었다고 말들을 했다. 누구는 고등학교 1학년 때 이미 고등학교 과정을 마쳤다느니, 누구는 중학교 1학년 때 고등학교 수학을 공부했다느니 하면서 말이다.

다른 사람들이 수군거리는 동안 김영석 선생은 맥주를 한 모금 마셨고 소란이 잠잠해지자 계속 말을 이어갔다.

"그리고 수학은 흔히 개념을 이해해야 한다고 하잖아요. 이 말은 아주 중요한 말이에요! 개념을 정확히 이해하지 못하면 깊이 있는 문제는 손도 대지 못하는 경우가 많거든요. 그럼에도 대부분의 학생들은 개념을 이해하기 위한 과정에 시간 투자하는 걸 아까워하는 것 같아요! 학원에서는 짧게 내용을 설명한 후 문제풀이와 질문으로 이루어진 수업을 반복하고 학교에 와서는 학원 숙제 하느라 선생님의 개념 설명에 귀 기울이지 않는 학생들이 태반이라니까요!"

영석의 말에 지영이 잠시 말을 끊었다.

"맞아요. 심지어 제 시간에도 학원 수학 숙제를 하다가 걸리는 학생들이 가끔 있다니까요!"

"제 시간에도 있던 걸요! 그럴 때마다 저는 이놈들이 영어보다 수학을 더 중요시하는 것 같아 괘씸한 생각이 들더라고요!"

민준이 장난스럽게 한 손으로 주먹을 쥐고 허공에다 흔들며 이야기하자 모두들 재미있다는 듯이 웃었다.

잠시 편안한 분위기가 흐른 후 영석이 말을 이어갔다.

"그리고 학교 선생님이 개념을 잘 설명해 주는데도 그 수업의 결론 부분인 공식만을 미리 떠올리며 '이 수업은 내가 알고 있는 수업'이라고 착각을 하는 거예요! 그러면서 교과서로 공부하는 학생이 거의 없다는 것이 교사로서 참으로 안타깝다니까요! 특히 고 3 학생들이 많이 준비하는 수학 논술의 기본은 교과서의 개념 설명을 완벽하게 이해하는 것에서 비롯된다는 것을 학생들이 모르는 것 같아요! 이번 수능에서도 개념 이해와 교육과정 중심으로, 종합 사고력을 요하는 대신 복잡한 계산은 지양하는 방향으로 문제가 출제됐는데. 학생들이 이 점을 명심해야 해요!"

김영석이 여기서 잠깐 말을 멈춘 후 맥주잔을 들자 김상준 선생이 모두 같이 마시자면서 술잔을 부딪친 후 한 모금씩 마셨다. 맥주를 마신 후 땅콩을 입에다 가져가면서 영석은 하던 말을 계속했다.

"그리고 내신 준비에 관해서 이야기하자면 수학도 다른 과목과 마찬가지로 절대적으로 학교 수업에 충실해야 해요. 특히 수학시간에는 부교재를 사용하는 경우가 많고 이를 수업시간에 풀이하게 되는데 이 부교재를 3 ~ 4회 정도 반복해서 풀어야 하거든요. 그런데 2회나 풀었는데 성적이 안 나온다고 불평하는 학생들이 꽤 있지만 2회와 3회의 차이는 분명히 있어요! 학생 수준에서 선생님의 출제 의도와 그 문제에 필요한 내용들을 파악하고 종합하기에 1 ~ 2회 가지고는 부족하다고 보거든요!"

"그래요? 3회 정도는 풀어 줘야 한다고요?"

상준이 의외라는 듯이 물어보자 영석은 고개를 끄덕인 후 맥주를 한 모금 더 마셨다.

"그리고 수학에서 내신 준비와 모의고사 준비는 조금 다를 수 있어요. 모의고사의 문제 유형은 내신 시험에 비해 좀 더 복합적이고 스케일이 크다고 볼 수 있죠! 추론문제, 실생활문제, 단원복합문제 등 다양한 유형이 출제되니까 이에 익숙하지 않은 대부분의 학생들이 당황해서 모의고사 성적이 잘 안 나오는 경우가 많아요. 하지만 이는 단순히 연습의 문제라고 봐요!"

"연습의 문제라니요? 무슨 말인지……."

영우는 자기 딸들을 생각하면서 물었다.

"네, 학생들이 1 · 2학년 시기에는 대부분 내신 유형의 문제들을 많이 접하고 모의고사 문제 유형은 접할 기회가 많지 않아요. 2학년 겨울방학이 되서야 비로소 EBS 문제와 수능 기출문제 등으로 새로운 유형들을 접하는데 그때 가서 난감해하는 경우가 많더라고요! 만약 이런 당황스런 상황을 피하려면 모의고사 유형들을 내신 유형과 마찬가지로 미리 접하고 익혀야 할 거예요. 즉, 2 ~ 3년 정도의 EBS 문제 모음이나 다년간의 수능 및 교육청 모의고사 기출문제를 단원별로 풀어보면서 내신에 대비한다면 수능을 대비하는 것에도 도움이 될 뿐만 아니라, 내신에서 변별력을 주기 위해 어렵게 출제하는 문제를 해결하는 데에도 큰 도움이 될 거예요."

영석의 이야기에 다른 선생님들은 모두 고개를 끄덕였다.

영석은 수학 선생님답게 주제별로 정리해서 말했다. 영우는 평소에 영석을 볼 때마다 무슨 일을 하더라도 군더더기가 별로 없다고 느꼈다. 영우는 경험상 이과 출신은 문과 출신에 비해 인풋input과 아웃풋output이 정확하다고 생각했는데 김영석 선생은 이런 면이 더 강해 다른 사람들보다 훨씬 간결하고 명료하게 일을 처리하곤 했다.

영석의 이야기가 끝나자 다른 사람들이 모두 박수를 쳤고 영석이 이번에는 벌떡 일어서서 고개 숙여 인사를 하더니 오른손으로 V자를 그리면서 자리에 앉았다.

"그럼 이번에는 내 차례네!"

유민준 선생은 누가 시키지도 않았는데 자기 차례라고 하면서 영어 공부하는 방법에 대해 설명하기 시작했다.

"영어는 어학이니만큼 그 환경을 많이 접하는 것이 필요해요. 쉽게 말해 다른 과목도 마찬가지겠지만 특히 영어는 시간 투자가 많이 이루어져야 한다는 말이에요! 그리고 그 시간 투자는 적은 양이라도 매일 이루어져야 효과가 커져요. 선생님들도 학생들 중에서 외국에서 살다가 온 애들을 많이 봤을 거예요. 그런데 그 학생들이 귀국해서 무슨 과목에 가장 많은 시간을 투자하는지 아세요?"

유 선생의 질문에 김상준 선생이 말했다.

"오랜만에 우리나라에 왔으니까 역시 국어 공부 아닐까요?"

그러자 김영석 선생도 한마디 했다.

"그래도 우리나라 수학이 어려우니까 아무래도 수학 아니겠어요?"

이렇게 이야기하면서 두 사람은 서로를 바라보다 웃고 말았다. 결국은 자신들이 가르치는 과목에 더 많은 시간을 투자한다는, 아니 어쩌면 투자해야 한다는 의미로 말하고 있음을 서로 알게 된 것이다.

그러자 유 선생이 웃으면서 말했다.

"뭡니까? 국어 선생님은 국어라 그러고, 수학 선생님은 수학이라고 하니까 나는 무조건 영어라고 해야겠네요?"

유 선생의 말에 다른 선생님들이 모두 웃었고 그러던 중 박지영 선생이 손사래를 치면서 물었다.

"설마 진짜로 그렇다는 뜻은 아니겠죠? 예를 들어 미국에서 살다 온 애가 영어공부를 가장 열심히 한다는 말."

박지영 선생의 말에 유 선생은 웃으며 말했다.

"귀국한 모든 학생이 그런지는 모르겠지만 그 학생들이 영어에 시간 투자를 가장 많이, 아니 '가장 많이' 라는 표현보다는 매일 시간 투자를 하더라구요. 그렇지 않으면 영어를 자꾸 잊어버리게 된다며……."

유 선생의 이야기에 다른 선생님들은 모두 놀라워했다.

"정말이요? 허허~ 참."

영우는 놀라 자신도 모르게 입에서 소리가 나왔다.

"그만큼 어학이라는 것은 그 환경에 자주 접하는 것이 중요하다는 것을 경험자들은 아는 거죠. 그렇기 때문에 영어 공부를 잘하고 싶다면 매일 조금씩이라도 영어로 된 책을 읽어야 해요."

이 이야기에 모든 사람들이 고개를 끄덕이면서 유 선생을 바라보았다. 민준은 자기를 바라보는 다른 사람들의 얼굴을 한 번씩 둘러보더니 이야기를 계속했다.

"그리고 대학 입시가 수능이 되기 전인 학력고사 시대에는 영어 시험 문제로 단어, 문법, 억양, 단문, 독해 등이 고르게 출제되었는데, 이제는 독해와 듣기 능력만 평가하잖아요. 그렇기 때문에 영어 수업도 많이 바뀌었어요. 문법을 강조하는 것보다는 독해 능력을 키우는 것으로 말이에요. 하지만 아직도 일부 학교나 학원에서는 문법 위주로 가르치는데 이것은 시대의 흐름을 잘 따라가지 못한다고 봐야 할 거예요. 예전에 신문에서 민사고에 합격한 한 학생의 이야기를 읽은 적 있어요. 영어 학원 한 번 안 다녔어도 영어말하기 대회에서 원어민 심사위원이 놀랄 정도로 영어 실력이 뛰어났는데 그 학생은 문법을 설명하기는커녕 이해하는 것조차 어려워했지만 독해뿐 아니라 정확한 영어를 구사했대요. 그래서 그 비결을 물어봤더니 그 학생은 해리포터 원서를 끼고 살았대요. 그걸 몇 번이나 읽었다고 하더라?"

윤 선생은 잠깐 생각을 더듬었다.

"6 ~ 7번이라고 하더라고요!"

민준이 기억을 더듬는 사이에 영우가 대답했다. 영우는 민준이 하는 이야기를 얼마 전 지호에게 들은 적이 있었다. 자기 조카가 축구를 그만두고 공부를 한다기에 공부하는 방법을 알려주면서 조카에게 그런 말을 해 주었다고 자신에게 이야기했었다. 그 기억이 떠올라 영우가 대답한 것이다.

"이 선생님도 그 기사를 보셨나 보네요!"

영우의 대답에 민준이 반색하자 영우는 자기 친구에게 들었다고 말했다. 영우의 대답을 들은 후 민준은 말을 이어갔다.

"어쨌든 그 학생처럼 영어를 매일 접하는 것이 중요해요. 그리고 고등학생 정도가 되면 단어는 독해 지문이나 긴 글을 읽으면서 익히는 게 효과적이에요. 사용되는 문맥이나 상황에서 단어를 익히게 되면 기억도 오래가고 제대로 사용할 수 있거든요. 하지만 대부분의 학생들은 단어를 외울 때 사전에 나와 있는 'A = B' 라는 식으로 외우는데 이렇게 외운 단어는 잘 잊어버려요. 그나마 그런 식으로 외운 단어는 잘못 이해해 나중에 엉뚱한 상황에 사용하거나 똑같은 뜻을 가진 단어인데 왜 이것이 답이 아니고 저것이 답이 되는지 이해를 못하는 경우가 생기죠. 이번 수능에서도 영어의 변별력이 어휘 추론에 달려 있다고 하잖아요!"

민준의 이 말에 다른 선생님들이 학창 시절 때의 기억을 떠올렸다.

"우리도 학창 시절에 그런 이야기를 들었지만 그건 정말 쉽지 않더라고요."

"영영 사전으로 단어를 공부하다 보면 그 설명 속에 또 모르는 단어가 있어서 그 단어를 찾느라고 고생하다가 포기했다니까요～."

영우와 상준이 이렇게 이야기하자 영석이 한마디 거들었다.

"어쨌든 영어는 너무 어려워요! 우리나라가 큰 나라여서 다른 나라 사람들이 우리나라 말을 배우게끔 했어야 하는 건데……"

"그러면 다른 나라 사람들은 우리가 영어를 배우는 것보다 더 어렵다면서 머리를 싸맬지도 몰라요! 외국인들 중에 우리나라 말이 어렵다는 사람들이 많거든요. 특히 우리말은 어른들에게 쓰는 공대법이 잘 발달되어 있잖아요!"

지영의 말에 다른 사람들은 그럴 수도 있다는 듯이 웃었다.

"그렇게 해야 세상 사람들이 우리나라를 우러러봤을 텐데……."

영석의 말에 사람들은 배꼽을 잡으며 웃었다.

이야기가 잠시 분산되자 민준은 그 사이 맥주 한 잔을 마시면서 지방방송이 끝나기를 기다렸다. 이 모습을 본 영우는 주의를 잠시 집중시켰다.

"자 자～, 아직 유 선생님 이야기가 끝나지 않았으니 다시 주목들 하실까요?"

영우의 말에 사람들이 민준에게 집중했고, 민준은 다시 말을 이어갔다.

"그리고 너무나 당연한 이야기지만 단어 실력은 영어를 잘하기 위한 매우 중요한 요소예요. 독해할 때도 단어를 많이 알면 지문을 이해하는 데 시간을 훨씬 절약할 수 있거든요. 요즘 영어 시험은 짧은 시간에 얼마나 많은 문제를 풀 수 있는가를 측정하는 방향으로 바뀌고 있는데 어휘를 많이 알면 단어를 이해하는 것만으로도 거의 70 ~ 80% 정도 글의 요지를 파악할 수 있어요."

민준의 말에 다른 이들이 모두 고개를 끄덕이는데 지영이 조금 다른 표정으로 만준에게 물었다.

"그런데 가끔 보면 특별히 모르는 단어가 없는데도 해석이 잘 안 되는 경우도 있잖아요?"

지영의 질문에 민준은 필요한 질문이 바로 정확한 순간에 나왔다며 감탄했다.

"역시 박 선생님께서는 영어를 전공하셨다더니 다르긴 다르네요!"

민준의 감탄에 지영이 웃자 민준이 지영의 눈치를 살피며 말을 이어갔다.

"이 질문의 답을 박 선생님은 아시면서 다른 분들에게 설명해 달라고 일부러 물으신 것 같네요!"

민준의 말에 지영은 대답 없이 웃으며 맥주 한 모금을 마셨다.

"박 선생님 말씀처럼 독해에서 글의 요지뿐 아니라 세부적인 내용까지도 묻는 문제가 출제되기 때문에 단어를 아는 것만으로는 문제를 모두 맞힐 수는 없을 때가 있어요. 그럴 때 단어를 익히면서 보았던 지문과 긴 글을 읽었던 것이 큰 도움이 된다고 생각해요."

역시 오랫동안 학생들을 가르친 선생님들이라 자기 분야에 대해 이야기하라니까 이야기가 술술 나오는 것을 보면서 영우는 웃었다. 그러면서 선생님들은 해당 교과의 달인이라는 것을 다시 한번 깨달았다.

유민준 선생은 수학 교사인 영석과 달리 이야기를 풀어서 길게 했다. 하지만 아무도 그 이야기가 지겹다고 생각하지 않았다. 지금 여기서 나오는 이야기들은 나중에 학생들이나 자기 자녀들을 지도할 때 꼭 필요한 이야기라는 것을 알고 있기 때문이다.

"얘기가 너무 길어졌는데 마지막으로 한 가지만 더 이야기할게요."

민준은 목이 마른지 맥주를 한 잔 따라달라면서 잔을 영우에게 내밀었다. 영우는 민준의 잔뿐만 아니라 다른 사람들의 잔에도 맥주를 모두 따른 후 건배를 제의했다.

"자~, 우리 유 박사님의 마지막 이야기라니까 모두 귀 기울여서 들읍시다."

영우의 제안에 모두들 웃으면서 잔을 부딪친 후 맥주로 목을 축였다.

"조금 전 김영석 선생님이 말씀하신 것과 같이 학교 내신을 준비하는 데는 영어도 다를 바 없어요. 선생님의 수업을 잘 듣고 교과서를 열심히 공부해야 한다는 그 뻔한 말! 이보다 더 좋은 방법이 없다는 것은 여기 계신 선생님들도 모두 아시잖아요. 왜냐하면 학교 시험 문제는 EBS 강사나 학원 강사가 출제하는 게 아니고 지금 수업을 가르치는 선생님이 출제하니까요. 그래서 영어도 수업을 열심히 들으면 선생님이 내는 시험문제가 보이거든요. 학생들이 어려워하는 문법문제도 답이 보일 거예요. 지시문을 읽지 않고 예문만 딱 봐도 '관계대명사를 묻는 질문이구나!' 라는 것을 알 수 있다니까요!"

여기까지 말을 하고는 민준은 마무리를 멋지게 했다.

"아이구, 제가 너무 말이 많았네요! 하고 싶은 말의 10% 정도밖에 못했지만 다른 분들이 지겨워할까 봐 그냥 이 정도에서 마칠게요."

유 선생의 재치 있는 마무리에 사람들은 모두 소리 내어 웃었다. 그 이후에도 이들은 수능 이후의 학생 지도와 대학 입시 등 시간이 흘러가는 줄 모를 만큼 이야기 속에 빠졌다.

영우는 그들이 하는 이야기를 듣고는 있지만 머릿속에 계속 떠오르는 생각이 있었다.

'선생님들의 이런 이야기를 학생들에게 전해 줄 수 있는 방법은 없을까?'

'만약 윤호 형이나 형수가 이런 방법을 알고 있었다면 굳이 재현이에게 그런 고액 과외를 시킬 필요가 없지 않았을까?'

그렇게 생각하면서 마지막으로 떠오르는 것은 집에서 오늘 들은 이야기를 자기 아이들에게 열심히 알려주고 있을 자신의 모습이었다.

The 공부

초판 1쇄 인쇄 2019년 1월 18일
초판 1쇄 발행 2019년 1월 25일

지은이 이창수
펴낸이 박기남
펴낸곳 **율곡출판사**
08590 서울시 금천구 가산디지털1로 84(에이스하이엔드 8차), 803호
전화 (代) 02) 718-9872/3
팩스 02) 718-9874
홈페이지 www.yulgokbooks.co.kr
이메일 yulgokbook@naver.com
등록 1989.11.10. 제2014-000031호
ISBN 979-11-87897-54-5 13370